鉴宝师

賞玩

秦军 著

中国工人出版社

图书在版编目（CIP）数据

鉴宝师. 赏玩 / 秦军著. —北京：中国工人出版社，2019.1
ISBN 978-7-5008-7135-4

Ⅰ.①鉴… Ⅱ.①秦… Ⅲ.①长篇小说—中国—当代 Ⅳ.①I247.5

中国版本图书馆CIP数据核字（2019）第025870号

鉴宝师：赏玩

出 版 人	王娇萍
责任编辑	吴　迪
责任校对	董春娜
责任印制	黄　丽
出版发行	中国工人出版社
地　　址	北京市东城区鼓楼外大街45号　邮编：100120
网　　址	http://www.wp-china.com
电　　话	（010）62005043（总编室）　（010）62005039（出版物流部） （010）62379038（社科文艺分社）
发行热线	（010）62005049　（010）62005042（传真）
经　　销	各地书店
印　　刷	北京市密东印刷有限公司
开　　本	710毫米×1000毫米　1/16
印　　张	16.75
字　　数	230千字
版　　次	2019年3月第1版　2019年3月第1次印刷
定　　价	48.00元

C O N T E N T S | 目录

第一章　青铜觥

一辆保时捷卡宴从车流中驶出来，缓缓泊靠在路边。开车的小伙子凑近倒车镜，仔细打量着自己，似乎对自己的容貌不满意。小伙子下了车，走到路边的花池旁，伸手在地上摸了一把泥土，返回车上，侧脸照着倒车镜，将手上的灰尘小心地涂抹在脸颊旁，直至满意后，又伸手在自己的衬衣上使劲搓了几下，将手上残余的泥土搓在了原本就皱巴巴的衬衣上。

小伙子对着倒车镜笑了笑，拎起旁边座椅上的一个大背包下了车，朝琉璃厂走去。

琉璃厂街头的明德斋。

店老板梁克己临窗而坐，手里捂着柄倒把西施壶，懒洋洋地望着窗外大街。店伙计小李正在招呼客人。与其说是客人，倒不如说是游人。每天都有一些慕名而来的游客，挨着琉璃厂的古玩店乱逛，只瞧稀罕，却什么都不买。梁克己不想搭理他们，他宁肯这样望着大街发呆。

跟星期天比起来，街上显得冷清了许多。沿街两侧稀稀落落摆着几个摊子，摊主们却各自钻进相邻的古玩店里喝茶闲侃。

猛然，梁克己瞅见一个小伙子走进琉璃厂来。那小伙子肩膀上背着个鼓囊囊的大背包，背包带绷得笔直，像是吃紧风的帆绳、拉满的弓弦，看上去沉甸甸的。

看着那背包，梁克己的心忽然莫名地乱跳。

古玩行里有专门窜货的人，俗称窜货郎，他们游走在国内三四线城市的古玩市场里，跟那里的古玩店老板讨价还价，低价淘换古玩，再返回北京、上海、广州这样的大都市，高价出手，利润颇丰。见到窜货郎从自家店前经过时，古玩店的老板就会跑出来打招呼，最好是能把窜货郎请到店里去，看看他们行囊里的宝贝，若是能买到几件中意的宝贝那就更好，买不到也没关系，交个朋友，混个脸熟，来日方长。可大多数的窜货郎都有交往已久的古玩店，你只能眼巴巴地看着他们目不斜视，行色匆匆地打自己面前路过。

这个小伙子刚进琉璃厂就左顾右盼，放慢脚步朝两边的古玩店张望，像是想要进去，却又犹豫着该不该进去。

梁克己推开窗户，直勾勾望着那小伙子，就等小伙子转过头朝自己这边看过来。左等右盼，那小伙子就是不朝这边看，眼瞅着就要从明德斋门前走过去。

梁克己急忙使劲干咳两声。那小伙子终于朝这边看了过来。

“哥们儿，进来喝杯茶，消消暑。”梁克己乐呵呵打着招呼。

小伙子愣了一下，怯生生说道：“不了……不了……”

“大热天的，进来歇歇脚，你一大老爷们儿，还怕我吃了你不成？”

小伙子见梁克己面善，便不再迟疑，咧嘴笑了笑，朝明德斋里走了进去，进了屋，就被请到八仙桌旁坐下，梁克己找了个玻璃杯，沏了杯茶端了过来。小伙子忙起身道谢。

“哥们儿，您这是买东西还是卖东西？”梁克己笑眯眯问道。

那小伙子转头望了一眼店里的其他人，犹豫着，支支吾吾没说话。

梁克己立刻会意，笑道：“先喝茶，您请……”说着，梁克己转头朝店伙计喊道:“小李，你过来一下。”

等小李走了过来，梁克己附在他耳边轻轻说道:“那几个闲逛的人，你看能不能把他们打发去别家……”说着，梁克己转头朝小伙子看了一眼，继续说道:“我这儿有贵客，喜欢清静，不喜欢俗人嘈杂。”

小李点头应了一声，转身回去继续招呼客人。

“这是明前的顶谷大方，朋友从老家带来的。”梁克己边劝茶，边打量着面前的小伙子。这小伙子穿着打扮很随意，或者说是很朴素，总不能说人家寒酸吧。话很少，一副不通人情世故的模样，不像是走南闯北的窜货郎。再细看，那小伙子的裤脚和球鞋上粘着石灰和黄泥留下的斑渍，看上去倒像是工地上的建筑工……越看越像……不管怎么样，人都背着背包进门了，好歹也要看看背包里有什么。

没过几分钟，店里的客人便离开了明德斋。客人刚出门，梁克己就挪了挪椅子，凑近小伙子说道:“有什么东西放心拿出来好了，现在没外人了。”

小伙子从肩上摘下背包搂在怀里，拉开拉链，从里面拎出一个黑色绒布袋子放在脚边，俯下身去解开袋口，一件浑身披满铜锈的青铜器露了出来。

梁克己一见到铜锈，立刻冲店伙计喊道:“小李，你去门外，别让人进来……谁都别进来。”小李答应着跑了出去。梁克己到柜台里搬出来一扇二尺多高的黑漆描金屏风放在桌上，然后才把那件青铜器抱起来放在桌上的屏风后面。这样一来，即便是街上的人趴在窗户上朝里看，也看不到屏风后面是什么东西。

“哥们儿，您多担待着点，咱这店面小，也没个里屋密室什么的，就这一间大通屋……这东西让外人撞见了可不好……”梁克己凑近青铜器，边看边说道。仔细看了两遍后，梁克己问道:“哥们儿，你这玩意儿想卖多少钱?”

“……你给多少钱？”那小伙子想了想后才说道。

“这东西是什么？干吗用的？叫个啥？”梁克己心里明白，这件青铜器是觥，礼器里盛酒用的觥，可他还要明知故问，他想搞明白面前的这个小伙子对这件青铜觥了解多少。

“……这是青铜器。我祖上传下来的。”

“祖传的？”梁克己自言自语小声嘟囔了一句，再瞅瞅那青铜器，通体布满了厚厚的铜锈，铜锈上面还沾着许多泥土木屑，谁家祖传的宝贝会是这个样子？这看上去很像是刚出土的青铜器，只是看上去像，还不能确定。

梁克己眨眨眼，冲小伙子笑道：“哥们儿，平时经常看电视不？好多台都有鉴宝类的栏目，喜欢看吗？”

小伙子一愣，随即点头说，经常看，乐意看。

梁克己又笑道：“你看电视里，好多人都抱着古玩请专家鉴定，主持人问他们，你们的古玩怎么得来的呀？很多人说是祖传的。其他的古玩咱们暂且不说，先说青铜器，电视里的那些抱去让专家鉴定的青铜器，压根就没有祖传的，一件都没有。他们一口咬定是祖传的，以为能骗得过专家或是主持人，其实专家心里门清着呢……这就跟大街上的桑拿发廊一样，办理营业执照的时候，一口咬定是洗澡理发的，可大家心里都知道他们做的是啥生意，只是不屑点破他们罢了。”

小伙子点了点头。

梁克己接着说道：“哥们儿，你别蒙我，这东西哪里是什么祖传的，这是出土文物。跟你说句实话，你走遍琉璃厂，没人敢要你这东西。公安局、文物局的人隔三岔五地来检查，谁敢买卖地底下刨出来的东西，轻者罚款，重者坐牢，知情不报的判同罪。今儿你也就是遇到我了，若遇到别人，直接一个报警电话就把你绑进牢里去了……”

小伙子的神色有些不自然了。

“……半个月前，有几个建筑工地上的小伙子，工地上挖土方的时候挖出来几件青铜器，这几个小伙子装了两麻袋抬到琉璃厂来卖，结果让店老板给举报了，你猜怎么着，那几个小伙子全都让警察给抓了起来，第二天就判刑，每个人都判了三十年，那几个小伙子打工的建筑工地上的包工头和开发商也被抓起来判了刑，听说警察还专门去那几个小伙子的老家，把他们的父母也都给抓来了，也都判了刑。还有俩小伙子的媳妇和几岁大的娃娃也一并抓过来坐牢……你是不知道，现在的文物法严厉着呢。”

小伙子怔怔看着梁克己，说不出话来。

“这也不能怪古玩店的老板，若不举报，他就得坐牢……刚才不是说了嘛，你也就是遇见我了，我跟他们不一样……出门在外的都不容易……你这东西多少钱卖？”

“十万……”小伙子答道。

听到小伙子报了价，梁克己心里又暗自琢磨：这件青铜觥有一尺半多高，像是一条蹲坐着的龙，表面被铜锈和土木屑裹得严严实实，青铜觥的盖子和觥体也被锈黏结为一体，分不开，具体是条什么样子的龙，是不是一条龙，龙身上下有没有什么纹饰，这些都说不清楚。但不管怎样，一般的青铜车马饰件、青铜镜、青铜兵刃之类的都能卖个几万几十万，那可都是些青铜小件，没法跟这件青铜觥相提并论。这件青铜觥光是凭它的个头，也能值几十万，这可是正儿八经的青铜器！可这小伙子开价才十万，莫非有诈？

梁克己见多了走街串巷的骗子，他们坐在街头，愁眉苦脸地看着他们面前的假古玩，你若是在他们面前停下来，他们就会可怜巴巴地说，家里出事儿了，不是爹得了癌症，就是娘进了重症监护病房，急着用钱，所以才要卖掉家传的宝贝。因为急着出手，所以价格特别便宜。上当的都是贪图便宜的人。一般的收藏者都不会被这样拙劣的骗术蒙骗。这些江湖骗子很少来古玩市场，更不会进古玩店。不过，即便是他们进了古玩店，古玩店的老板也不会揭穿他们。开古玩店最是讲究笑迎八方客，甭管你是富豪巨贾还是平民百姓，一律笑脸相迎。看到一件赝品，古玩店老板只会笑嘻嘻地说看不准。

但现在梁克己自己也不能确定，面前的这件青铜器是真的还是假的，看上去很像是真的。所以梁克己一直在用话语试探着小伙子，现在听到开价十万，梁克己心里更没谱了。

“哥们儿，这样吧，算我吃亏，我给你四百元，你把这玩意儿给我，大家交个朋友。”梁克己心一横，继续试探。

“四百？”小伙子瞪大眼睛问道，似乎不相信自己的耳朵。

“嗯，四百元。这东西不值钱不说，还得担风险。再说这玩意儿锈了吧唧脏乎乎的，城里人都讲卫生，都不要这玩意儿。”梁克己点了点头，缓缓说道。

小伙子看着桌子上的青铜器，不说话。

“不瞒你说，这东西真的没人要。现在是科技时代，你要拿个日本的数码产品来北京卖，一准抢手，这破铜烂铁的……这样，再给你加一百,五百元。五百元说不定我就得赔钱。这价格你走遍全中国也没人舍得给你出了。”

见小伙子还不接话，梁克己又说道：“这东西赶紧卖了比什么都重要，你出了这门，说不定警察就跟上你了。”说着，梁克己掏出手机来在桌子上摆弄了两下，继续说道：“五百元，就这么说定了，有什么风险哥们儿我替你扛下来。”

小伙子还没说话，梁克己已经掏出了五张钞票，塞进了小伙子手里。

小伙子苦笑一声，站了起来，收拾起地上的袋子塞进了背包里，转身欲走，却又回过头来，问梁克己：“有什么风险你替我扛着？”

没等梁克己说话，那小伙子便飘然离去。

小伙子刚离开明德斋，梁克己就坐不住了，跑到柜台后翻出来一个木箱子，又找出一大堆报纸，揉成纸团和青铜器一起放进箱子里，用绳子绑好木箱，扛在肩上正要出门，忽又想起了什么，放下箱子交代伙计小李道："刚才那人身上是不是有股汗臭味？一会儿多打开几扇窗户通通风。要不你把抽屉里的那个小黄铜熏炉拿出来，点片檀香熏熏屋子，对了，记得把桌子上的玻璃杯扔掉。"

交代完了，梁克己才搂着木箱子出了明德斋，开车离开琉璃厂，穿过德胜门，驶入高速后，梁克己还在一个劲地琢磨。

这件青铜觥没理由是假货！拿假货蒙人图什么？还不是为了钱嘛。这件青铜觥抱在手里，感觉差不多有二十斤，去废品收购站买一斤废铜，那都要二十元，二十斤废铜就是四百元。所以刚才还价四百元。这也是实在没辙了，完全是为了试探那小伙子是不是骗子。骗子也是有成本的，光是造假货的铜就要四百元，接下来还要翻砂铸造，这人工费再便宜，也得要几百元吧，这还没完，铸造出来的假货泼硫酸埋在土地下几个月做旧起锈，这几个月的时间也能值几百元吧，这些加起来，要一千多元了，这只是成本而已，还不说运输费、功夫钱什么的。刚才那小伙子若是个卖假货的骗子，至少应该卖四五千才合算，才能落下点辛苦钱。五百元卖给自己，他图啥，非但赚不了钱，还得赔钱。

所以，梁克己认为这件青铜器是真货。因为没有理由是假货。

梁克己刚才也是没办法，他实在是拿不准青铜觥的真伪。很多人在这种情况下就会还一个低得离谱的价格去试探卖方。卖家一生气，抱着东西离开。脸皮薄的买家就会暗自悔恨，悔恨自己的眼力不到家。脸皮厚的买家就会拉住卖家，继续磨蹭着还价，或者打电话邀朋友过来帮忙掌掌眼。这种情况在古玩交易里很常见。

所以梁克己才开价四百元，只是为了能唬住那小伙子，试探一下那小伙子的虚实。唬不住也没啥，大不了那小伙子收拾起东西走人，梁克己啥都损失不了，扔了他用过的玻璃茶杯，门照开，生意照做。

可万万没想到，这件青铜器真的就能五百元买到手。这简直是捡了个天大的漏。

琉璃厂里的古玩店花一丁点可以忽略不计的小钱收了件好宝贝，这事儿若是发生在清末、民国，或是二十世纪七八十年代，那就很正常。可这事情发生在信息如此发达的现代，这就不正常。若是小城市里的古玩店，兴许现在还能遇到这种事情，但是在北京琉璃厂，这简直就是天方夜谭，白日做梦，编成相声说给别人听都没人肯笑，还吵着让你退票。

那小伙子保不准真的是建筑工人，在建筑工地上挖土方的时候挖出来这样一件青铜器。

好像只有这样的解释才能说得过去。

梁克己驱车过了昌平，下了高速继续朝北行驶，来到了一个叫湖门村的小村落，车停在了一座农家小院外。

下车，敲门，门不应。

梁克己退后几步，仰头轻嗅，院子外飘着一缕淡淡的沉香味。梁克己掏出手机，边打电话边敲门。过了一会儿，门开了。

一个五十多岁的男人拉开门，也不说话，径直转身朝屋内走去。

梁克己从车里抱出木箱扛在肩上，进了院子，倒插好门，快步走进堂屋。

“爸，您看看这东西。”梁克己边说边解开木箱上的绳子。

梁克己从箱子里抱出青铜觥，走到他父亲面前，正要说话，却听他父亲急道：“去，拿到院子里去。”

梁克己还想说话，就见他父亲站起来走到院子里，朝他吼道：“你傻愣着干吗？快点拿到院子里来。”

等梁克己抱着青铜觥来到院子，他父亲背负双手，冷冷说道：“谁让你把这东西抱到这儿来的？给他送回去，跟你说过多少遍了，我不给别人看东西断真伪。”

“不是别人的，我的。”

“你的？”

“我买的。”

“哪儿买的？”

“我一朋友，他认识一帮盗墓的，昨晚上我俩去了趟河北，盗墓的在庄稼地里挖，我俩在地头等着，挖出来直接就在庄稼地里交易，一手交钱一手交货，完事儿就开车拉回来了。”梁克己本来想说是从他朋友手中买的，可看着那青铜觥表面的铜锈，一张贫嘴就不听自己使唤了。

“这些出土的青铜器随便拎一两件出来，就是一二级文物，出了事儿你被抓进牢里不要紧，谁给老子养老啊？”

“古玩这一行，有哪个没有买卖过出土文物？又有几个收藏家敢跪在庙堂里烧香发誓说他从来没有买过出土文物？大家都没事，就我倒霉被抓进牢里了？再说，您屋子里不是也有好多青铜器吗？您不也没事嘛。”

“我那都是传承有序，都正大光明得来的，你这能比吗？你自己多少斤两你自己不清楚？这青铜器你懂多少？现在的骗子打着盗墓的幌子卖假货，你又不是不知道，你能分得清真假？”

“这不是拿过来让您看看是真的还是假的嘛。不管真假，以后我不买出土的东西总行了吧？爸，您倒是先给看看呀。”

梁瑞秋忽然不说话了，眼瞅着儿子脸上浮满兴奋之色，知道现在说什么他都听不进去。梁克己那古玩店开了快一年了，只是小打小闹地卖些旅游纪念品，小铜钱，不值钱的民窑瓷器和一些零零碎碎的小杂件，一桩大买卖都没做过，平时也疏于打理，得空就跟着一帮古玩店老板厮混，鉴定古玩的眼力没长进，却学会了油嘴滑舌，察言观色。今儿好不容易弄到了一件青铜器，在古玩行当里，这才算是真正意义上的开张了。憋了一年的劲儿顿时化作难以言喻的喜悦，不论别人说什么，他都听不进去的。

再则，这青铜器他已经买下来了，难道自己这个当爹的还能打电话报警，或是逼着他捐献给博物馆不成？即便是要让他捐献，那也不是现在。

梁瑞秋暗自叹了口气，俯下身去抱起青铜觥，放在了葡萄架下的石桌上，转头对跟在身后的梁克己说："开门货，假不了。"

"您都还没仔细看一眼就说是真的，就是别人请您掌眼，您也不能这样敷衍人家吧。"

梁瑞秋在石桌旁坐了下来，背对着青铜觥，看着他儿子，缓缓说道："看一件青铜器的真假，第一要看其锈色，表面的锈跟内里的锈；第二要掂其分量；第三才是青铜器的造型、做工、铭文。这件青铜觥的锈，内行人看一眼就知道错不了，这是粉锈。我抱着它从那边走过来，它的分量也过了我手了，是那股子劲儿，错不了。鉴定古玩，你千万别以为用放大镜凑在上边看个把钟头那才叫鉴定，那都是外行才干的事儿，或者是内行故意表演给外行看的。记住，所有的青铜器，都要掂一掂分量，一定要掂量。"

"嗯，我也是这样想的。"梁克己想起自己刚才在琉璃厂也掂量过这件青铜觥，二十斤左右，一斤铜二十元，所以才出价四百元。

"你也是这样想的？为啥？"

梁克己不说话了。他心里明白，他父亲若是知道这件青铜器是他花五百元从一个农民工手里买来的，非把他骂死不可，一顿臭骂还能厚着脸皮扛得住，就怕他父亲骂完了还要把这件青铜觥给捐出去。

见儿子自顾自地埋头盯着青铜觥观看，也不答话，梁瑞秋便又缓缓说道："这青铜器从铸造出来直到现在，怕是有三四千年的时间了，这几千年来大部分的时间都被埋藏于地下，年长日久，青铜器就会腐蚀，铜的质地也会渐渐发生变化，会变轻许多。用科学的话来说，那叫铜离子流失。若是摆在你面前两件一模一样的青铜器，一件是新仿制的赝品，一件是刚出土的文物，那么这两件青铜器的重量是不一样的。新仿制的赝品是实实在在的分量，而出土文物的分量则会轻出许多。”

说着，梁瑞秋示意梁克己在院子里等候，自己走到厢房里找出一件青铜器摆在桌上，也是一件青铜觥，个头比梁克己带来的这件青铜觥要小一些。

“你掂一掂，感觉一下这两件青铜器的分量，孰轻孰重。”

梁克己将两件青铜器入手掂量了几下，果然，一个重，一个轻，他自己带来的这件比较轻，他父亲刚刚拿出来的这件比较重，虽然个头小一圈，但是感觉很沉。

“重量轻的是真的，还是重的是真的？”梁克己问道。

“不是刚跟你说过嘛，出土的青铜器，分量都轻，轻好多呢。大部分的青铜器出土时都是锈迹斑斑，只有极其稀少的青铜器出土时一尘不染，没有一丝锈迹，看上去跟刚刚铸造出来似的。但是不管青铜器表面有没有铜锈，入手的分量都很轻。”说着，梁瑞秋把刚从厢房里拿出来的那件青铜器拎到了院子角落的花丛边，转手回来又继续说道：“现在你再掂量一下，看有啥感觉？”

“还是轻飘飘的。”梁克己抱着青铜觥说道。

“你现在仍旧感觉分量轻，那是因为刚才跟一个重的比较过。你实话跟我说，买这件青铜觥之前，有没有感觉到分量偏轻还是偏重？就是说，它实际的重量应该有多重，你心里有谱吗？”

“不知道。”

“青铜器和瓷器的重量，可以作为鉴定真伪的依据之一。瓷器的胎质、窑口、年代、工艺不同，体现出来的重量也不尽相同，有的轻，有的重。青铜器却是一律轻！但是这种重量上的轻又分出好多种，比如薄皮的青铜器肯定比中皮、厚皮的重量还要轻，腐蚀锈蚀严重的要比保存较为完好的轻。这是鉴定青铜器最基本、最入门的手段，也是最不容易掌握的。大家平日里常说，要多接触真品才能识别假货，你接触真品的时间长了，各种形制大小不同的青铜器大概是什么分量，心里也就有数了，再去接触青铜器的时候，也就有所参照。你连这最基本的鉴定知识都没掌握，还学人家去买青铜器，真不知道你是怎么想的。”

梁克己也不反驳，只是笑着点头。

“你点头作甚？瞧你摇头晃脑，一副胸有成竹的模样，我说的你都懂？”

“我不知道这些，但我不也照样买到真货了嘛。这件青铜觥的分量明显要轻好多。”

梁瑞秋哼了一声，正色说道：“那你知道我为什么不让你进屋吗？为什么要让你把这件青铜觥拿到院子里来吗？”

梁克己摇头。

“但凡是刚出土，尚未处理过的青铜器，绝对不能随随便便就搬回家里。如果你还想干这行，如果你觉得以后还能有机会有闲钱去买青铜器，那你就一定要记住，刚出土的表面带着铜锈泥土的青铜器，一定不能先拿回家里，一定要等到把表面的铜锈剔除处理过后才能往家里摆放。”

“为啥？”梁克己迷惑不解。

梁瑞秋站起来，又去厢房里拿了个楠木盒子过来，拭去盒面的灰尘，打开盒子，从中取出小细铁钎、小薄钢刀、铁刷子、毛刷子、竹篾等摆在石桌上，挽起袖子，拿起小钢刀和铁刷，一边清理青铜觥表面的铜锈，一边开口说道：“这件青铜器表面的锈，叫粉锈。粉锈属于坏锈。为什么叫坏锈呢，因为这类锈会毁坏青铜器，会加快青铜器的腐蚀。坏锈当中尤令人深恶痛绝的，当属粉锈。粉锈会传染！对，就像非典、甲流那样的传染病一样传染性极强。我屋子里有几件青铜器，你要是把这件长满粉锈的青铜器搁在屋子里，过不了多长时间，屋子里的其他青铜器就会被传染，也会浑身沾满这样的粉锈……”

“您别吓唬我，小时候您就经常讲鬼故事吓唬我，我是被吓大的。”

梁瑞秋缓缓说道："古玩行当里匪夷所思的事情多了去了，不是你开一两年古玩店，整日跟那些古玩店老板厮混在一起就能知道的。这粉锈隔着屋子，隔着玻璃罩都能传染。你若不信，你可以去科学研究院的考古研究所打听一下，问问里边的专家教授这是不是真的。"

"稀奇了，铜锈还会传染……"梁克己咂着嘴嘟囔了一句。

"还有更稀奇的事儿呢，专家们知道这粉锈会传染，可就是研究不出来为什么会传染，也找不到解决传染的办法，这可不是在说咱们国内的专家，全世界的专家都没辙。你那古玩店里没有青铜器，若是有青铜器，就必须要注意这种事情了。比如有人拿了件有粉锈的青铜器去你店里，低价卖给你，你觉得是讨便宜捡漏了，其实不然，那件青铜器上的粉锈很快就会传染到别的青铜器上，到时候你哭都来不及……"

梁克己的心慌慌乱跳，急忙问道："比如说……我是说假如，有人拿了一件青铜器去我店里，几百元就扔给我了，那人是在故意害我？"

"谁会这样害你？又跟你没深仇大恨，一件青铜器好多钱呢，犯得上白给你吗？"梁瑞秋忽然不说话了，停下手中的活儿，看着梁克己，缓缓问道："你这东西到底哪儿来的？"

"刚才不是跟您说了嘛，跟几个盗墓的买的。"

"在哪里买的？"

"河北呀，刚过去丰台不远……"

"少贫嘴，你说实话，这东西到底在哪里买的？"

梁克己瞪着大眼望着他父亲，一脸的委屈和茫然。

梁瑞秋冷哼了一声，指着石桌上的青铜觥说道："这青铜觥后面的把手，叫鋬，这一类青铜器若是有铭文，通常会铭刻在鋬内侧，所以，我先从鋬的周围清理铜锈。不出所料，这鋬内还真的有铭文……"

梁克己凑上前去，俯身细看，果然看到了铭文。看上去好像只刻着一个字。

“你知道这是个什么字？”

梁克己连连摇头，说不知道。

“这是个中字，中国的中……”梁瑞秋说着，似乎又想起了什么，猛然停顿下来，起身走至窗前的石条案旁，从条案上拿了一枚影青小茶盏，在水龙头上接了少许清水返了回来，将茶盏放在桌上，探入手指，用指甲在茶盏内蘸了少许清水，正欲在桌面上用清水作墨指作笔写字时，手指忽又凝悬空中，喉间轻吟两声，亮着嗓子说道：“中国的中，大体有三类写法，你可知晓？”见他儿子满眼惊愕，梁瑞秋复又挥指，写完后指着桌上的字迹说道：“中字，除了大家平时书写的中字之外，大致还有另外两类写法。第一类中字，严格来说，压根就不是个汉字，而是一个叫中的部落民族的族徽。这个中族部落位于河南省安阳市附近，距现在的殷墟遗址不远。商朝灭亡后，中族被迫迁移到了陕西关中附近。商代灭亡，不止迁移了一个中族，近百个部落民族被迫迁移，中族还算幸运，还变着法地保留下代表他们信仰的族徽。历史书上可能没有记载，但收藏青铜器的收藏家们都知道这件事情，这是中国历史上第三次大规模的人口迁徙。第二类中字，则是中族迁移至陕西关中后，重新使用的族徽。第三类中字，基本上跟现在大家书写的中字差不多，这才能算得上是个汉字，这类中字通常是人的名字，但不限于一个人的名字，比如说你叫梁克己，别人也能叫梁克己。研究一个字有几种写法，会招致有些人的嘲笑，甚至是无知的批判。但一个真正研究传承国学的人不在乎这些所谓的批判。一个真正玩青铜器的收藏家，也不屑去计较。”

梁瑞秋又探手指向桌上的青铜觥，继续说道：“这件青铜觥上的中字，是第一类写法，也就是说，这件青铜器是商代时期活动在河南安阳附近的一个叫中的部落铸造的青铜器，这件青铜器若是出土，只能在安阳出土，绝对不可能在河北出土。你跟我实话实说，这件青铜觥到底从何处而来？”

梁克己正听着他父亲讲解青铜觥上的铭文，没想到冷不丁地话题又转到这里来了，有心嘴硬死扛，想要一口咬定这件青铜器是昨天去河北买的，可又一寻思，这个中字铭文八成真的是安阳地区才能够出土的……可是，既然是安阳出土的青铜器，那个小伙子为啥大老远地拎到北京来卖？他们本地没有古玩店吗？还是觉得来北京卖的价格会高一些？不管怎样，500元钱，还不够他来北京往返的路费呢。

“得，我瞒不住您，那就听您的，我实话实说……这件青铜器是我收来的，今儿早上有个农民工去店里卖东西，恰好我在店里，就给买下来了。”

“农民工？你花多少钱买的？”

“五百万……您看值这个价吗？”

“臭小子，你是不是成心气我的，改改你这臭毛病，不着调地乱吹，还五百万，你花五百元买个鼻烟壶都犹豫了一个多月，往我这儿跑了三四趟。你五百万买件青铜器，你还不如说你把白宫买下来天天跟奥巴马要租金呢，再说你哪里来的五百万？你存折里有五万吗？”

梁克己死皮赖脸地笑着，问他父亲：“这青铜觥到底能值多少钱呢？”

“你多少钱买的？”

梁克己犹豫着，不肯说。他知道他父亲的脾气，若是他知道自己从一个小伙子手里连蒙带骗带吓唬地用500元买来一件青铜器，指不定会怎样骂自己呢。骂自己那还是轻的，他可真的会把这件青铜器给捐出去。

见儿子迟迟不作答，梁瑞秋便知道，他这个儿子肯定花了没多少钱就得到这件青铜觥了。梁瑞秋皱眉头叹息一声，缓缓说道：“你要真的花五百万买来的，那就算你捡了大漏了，这件青铜觥光是看它的造型和做工，要价一千万大家都抢着要……不过我还得说你一句，你现在是开店做生意，咱们不说童叟无欺，如今没几家店铺能做到，但你要记住，做人做事不能太离谱，不能说五百万的东西你给了人家五万，你还偷着乐，骂人家……你老了睡不着觉那还是其次，若把人给逼急了宰狠了，到头来吃亏的还是你自己……”

梁克己听到“一千万”三个字，脑子嗡的一下就晕了，他父亲在一旁说的话他一句也没听进去，等缓过些神来后，梁克己掏出手机对着青铜器拍了几张照片，跟他父亲说道：“这东西放您这儿，您给把锈剥了。”说完，晕头转向地离开了院子。

梁克己离去后，梁瑞秋伏在桌边继续剔除青铜器表面的铜锈。这可是慢工细活。

青铜器上的铜锈是应该剔除还是应该保留，国内的专家、学者、收藏者意见难以统一。有的支持尽量保存青铜器上的锈色，保持青铜器的沧桑古韵；有的则坚持去除铜器表面的锈迹，以便能更好地保存青铜器。

并不是所有的青铜器都能引发铜锈是否剔除之争。有的青铜器埋藏地下数千年，出土时依然光亮如新，完好程度如同刚刚铸造出来的铜器，浑身上下没有一片锈迹，这样的青铜器压根就没有锈，自然也就不存在去锈和不去锈的争执。有的青铜器铸造时所用铜料较多，器具的胎壁很厚，大家称之为厚皮，厚皮的青铜器如果埋藏的环境不是特别恶劣，其表层累积形成的锈则不会对青铜器造成太大的损害，这点也没有太大的争议。还有的青铜器是薄皮的，器具的胎壁本来就薄，埋藏地下历经千年，铜质不断氧化腐蚀，铜锈几乎完全取代了铜，整件青铜器如同用铜锈所做，这样的青铜器几乎全都是锈，把锈去掉了，青铜器也就不见了，这种青铜器需要用特殊方法来保护，自然也不会有去锈的争议。

引起争议的主要是锈蚀程度说严重也严重，说不严重也不妥当的青铜器。这样的青铜器大多都是中皮厚度。坚持去锈的人会用专门配制的去锈药剂洗刷溶解掉青铜器上的古锈，然后在青铜器上打蜡涂油喷施化学药剂形成保护层，认为这样才能很好地保护青铜器，使青铜器不再继续受铜锈的侵蚀。不支持去锈的人认为中皮厚度的青铜器再放上几百上千年啥事儿都没有，只需将锈层表面粘着杂质的杂锈层去除，露出下面的真锈即可，平时经常擦拭把玩，年长日久后在锈层上形成包浆，也能起到保护作用，更重要的是，这样能尽量保持青铜器的原貌。

争执双方中，坚持去锈的，通常都是从事考古的文物保护者。坚持不去锈的，通常都是鉴赏古玩的收藏家。各自的出发点不同，各有利弊，难以两全。但不管是坚持去锈的还是坚持不去锈的，都一致支持青铜器锈层上最表层的锈一定要去掉。

最表层的锈称为锈土结合层，是直接与埋藏环境接触的锈层，看上去腐蚀得最为厉害，并且锈上经常会粘连夹杂着土屑、石灰屑、木炭屑等诸多杂屑，故称之为锈土结合层，也称表锈，因其表夹杂土木屑影响青铜器的美观，不论是收藏者还是考古人员都会坚决去掉这层表锈，而古玩商和倒腾土货的却坚决保留这层锈；锈土结合层下面，是主体锈层，这层锈是由晶亮的结晶锈构成，颜色通常为绿色、红色、黑色和蓝色，这层锈也称为中锈、晶锈，如果最外端的锈土结合层被人为去掉将主体锈层完全露出来，那么这层露出来的主体锈层也随之被称为表锈，收藏者极力想要保存下来的，正是这层结晶真锈；主体锈层之下是地子锈层，所谓地子锈层，就是紧紧贴附着青铜器的黑色或是褐色的氧化膜层，这层锈也叫地锈、古锈。

以前，大家认为有的青铜器可能没有锈土结合层，甚至没有主体锈层，但绝对不可能没有地子锈层。大家认为新铸的青铜器上的伪锈由于时间较短，通常只有一层浮锈，有的厚，有的薄，而不会有地子锈层，只要剥去这一层浮锈仔细观察青铜器上有没有地子锈层即可分辨出真伪。但是现在，作伪者伪造出来的青铜器上，几乎都有这种地子锈，所以，地子锈已经不能再作为鉴定青铜器真伪的依据了。

梁瑞秋现在剔除的，正是这件青铜觥上的表锈。

剔着剔着，梁瑞秋就觉得这件青铜觥有些怪异。这件青铜觥的表锈松散酥脆，很容易剔除。通常需要先在蒸馏水中浸泡后，再用两三天时间反复几遍后才能完全剔除的表锈，现在已经快剔除干净了，但是疏散的表锈之下的真锈却异常结实，并且真锈的颜色与表锈大不相同。

等表面的铜锈剔除完后，梁瑞秋惊呆了。

这件青铜觥造型是一条盘踞而坐的龙，头上有短犄角，背后有矮脊棱，蜷曲的龙尾是青铜觥的鋬。龙的纹饰造型经常出现在青铜器上，其表情或狰狞可怖，或凝重威严，从未像这件青铜器上的龙一样，宁静、祥和。大部分的觥都是蹲坐的神兽造型，头微俯，怒视众生。而这件龙觥却是头微仰，凝目翘远天。

并且龙身布满了斑斑点点如鳞状的火红色铜锈，仿佛这条龙刚从火海里飞出来；龙微微凸出的眼睛却是蓝色，比天蓝，比海蓝，宛若静谧夜空中爆开的两朵蓝色礼花。

梁瑞秋呆呆地看着桌子上的龙觥，许久，像是看到一个姑娘坐在石桌上，身上披着件火红的披肩，润滑的肌肤从披肩里露了出来，又藏了进去。她静静坐在石桌上，凝望天空，像是望着月亮想心思的女孩。天空被云朵擦得湛蓝，有太阳，没有月亮。月亮在她的眼睛里，她清澈的蓝眼睛犹如深邃的海湾，月亮在海水里荡漾。她就这样怔怔地望着天空。

也不知过了多久，梁瑞秋才从幻境中走了出来。他这才想起，青铜觥表面的锈剔除完了，原先被锈黏结以至不能掀开的觥盖，现在能掀开了。轻轻提起觥盖，梁瑞秋又呆了。

觥内露出一卷亮黄色的黄绢，看上去像是里边裹着什么东西。黄绢的四角被铜锈紧紧黏结在觥内，这件觥里面怎么还放有东西？出土的东西里边也经常能看到东西，比如瓷器里有五谷杂粮，漆器里有金银首饰，但无论如何，青铜器里绝对不会有绢丝锦缎出现。有时候能见到青铜器里有米酒，那是因为这类青铜器通常都是专门用来存放酒的容器，密封效果很好，并且埋藏的环境也恰到好处，而青铜觥属于酒器当中的盛酒器，作用相当于倒酒的酒壶，造型天生不利于密封，上面的盖子很大，说一件青铜觥的造型是龙首，基本上说的就是青铜觥的上盖。绢丝放在这样的青铜觥里，用不了多久就会腐烂，分解，灰飞烟灭，只会留下一抹黑迹浮于铜壁表面，就像车胎急刹车时留在路面上的胎印。即便是天公作巧，机缘巧合地能让这件黄绢完好地保存在青铜觥内，当打开觥盖时，黄绢见到光线，遇到空气，就会立刻风化，亮黄色的黄绢顿时变暗，变黑，变得像火烧过后留下来的灰烬，虽不能呵气飞扬，但却是触手即散。

况且，不管是先秦，汉唐还是明清，陪葬制度都等级分明，严格按着陪葬礼仪进行。这件青铜觥是酒器，里面只能盛放美酒琼浆，决计不会放一卷绢丝。若是里面有酒，刚才梁瑞秋抱起来的时候就能感觉到。

梁瑞秋自恃修复青铜器的技艺精纯，却没想到觥内还躺着块黄绢，着实吓了一大跳。心惊肉跳地盯着黄绢，盯了足足有十几分钟，见那黄绢色泽依旧鲜艳，没有丝毫即将风化的征兆，这才拿起竹片镊子，硬着头皮伸进觥内，轻轻镊住黄绢，轻轻扯了几下。

黄绢结实，跟平常的绢丝没什么区别。

若是黄绢质地酥脆，轻轻就能被扯烂，梁瑞秋也不会像现在这样惊恐。梁瑞秋的心就像这块黄绢，被铜锈紧紧黏结在冰凉的铜器上。

这只有一种解释：这块黄绢是被人放进去的，一年前？半年前？看黄绢的色泽，或许还要短，三个月？

这怎么可能呢，青铜觥表面的铜锈，表锈下斑斓夺目的真锈，将觥盖觥身黏结为一体的铜锈，这些铜锈至少要上千年才能形成。

梁瑞秋的手在颤抖，颤巍巍地用竹片镊子试探着黄绢，现在，他能清晰地感觉到，黄绢里裹有一块硬物。换上钢篾，剔除黄绢下的铜锈，梁瑞秋取出黄绢放在桌上，深呼吸，打开黄绢。

一块半个火柴盒大小的青铜片露了出来。

拿起来细看，青铜片上分布着几块不规则的小锈斑，深绿色的锈斑贴在微红中泛透出淡淡橘红色的青铜片上，就像一处雨后的农家小院，被雨淋过后的土墙、土院里摇曳着几蓬沙沙作响的小竹丛。青铜片上的铭文却是青黑色，像农家小院屋顶上年久失修，早已变黑的青瓦，坑洼不平，积蓄着少许雨水，在雨后的阳光下闪闪作亮。

与其说是青黑色，不如说是黑中闪青。凸铸而出的铭文竟然是黑青色，铭文上还布有星星点点微小的青色斑点，在斜阳下熠熠生辉，似深邃夜空中的繁星闪烁。

把青铜片翻转过来再看，规整、纯净的青铜片中间露着黑青色铭文的根部，看上去极为刺眼，像是沙漠中的补给站，而补给站却刚被大火吞噬，被烧得焦黑的残垣断壁上飘着徐徐轻烟。

再看那块黄绢，上面用淡淡的松烟墨写了数行字。

捧起黄绢，读完上面的几行楷书，梁瑞秋的手发抖了。

"来了……来了……终于来了……"梁瑞秋看着手里的黄绢和青铜片，自言自语地念叨着，眼神惊恐，牵挂，又稍有一丝期盼。

他似乎期盼这块青铜片早点来到。

卖了青铜觥，揣着五百元钱离开明德斋，出了琉璃厂，左拐右转穿过几条小巷子后，那小伙子来到他停车的地方。开车，载着空瘪的背包朝东行驶。

一直向东。过了闹市，来到郊区，车驶入一处高档小区的别墅前，小伙子打开车库的遥控门，把车泊入车库内，从车里拎出空背包，掏出钥匙开门进了别墅。

过了差不多一个小时，小伙子才从别墅里出来，还拎着那个空瘪、皱巴巴的帆布背包，走出了小区，沿着大街朝东步行，走了有十几分钟，小伙子又来到一个小区。

这个小区的主体工程刚刚建好，配套的小区绿化工程正在进行。

任良玉是这个小区的开发商。他头上罩着一把绿油油的大遮阳伞，屁股下坐着竹躺椅，一块茶几大小的风景石搁在躺椅旁边，上边摆着茶水和西瓜。他原本戴着草帽，坐在不远处横躺着的一堆树苗旁边，可包工头不知道从哪里找来了遮阳伞，非要伺候着他遮阳避暑。虽然不是很乐意，可他还是坐到了遮阳伞下。他冲包工头嬉笑道，有没有皮鞭，给我找一条来。不一会儿，包工头真的找来一条皮鞭，机器上的一截三角带绑在木棍上。任良玉哭笑不得，摸着比两根手指还粗，三条棱脊挺立的皮鞭，自己有这么狠吗？包工头还在忙前忙后，沏茶洗水果，任良玉就冲他说，你甭管我，你去旁边干活儿吧，我就在这儿坐一会儿。

对，任良玉不是来监工的，只是在这里坐一会儿，等个人而已。

他在等那个小伙子。那个小伙子有件青铜器。

任良玉喜好收藏，痴迷于收藏，但他只痴迷于钱币收藏。贝币、石陶币、布币、刀币、圜钱、金钣、银锭、纸钞、钱范等，只要是清朝往上年代的钱币，除了花钱，他都收藏。不只是他，很多人都逐渐开始不喜欢花钱，甚至厌恶花钱。旧时候，但凡遇到小孩子过满月周岁、新人结婚、给老人贺寿、房屋上梁、仓库填仓等很多有纪念意义或是需要讨喜庆吉利的事情时，当事人就会委托民间工匠，或是自行铸造外观类似铜钱的花钱，通常都很大，或镂空或雕铸以各种福禄吉祥纹饰。花钱其实不是古钱币的一个币种，不能把花钱当作纪念币来收藏。如果非要归类，只能把花钱归类到工艺小杂件里去。绝不能因为花钱的外观像钱币而归类于钱币。

任良玉收藏钱币近十年，做房地产生意也有十几年了，身价早就过了亿，但他却发现，以他现在的财力和精力，想要收藏一套完整的中国钱币，那是难上加难。

刚开始对中国古钱币产生兴趣，继而收藏时，他根本没有意识到这一点。那时候，他琢磨着，把中国历朝历代的钱币收集齐全，那就是一套完整的中国古钱币，难点在于一些极为罕见，并且流传存世极其稀少的钱币。于是，他花大钱买古钱，但后来却发现自己错了。只要肯花钱，那些被收藏者视为至宝的古钱币，得来全不费工夫。只要肯花钱，那几种号称孤品绝版的古钱币能摆满书桌。

十年收藏，任良玉才算明白，古钱币收藏跟瓷器、青铜器、玉器、书画、杂项这些收藏截然不同。这些收藏绝大部分都以件为收藏单位。比如齐白石的画，你可以从朋友或是拍卖会上买一幅或是几幅齐白石的画，那就心满意足了，从来没有人想过能把齐白石的画全部收于囊中。而古钱币则恰恰相反，古钱币以套为单位，中国历朝历代发行的所有钱币凑在一起，就是一套。清朝十三帝，买十三枚对应的古钱币就能代表集齐了清朝的钱币吗？明朝十六帝，再加上南明，二十枚古钱币能代表明朝吗？不，事情绝不会这样简单。譬如数量最多的五铢钱，流通时间长达七百多年，官铸私铸品种繁杂，绝不是几枚几十枚钱币就能代表了的。其中既有金五铢银五铢这样的难求品，也有两汉三国南北朝时期的混淆难辨品。说白了，有的五铢钱你有钱也买不到，有的五铢钱就摆在琉璃厂的小摊上，三元钱一枚，刚入门的收藏者分辨不出来，有经验的收藏家无暇去分辨。

没有人能够将中国古钱币收集齐全。那是不可能办到的事情。

但准备收藏钱币之前，却没人告诉你，直到你病入膏肓，朝思暮想，为之癫狂时，才发现自己走上了一条不归路。直到那时候，你的家人、朋友，甚至心理医生，都会开导你说，这玩意儿充其量也就是闲情雅趣，可有可无，就跟斗地主差不多。

见到小伙子走了进来，任良玉急忙站起来，朝小伙子快步走去。走近后，任良玉才看到了小伙子搭在肩膀上的帆布背包。显然，背包里什么都没有。

“怎么没拿来？”任良玉愣了愣，随即又问道：“出什么事了吗？”

叫杜行的小伙子唯唯诺诺地答道：“拿来了……卖了。”

“卖了？什么时候卖掉的？卖给谁了？”

杜行手挠着头，脚搓着地，迟迟不说话。

“嘿，我说杜行，你倒是说话呀。”任良玉急道。

“我背着青铜器从安阳来到北京，下了车，忽然脑子就蒙了，神催鬼使地就去了琉璃厂……”

“琉璃厂？你去琉璃厂做什么？”

“我实话实说，我怕您蒙我，那琉璃厂不是专门买卖古董的地方嘛，我想去琉璃厂问问那件青铜器能值多少钱……”

“然后呢？”任良玉虽然生气，却也没发火，心想，这小子，倒也敢说实话，这古玩买卖，买的卖的都是多探价，生怕吃亏，自己买古钱的时候，那也是要多般打听，也怕卖家在价钱上蒙自己，大家都是这样想的，可都不这样挑明来说。

“然后……然后我就进了琉璃厂，稀里糊涂地就卖了。”

“你……你不是去问价吗？怎么给卖了？”

“我是问价来着，可那个古玩店的老板说我的青铜器是出土的，是犯法的，只要他打一个电话，我就得坐牢，我爹我娘也得跟着我坐牢，他要是不打电话举报我，他就得坐牢……”

“这不是明抢嘛！他给了你多少钱？”任良玉愤愤问道。

“五百元……”杜行低着头，躲着任良玉的眼神，讪讪答道。

“哼，知足吧你个傻小子，遇上这号人，好歹还给了你五百元，没让你倒贴钱就是你福星高照。那家古玩店叫什么名字？”

“叫什么来着？”杜行从裤兜里掏出手机，边摁着手机递给任良玉边说：“我就怕自己想不起来，出了古玩店，顺手拍了张照片。”

接过电话，见照片里的古玩店门楣上写着“明德斋”三个大字，任良玉想了一会儿，这家叫明德斋的古玩店自己一点儿印象都没有，也许是自己近年来去琉璃厂的次数少了，也许是这家店很小，小得不起眼，或者是刚开张不久。

“这家古玩店在什么位置？店老板叫什么知道吗？男的女的？多大岁数？”

“就在琉璃厂，店老板……”

“废话，知道在琉璃厂，我是说，在琉璃厂的什么位置？东街还是西街，街头还是街尾。”

“在西街，刚进去街第三家还是第四家来着，店老板是个男的，不胖不瘦，差不多三十岁吧……”说着，杜行凑上前去，指着手机上的照片说道：“任总，那照片上不是有门牌号嘛。”

任良玉看看照片，果然有门牌号，抬头瞪了杜行一眼，说道：“这事儿跟谁也别说，工头问你也不能说，若你敢跟别人说，你的工资，一个大子儿都别想要，不光是你一个人，整个工地上你的同乡，都甭想要！你去干活儿吧，别乱跑，一会儿还有事找你。”

杜行答应了一声，转身走了几步，又返了回来，指着任良玉手里的手机说道：“任总，我的手机。”

“一会儿给你，放心吧，昧不了你的。”

撂给杜行一句话，任良玉拿着他的手机，开车朝琉璃厂狂奔。

前段时间，自己来工地上闲逛，就问正在干活儿的工人们，问他们谁家有古钱币，有的话拿来，自己出高价买。工地上的工人大都来自农村，城里古玩店卖的古钱币有相当数量都是从农村收购来的，说不定给自己干活儿的人家里就有自己梦寐以求的古钱币。自己已经养成了习惯，每有新雇来的包工队，自己都会问他们几遍。甚至刻意更换包工队。比如去年搞绿化的包工队就来自江苏，而今年的包工队则来自河南安阳。

隔了几天，这个叫杜行的小伙子跑到自己的办公室里，问自己要不要青铜器，还拿出手机给自己看青铜器的照片。

虽然自己不收藏青铜器，但还是说要，肯定要，并且让杜行搭苗木的车去安阳拿那件青铜器。自己不要青铜器，但是可以给别人，可以给一个叫梅雪茗的姑娘。

任良玉盼着她要。若她能要，以后肯定能从梅雪茗手里买到自己想要的古钱币。

说也凑巧，杜行跑到自己办公室的时候，梅雪茗恰好也在自己的办公室里，自己就把手机里的图片给梅雪茗看，问她是不是真的。

梅雪茗立刻说，她要这件青铜器。说完后，梅雪茗便去了上海。

杜行离开办公室去了河南后，自己打电话拐弯抹角地向包工头和工人打听。杜行是哪里人，住在哪个村，以前是干什么的等等全都打听清楚了。杜行是土生土长的河南安阳人，一直在村子里的苗圃里干活，前年才开始跟着包工队出来搞绿化。大家都这样说，自己就放心了。

今天早上，梅雪茗打来电话，说她明天来拿这件青铜器。

可现在，杜行这傻小子却把青铜器给卖了，这让自己怎么交代？

若是一般人，不管他是巨富还是官员，自己都能想办法推搪，摆桌酒席赔个不是，让大家戏笑一番自己的性急莽撞也就是了。

可这梅雪茗可不是一般人，自己说什么也得罪不起，也不能说是得罪，说得准确点儿，是自己不能留给她不好的印象，不能让她觉得自己这人不靠谱。

现在只能去明德斋，能赎回来最好，赎不回来可怎么办呢？

开车来到琉璃厂，车停在明德斋门口，任良玉跳下车，走进明德斋。店伙计小李急忙过来招呼，任良玉打量了店里一圈，见只有小李一人，就问店老板在不在，小李说不在，任良玉就问店老板的电话。小李说店老板去广州了，手机没带。梁克已不止一次嘱咐过小李，陌生人来店里找他，一律说出门了，杭州，广州，缅甸，往南边说。

又问了几句，任良玉知道，自己无论如何也问不出来明德斋的店老板去哪了。听这店伙计的话，就知道这店老板不是个省油的灯，自己打听出来他的电话又如何？让他坐地起价狠狠宰自己一刀吗？

宰也得挨，谁让自己性急来着。

出了明德斋，任良玉往东走，想要去找一家相熟的古玩店打听一下，至少也能打听出明德斋店老板的电话号码吧。

没走几步，任良玉的电话响了，是梅雪茗打来的。

梅雪茗说，她正在赶往机场的路上，几个小时后就能到北京。

任良玉思量一番，觉得自己一点也没把握能在几个小时内把那件青铜器给赎回来，咬咬牙，一五一十地把这件事说给梅雪茗听。

梅雪茗听完，说她还要来北京，她想要这件青铜器。

第二章　观自在

第二天。

小李来到明德斋上班时，明德斋已经开门了。梁克己手里舞着块白毛巾正在擦窗户。小李急忙跑过去，想接过毛巾来擦窗户，梁克己笑眯眯地说，第二遍刚擦完。小李要拿墩布拖地，梁克己又说，拖过了，桌子也擦过了。小李有些不自在了，挑了一把梁克己最喜欢的井栏紫砂壶，泡好茶端到桌上，看着锃光瓦亮的桌子和地板，还是有些不自在，拎了把鸡毛掸子走到多宝架前，挑着瓷器掸灰。

梁克己推开窗户，拉了椅子过来坐下，边喝茶边瞄着窗外的琉璃厂大街。

昨晚，他失眠了，或者说他兴奋得一宿都没睡着，天刚亮就来到了明德斋，把屋子里里外外都打扫了一遍，热乎乎地出了一身汗，却还是没有丝毫睡意。

他心想，这不怪自己，开了间古玩店，一年多了才开张，开张就是大买卖，500 元买了件一千多万的青铜器，这事儿搁谁，谁都睡不着。

兴奋归兴奋，梁克己的脑子却越来越清醒，他琢磨着，这事儿怎么觉得有点不大对劲儿呢。那青铜觥不是河南安阳出土的吗？一个农民工小伙子，他怎么会从安阳大老远的背到北京来卖呢？自己虽然没去过安阳，可也听说过，那边下乡收古玩旧货的人多着呢，压根儿用不着来北京。说不对劲儿吧，可这青铜觥却是货真价实的宝贝，一千多万呢……

梁克己琢磨了两壶茶的工夫，想不出来究竟哪里不对劲儿。

正要起身泡第三壶茶的时候，就看到街上走来一个女孩。看上去那女孩年龄不大，也就二十五六岁的模样，肩膀上背着个背包，背包带子绷得笔直。那女孩身后几步，跟着个男子，皱着眉，拉着脸，像是在赌场里输光了钱，欠了债，跟着赌场的人回家拿钱的模样。那女孩边走，边仰头看着街道两边古玩店的匾额，看到明德斋的牌匾后，便不再朝左右观看，从街对面直奔明德斋而来。

进了明德斋，还没容梁克己起身打招呼，那女孩就径直走到梁克己面前的桌子旁坐了下来。女孩身后的男子却没跟着进来，坐在明德斋外面的门槛上埋头叹嘘。

梁克己赶紧沏茶递过去，问有什么可以效劳的。

那女孩没说话，双手提起背包放在自己腿上，转头望了望还在几件瓷器前掸灰的小李。

梁克己就朝小李喊道："小李，你去冯小刚家一趟，问问他家那个明代大龙缸到底卖不卖，给句爽快话，他不在家就去他的办公室。"

小李答应着，插好鸡毛掸子，出了明德斋，拐出琉璃厂，跑到一家福建茶叶店喝茶去了。

那女孩从背包里拿出来一个蓝色锦盒，又从锦盒中拿出来一件瓷器放在桌上，然后静静地看着梁克己，不说话。

梁克己轻轻提起这件瓷器，翻来覆去看了几遍，心中暗自嘀咕，这东西像是个扁扁的大饭碗，可又不像，饭碗下通常都有明显的圈足，端在手里感觉很踏实，而这件像饭碗一样的瓷器只是底部中间凹进去了一片，摆在桌上看，就跟没底足一样，拿在手中反过来看才能看得到跟碗的弧线融为一体的底足，并且底足正中央用青花画着两个圆圈，圆圈内写着“大明宣德年制”。

梁克己抬头看了那女孩一眼，见那女孩正盯着自己看，梁克己又垂头观看手中的瓷器，心中又在寻思，不会这么巧吧，昨天才500元买了件宝贝，今天又有人来店里卖东西，看这瓷器的款识是明朝宣德，难道是明代的官窑瓷器？可这东西是真是假呢？

梁克己看着瓷器，不说话。他故意不说话，他在等这个女孩先开口说话，兴许能从这个女孩口中听出些味道来。

可这个女孩也不说话，只是静静看着梁克己，好像她也在等梁克己先开口说话。

梁克己起身，走到柜台里拿了个四十倍的放大镜，走过来时又打量了这个女孩几眼。这女孩戴着棒球帽，穿着宽大的男式衬衫，高挽着袖子，露着白生生的胳膊，衬衣下是毛边牛仔短裤，脚上蹬着一双运动鞋，肩上的背包是爱马仕的。梁克己坐回桌旁，边用放大镜贴在瓷器上装模作样地看，边心里琢磨，这女孩看上去像是有钱人嘛，有钱人家里的藏品，根本不会拿到琉璃厂来卖。不过也说不准，现在的女孩宁肯省吃俭用熬几个月，也要买个名牌包包出来撑门面。

看了大半天，梁克己才抬头说：“这东西想卖多少钱？”总得有人说话吧，这样耗着也不像话。

“不卖钱。”那女孩道。

“不卖钱？莫非你是想让我给你鉴定一下真伪？”

“不用鉴定。这件雪花蓝釉钵是真品。”

梁克己暗自恨自己，这件瓷器自腹部往上朝外撇出，到了口沿处又微微收了进来，腹部以下渐渐收进，分明就是佛门寺院里所用的钵的造型，自己隐约已猜到是钵，却又不敢说，怕说错，这没什么可恨的，可恨之处在于，这件钵的外表是蓝白相间的釉色，触手摸去能清晰地感觉到凸凹不平，不管是用放大镜看还是用肉眼看，都能看得出，这件钵是先通体施一层白釉，然后再在钵外喷洒一层蓝釉，蓝釉与白釉交相辉映，看上去像是蓝色的地板上浅浅地落了一层雪花，又像是在白茫茫的雪地上洒了一片蓝色花瓣。自己几个月前跟人喝茶时听人说起过，这雪花蓝釉又叫洒蓝釉，是明代宣德年间才开始烧造的瓷器，洒蓝瓷中，尤以宣德年间为精为贵。当时自己还特意问了人家洒蓝釉的特征，可现在一件洒蓝釉摆在自己眼前，自己竟然不知是何物。

“你说真的就是真的？”梁克己有点不服气了，宣德年间的洒蓝釉，全部都是景德镇为宫廷烧制的官窑精品，极其难得，一个女孩随随便便跑到琉璃厂来，拿出一件洒蓝釉说是宣德年间的真品，谁敢相信呢。

那女孩听了梁克己的话，也不反驳，又从背包里拿出来一个锦盒，打开锦盒，从中取出一个香炉摆在桌上，伸手指着香炉说道：“这件蓝釉白花八宝香炉，也是宣德年间的，也是真品，请过目。”

梁克己见那香炉不到半尺高，有三条腿儿，腿脚跟马蹄似的，香炉肚子厚实，口沿也较为平直，有两个朝内弯曲的耳。香炉通体蓝色釉打底，口沿下绘有一圈白色的卷草纹，肚子上绘有弯曲起伏的白色缠枝莲，莲花中间画有八团白色图案。香炉下有青花绘出的双圈，圈内有楷书大明宣德年制的款识。

那女孩在旁边说道：“香炉上的这伞、花、瓶、鱼、结、幢、轮、螺佛门八宝和缠枝莲、卷草纹都是先在瓷器的素胎上刻出来，然后将白釉施于图案上，香炉上其他地方则填以蓝釉。”

“嗯，蓝釉白花，就是这个特点。”梁克己点头附和，接着话锋一转又说道：“既然你不是想要卖这两件瓷器，也不是想让我鉴定，莫非你是想让我给这两件瓷器估个价？”

那女孩摇头说道：“这两件的价格我知道，保守点说，这件雪花蓝釉钵值八九百万元，这件蓝釉白花香炉值二千多万元，两件加起来，价值应该在三千万元往上，只多不少。”

梁克己喝了口凉茶，抹了抹嘴，冲那女孩说道：“你也不卖，也知道是真品，还知道价值多少，这么说来，敢情您这是来小店里摆阔来了？小的我是不是该瞪着大眼张着嘴，流一桌哈喇子才是？是不是得赶紧拿相机跟这两件宝贝合个影呢？”

那女孩正要说话，梁克己瞪大眼睛，挥手说道：“别来北京显摆。咱北京人，啥宝贝没见过？北京的博物馆大大小小加起来几百家，一天逛一个博物馆要差不多两年才能逛完呢。大妹子，哥有北京各大博物馆的通用年票，要不借给你使使？”说着，梁克己跷起二郎腿，晃着脚上的布鞋，瞄着那女孩脚上的运动鞋说道：“这就跟穿鞋一样，有人穿的内联升，有人穿的阿迪王，塑料底子倒跟千层底臭显摆起来了。”

梁克己这也是没办法了，他实在是摸不清楚这女孩想要做什么，不卖东西、不求鉴定也不要估价，那她是干吗来了？再说，这两件瓷器自己根本不知道真伪，不如索性激怒这个女孩，人一发怒，就容易说实话。

那女孩听了这番话，也不发怒，静静地说道：“我不是来跟你显摆的。这两件瓷器，我送给你。”

梁克己瞪了瞪眼，像是没听明白，嘴里问道：“送给我？白送？”

那女孩道：“不是白送，是跟你换一件东西。”

“换东西？换什么？换年票？”

那女孩轻轻摇头，从背包里拿出个手机来，按了几下，把手机递到梁克己面前，说：“换这个。”

梁克己拿起手机一看，心里咯噔了一下，手机里有一幅照片，正是昨天那个农民工小伙子卖给自己的青铜觥。

“这是什么东西？是夜壶吗？嗯，怎么看怎么像虎子。”梁克己面不改色，晃着二郎腿问道。

那女孩拿过手机来又按了一下，递了过去，梁克己一看，是明德斋门脸的照片。那女孩说道："昨天，有位兄弟卖给你这件青铜觥，出了门后，他用手机拍下了你店面的照片。"

梁克己正要开口辩驳，那女孩摆了摆手，示意梁克己先别说话，等梁克己闭上嘴后，那女孩接着说道："刚才我给你看这两件瓷器，很容易出手，并且不像青铜器那样担风险。我用这两件瓷器换你买去的青铜觥。你若相不中这两件瓷器，我可以给你三千万元现金。说实话，那件青铜觥的价值也就是两千万元左右。怎么样，你考虑一下。"

梁克己觉得自己的脑子有点发涨，放下二郎腿，倒了杯茶一饮而尽，缓缓跟那女孩说道："妹妹，我没买过什么青铜器，这可是犯法的事儿，您可别冤枉我。别说你给我三千万，你就是给我三个亿，我也没办法给你弄个青铜器来。"

"你放心，我不是文物局的，也不是公安局的，那件青铜觥……跟你说了你也不明白，你开店不是为了多赚钱吗？"

那女孩要不提文物局和公安局，梁克己还不往这里想，她这一提，梁克己更不敢承认了，心下暗自猜测，这女孩没准儿真的是公安局的，嘴里说不是，其实这是欲擒故纵，是钓鱼。哪怕她真的不是公安局的人，那也不能承认，这刚出土的青铜器买来就怕这些麻烦，若是开襟过的青铜器就不怕这些。反正不管怎样，说什么也不能承认。

梁克己拿定主意，跟那女孩不停地解释，自己根本没买过青铜器。

那女孩见梁克己咬死了不肯松口，便又说道："那件青铜觥关系重大，多在你这里放一天，就会给你多添几分麻烦……这样，你先别回绝我，你考虑一下，明天我再过来，明天你再答复我。"

说完，那女孩起身告辞，转身朝明德斋外走去，两件瓷器摆在桌上没有带走。

梁克己急忙追上去，跟那女孩说你的东西忘记拿了。

那女孩边推门边说道："就放在这儿吧，反正我明天还要过来。你可以找人过来看看这两件瓷器，看是不是真品，值不值那件青铜觥。”

“这怎么能行，万一有个磕碰，我不是说不清了吗？”梁克己说话的工夫，女孩已经出了明德斋，朝街上走去。

梁克己心里着急，也不敢回屋拿着瓷器去追那女孩，生怕纠缠中不小心给打碎了，那可就真的说不清楚了。无奈，梁克己只能快步上前追住那女孩，让她带走瓷器，女孩不肯，梁克己急了，一把握住女孩的手，就要往明德斋里拽。

还没等往回拽一步，梁克己就瞥见刚才等在门外的男子蹿了过来，一把握住自己的手腕，往外一拧，梁克己胳膊顿时疼得要命，接着就是“啪”的一声，脸上火辣辣的，眼前金星乱窜，然后就晕头转向地摔倒在地，等他从地上爬起来，早已不见了那女孩的踪影。

相邻的几家古玩店老板和街上的行人见状，纷纷围拢了过来，问梁克己发生了什么事，要不要报警。

梁克己苦笑着冲大家摆手说，以前的女朋友，来要分手费的，没事，没事，大家散了吧。说完，梁克己钻出人群，跑回了明德斋里。

进了屋，梁克己便跑到桌子旁收拾那两件瓷器，屋外围了一群人，万一有人进来看到这两件瓷器可不妙。若是平时，古玩店里有一件稀罕玩意儿或是值钱的宝贝，不管是不是自己的，梁克己总要想方设法把宝贝多留在古玩店几日，让更多的收藏者或是同行看到。这样一来，收藏者对这家古玩店的印象会加深许多，就会认为这家古玩店有好东西，以后有事儿没事儿都会过来看看，而同行则不敢小瞧，以后见面会谦逊许多。这也是古玩店提升自己声誉和聚集人气的一种手段，大多数的古玩店都乐意这样干。

可现在这种情况，梁克己却必须赶紧把这两件瓷器收起来。

果不出所料，梁克己前脚进屋，后面就有两个人紧随其后跟了进来。梁克己刚把那件蓝釉白花八宝香炉放回锦盒，就听到身后有人赞道：“啧，这碗不错。”

回头一看，是斜对面萃珍阁的老板刘余富，旁边还有一个戴金丝眼镜的中年男子，那男子走到桌前，站在梁克己身边，又开口说：“这碗好看。”

刘余富也走过来，开口介绍道：“这位是在中关村开公司的老总华昂。”

梁克己只好开口说道：“失敬，失敬。”

华昂点头说着客套话，眼睛却不住地瞄着桌子上的洒蓝钵，终于忍不住伸手过去，将那洒蓝钵拿在手中观看，嘴里念叨着：“这碗，啧，清爽，洒脱……”

梁克己只好解释：“这钵是雪花蓝釉。”梁克己心里明白，钵其实就是佛门释子用的碗，但是作为一个古玩店老板，绝不能附和着也说碗，那不是自掉身价嘛。

华昂看了几眼，又将那洒蓝钵托在掌心，扣指轻弹，听到瓷音脆响清亮，激荡缠鸣，又感觉到洒蓝钵在自己手中轻轻战栗，不由得又开口称赞。

梁克己心不在焉地附和了几句什么“音如磬，质如璜”之类的话。

一旁的刘余富却是妒意大增：自己认识这位华昂老总四五年了，这人口味比较杂，瓷器玉器书画杂件，只要是真品，只要他喜欢，就会掏钱买，并且爽快，只要价格不是贵得离谱，很少磨磨叽叽地讨价还价。虽然说他经常在自己店里买东西，可从未像现在这样兴奋地赞不绝口，自己隔三岔五地打电话请他来萃珍阁坐坐，小心翼翼积年累月培养起来的老顾客，却在别人的店里眉飞色舞，自己绝不能容忍这样的事情发生。

刘余富凑近了一步，看着华昂手中的洒蓝钵说道：“声音不错。今儿我倚老卖老托大一回，告诉你们俩用声音鉴定瓷器的法子。在以前，鉴别一件瓷器时，经常会在瓷器上敲一下，弹一下，知道为啥吗？瓷器发出的声音主要是用来鉴别胎质，以前，仿制的瓷器用料不是很考究，或者只在底足、釉色和画工上下功夫，这样一来，仿制的瓷器的胎质就会跟真品有很大的区别，疏松散粗，不像真品那样细密结实。胎质的质地不一样，敲打时发出来的声音自然也不一样，假货往往声音混浊沉闷，真品的声音却是清脆延绵。对，声音仅仅只是辨别胎质的疏密程度和窑口的手段而已。这在以前有效，但是现在，仿品的精细程度越来越高，胎质也越来越讲究，如果仅听声音，你无论如何也听不出真伪之间的区别，因为一件好仿品和一件真品的声音是一样的。”

说着，刘余富走到多宝架前，从架子上拿了一个青花碗过来，在梁克己和华昂二人面前扣指弹了青花碗的口沿一下，说：“你俩听听，这青花碗的声音跟洒蓝碗的声音有啥区别？没多大区别，可是，这青花碗却是景德镇新仿的，进价150块钱一个。你看现在的专家、行家们，手里拿一件瓷器，都习惯弹几下听听声音，大部分的原因是习惯了。但是听瓷器的声音也并非一无是处，现在听瓷器发出来的声音，主要是用来辨别瓷器上有没有裂纹、冲口这样的瑕疵。”

刘余富又走到多宝架前，放下手中的青花碗，又拿了一个竹节青花盘过来，指着青花盘上的一条裂纹说道：“这个盘子是真货，晚清的还够不上，充其量也就是民国早期的盘子，这上边的裂纹比较明显，一眼就能看得见。”边说，刘余富边弹了两下青花盘：“你俩听听，能明显听出声音的断裂嘶哑，这跟低劣的仿品发出的哑音是不一样的，这种声音听着就是破音。这个盘子上的裂纹很明显，肉眼就能看到，但是有的瓷器上的裂纹不明显，还有的瓷器上边的冲口和裂纹都修补过，表面上根本看不出什么来，但是你只要敲一下瓷器，就能听出来声音是破的。对，现在敲击瓷器的主要目的不是鉴定瓷器的真伪，而是用来查找瓷器有没有毛病，有没有瑕疵。俗话说，没有金刚钻，不揽瓷器活儿。任凭他有多少金刚钻，哪怕他有一颗钻石矮星，也经不住你扣指轻弹。”

华昂连连点头，伸手又在洒蓝钵上叩击了一下。

梁克己却是心中大怒，心想，怪不得别人都说这刘余富不是个东西，看来大家所言极是。你这不是来寒碜人的吗，你说仿品的声音如何，有瑕疵的瓷器如何，可你不能在我的店里挑瓷器出来示范呀，这不是摆明了告诉别人，我这店里没好货嘛。

若是平时，梁克己岂能容刘余富在自己店里这般拆台，可现在梁克己却不言语，拿起桌上的锦盒看着华昂，等着华昂把洒蓝钵放下。

华昂捧着洒蓝钵，左看看右看看，又拿起桌上的放大镜贴在瓷器表面和钵底细细看，看来看去就是不放下。华昂心中暗自思量：这洒蓝釉瓷器，市面上最常见的是清康雍乾三代或是三代以后烧制的，那时候已经不叫洒蓝，叫吹青，官窑、民窑都有烧制，价格悬殊。明代的洒蓝釉很少见，宣德时期的洒蓝釉就更少见了，国内外加起来也仅有七八件而已。自己手里的这件洒蓝钵，首都博物馆里也有一个，几乎一模一样，也是宣德时期的珍品，国内收藏者若是想看宣德时期的洒蓝，只能去首都博物馆里看，别的地儿没有。这么珍贵的瓷器，有钱都没地儿买去，怎么会出现在琉璃厂的一间小古玩店里呢？可用放大镜看上去，钴料烧制后呈现的蓝釉完全融入了玻璃釉中，并且蓝釉斑点发色不均匀，凸起处色泽深沉，边缘则呈现正统的明代霁蓝色，碗内的白釉洁白润泽中隐隐泛青。怎么看，这件洒蓝钵都像是真的。

“这碗怎么卖，多少钱？”华昂捧着碗问道。

“这钵不卖，我一朋友托我给他找的，找了大半年才找到。正准备给人送过去呢。”梁克己说着就伸手要把这钵收起来。

“别呀兄弟！”华昂抓着碗不肯松手，犹豫着要不要打电话喊几个鉴定瓷器的行家过来给自己掌掌眼。

梁克己在旁边拿着锦盒又催了几遍，无奈，华昂只好作罢，将手中的洒蓝钵轻轻放在桌上。梁克己把洒蓝钵放回锦盒，不住地道歉。

华昂笑了笑，指着另一个锦盒问里面是什么，梁克己说也是洒蓝钵，一模一样。

华昂心里嘀咕，两个锦盒一大一小，怎么可能也是洒蓝钵呢，不过是不想让自己看罢了。有的古玩店为了把古玩卖个高价钱，故意遮遮挡挡、欲擒故纵地吊买家的胃口，那都是一般的古玩，像这种宣德时期的洒蓝钵，别说是古玩店，就是拍卖会可能几十年里也遇不到一件，这还用古玩店的老板使伎俩吊人胃口吗？这洒蓝钵摆在桌上就能令自己心甘情愿地掏钱，若是真品，自己愿意花一千万元买下来，只要不超过一千五百万元，都在自己的接受范围之内。可现在的情形看上去，怕是这件洒蓝钵真的已经订出去了，不像是吊人胃口。

这时，小李从外边走了进来。

梁克己急忙交代小李，说自己出去一下，让小李招呼好客人，给客人泡茶。

刘余富就笑道："不用了，我那边儿的茶壶还热乎着呢。"

华昂见梁克己急匆匆收拾起锦盒就要出门，急忙走上前去要了一张梁克己的名片，边和梁克己、刘余富往门外走，边约梁克己有时间一起吃饭。

出了门，告别华昂刘余富二人，梁克己抱着两个锦盒上了车，离开琉璃厂朝他父亲的住处驶去。

梁克己到了湖门村，远远便看见小院子的院门大敞开着。

自从他父亲十几年前搬来这里后，他从未见这扇黑漆院门这样爽快地大开过，每次都要叩门许久才会露出一条缝，仅容一人挤进去。

这扇门今天开了。平日里从院墙上飘出来的淡淡沉香味，现在从院门涌窜出来，海浪般迎面拍来。

院子里，石桌旁。梁瑞秋醉眼惺忪，歪着头看着儿子走了过来，站在石桌旁，端起酒杯闻了闻，放下，又端起来尝了尝，仿佛不相信自己喝的是酒。

“您，您这是怎么了？怎么喝起酒来了？”梁克己顺手拿起石桌上的酒壶，晃了晃。

梁瑞秋伸手夺回酒壶，放在自己面前，两眼看着酒壶。那是把白瓷执壶，嘴长把高肚子厚，壶身的玻璃釉下有青花书写的《般若波罗蜜多心经》全文。

“……观自在菩萨……心经二百多字，奥义全在开头的‘观自在’这三个字，观自在，这三个字不难理解吧，观察审视自己在做什么，以前做过什么事情，现在正在做什么事情，以后计划做什么事情。什么事情是对，什么事情是错，什么事情能做，什么事情不能做……佛学里的打坐冥想，不是让你想什么大小丹田和周天，而是让你观自在，自我审视，自我修正。可叹的是，居然有开小差的佛门弟子能把打坐冥想演绎为气功。”

梁瑞秋放下酒壶，端起酒盅一饮而尽，转身望着北边，继续喃喃自语：“我为什么来这里住？……这里清静，这里离法华禅寺很近，虽然是遗址，可遗址更清静，没有‘大师’骗你解签、开光、点灯上香……每天黄昏我都要在这法华禅寺边念经，伴着蝉鸣蛙叫。”

“您是不是有点喝多了，我扶您回屋里歇会儿。”梁克己小心问道。他记得，他父亲没搬来此处时，经常喝酒，偶尔也会喝醉，喝醉了就躺在沙发上呼呼大睡，从来不撒酒疯说胡话，自从搬来这湖门村后，深居简出，话都不多说了，酒更是一滴不沾，今天这是怎么了？

梁瑞秋笑了笑，笑着摇了摇头，转过身来看着梁克己说道：“你以为我喝高了？这十几年来，你眼中的我是不是傻老头一个？放着外边的花花世界不去享受，却跑到这荒郊野外来隐居？”

“没，没，不是这样……”梁克己急忙辩解，却又不知该怎样说，平日里口若悬河能把太阳侃成家里的台灯，现在却结巴了。

梁瑞秋瞥了一眼梁克己放在石桌上的两个锦盒，提起酒壶，边斟酒边问：“什么东西这是？莫非你知道我在喝酒，特意买来的酱牛肉？”

梁克己打开锦盒，小心将洒蓝钵和蓝釉白花香炉捧出来，放在石桌上离自己较近的一边，双手放在两件瓷器旁说道：“您看这两件瓷器真不真，能值多少钱？”

梁瑞秋扫了一眼，端起酒盅，又放下，望着石桌旁的大龙缸，里面有锦鲤，有莲花。“古玩，不管是青铜器、瓷器、书画、玉器还是零碎杂项，但凡跟宗教沾边，身价就会倍增。这洒蓝钵换成宣德年间的瓶瓶罐罐，只要尺寸不是多出得离谱，价格肯定没这钵高，蓝釉白花香炉也一样。用同样的瓷土，同样的做工，同样的制瓷师傅，同一个监瓷官，甚至同样多的柴火烧出来两件瓷器，一件佛门法器，一件御用瓷器，肯定是佛具抢手。别迷信官窑御瓷，佛用瓷器才是保值增值的首选瓷器。至于价格，谁心里也没个实实在在的谱，除了买家，谁也没权利定价。这两件东西哪里来的？”

梁克己正准备答话，梁瑞秋摆了摆手说道：“让我猜猜……嗯，肯定是有人给你的，用这两件瓷器换昨天那件青铜觥。”

梁克己头皮麻了一下，张着大嘴说不出话来。

“原本以为明天才会来，没想到今天就来了。嗯，那老头肯定说，先放在你店里，你可以找人看看这两件瓷器的真伪，然后你再拿主意，是用瓷器换青铜觥，还是直接给你开支票。”梁瑞秋说道。

“您，您怎么知道……”梁克己脑子转呀转，想他父亲怎么会知道刚才发生的事情，难道念经的真的会算卦？难道是刚才父亲给店里打电话，小李说的？不会呀，小李压根就不知道自己的父亲在北京，没准儿小李一直以为自己的父亲已经过世了呢，即便是小李接到父亲的电话，也会当作陌生人的电话。除了自己和母亲，谁都不知道父亲在这里。

“观自在。你要知道自己在做什么。你一定要知道，因为别人看着你。别以为我什么都不知道，你小子开古玩店是假，隔三岔五地卖几件家里的古玩却是真。我该怎么说你呢？败家子？啃老族？”

梁克己觉得像是有一条绿蛇吐着芯子缠在自己的脖子上，喘不上气来，蛇身贴在自己的脊背上，冰凉凉的。

“你除了会不搭调地吹牛侃大山之外，再没有一技之长。花花世界有各种各样的东西诱惑着你，你需要钱。你独自守着留在家里的古玩，煎熬着，像饿着肚子的人等着买米下锅吃饭却又守着一袋没人认领的金子。直到去年才扛不住了诱惑，开始变卖古玩，你还怕卖亏了，才开古玩店，熟悉行情了再卖……”

看着儿子坐也不是，站也不是，梁瑞秋微笑着继续说道：“没事，孩子，这没什么，换作是我，我怕是挨不了一两年就会拿古玩换跑车换别墅，而你，现在还开着个破车，还住在板楼里。说真的，我年轻时真的不如你……没事，只要你知道现在正在做什么就行，或许是我太自私了。”

梁克己抬头看了他父亲一眼，瞧那神色不像是在讽刺挖苦自己，也不像是在说反话嘲弄自己，便赶紧说道：“您猜对了，这两件瓷器是有人放在店里的，却不是个老汉，是个姑娘。”

梁瑞秋迷离的醉眼睁大了，盯着石桌上的瓷器看了一会儿后才开口问道：“姑娘？”

“嗯，不是个老汉，是个姑娘，听口音不是北京人，像是苏杭那边口音。”

沉吟片刻，梁瑞秋缓缓说道：“把这两件瓷器留着吧，那姑娘要再去你的古玩店，把那件青铜觥给她。”

“给她？为什么？”

“别问为什么，古玩行里稀奇古怪的事情多了去了，掰扯起来，你在这湖门村住三年也听不完。有空再说。青铜觥在东墙角放着呢，你去拿过来。”

梁克己答应了一声，走到墙角，见墙下摆着个木箱子，不是自己昨天装青铜觥的那个木箱子，回头问了一句是不是这个箱子，听到说是，便抱起来搬到石桌旁。

“那边有绳子，扎一下。”

梁克己顺着父亲指的方向，走到房檐下拿过绳子来，是自己原来扎箱子的那条绳子。

绑好箱子，梁瑞秋说累了，独自回屋休息，梁克己来来回回两三趟，把木箱子和锦盒搬到车上，掩好院门，离开了湖门村，回到了琉璃厂。

只等着那姑娘第二天来取这件青铜觥。

梅雪茗来到琉璃厂的时候，梁克己正在犯愁。

昨天从他父亲那里把青铜觥拿到家后，忍不住打开了木箱子，想要多看几眼，再拍几张照片留念，没想到木箱子打开后，梁克己就傻眼了。

他明明记得，前天，他抱着青铜觥去了湖门村，亲眼看着他父亲用小竹篾和薄钢刀一刀一刀地剔除掉青铜觥表面的浮锈，露出原本掩埋在铜锈下的铭文。等他离开湖门村的时候，这件青铜觥上的表锈已经剔除掉了差不多一小半了，临走的时候，他还掏出手机拍了照片。照那样的速度，自己昨天离开湖门村之后，再过一两个小时，这件青铜觥表面的铜锈就会被剔除得干干净净。

可打开木箱子后，却看到箱子里的青铜觥通体布满了厚厚的铜锈，铜锈上还粘着泥巴、木炭屑和星星点点的朱砂末。剔除掉的铜锈竟然还在，就跟前天那个农民工小伙子拿到店里来的一模一样，只是原本被铜锈紧紧黏结的觥盖能提起来了。

这简直不可思议，就像明明看到街上的房子已经被推土机夷为平地了，可第二天醒来一看，拆迁掉的房子竟然还在，并且跟拆迁前一模一样。

梁克己掏出手机，翻出青铜觥的照片，和木箱子里的青铜觥仔细比较着，看过来看过去，看了一个多小时，除了那被剔除掉的一小半铜锈，其余地方完全一致，分毫不差。

梁克己曾经听说过，青铜器的表面作伪大致分为色泽作伪和铜锈作伪两种，其中的铜锈作伪方法大致分为内伪和外伪两种。所谓“内伪铜锈”也叫“起锈”，指的是青铜器的表面发生化学反应而生出来的铜锈，比如在青铜器表面淋敷硫酸盐酸醋酸等药剂，然后埋入地下，让青铜器快速生锈，虽然说的是快速，但也要几个月的时间，考究一些的甚至要数年。虽然这种用酸液泼出来的锈在古玩行里被称作伪锈，但仔细想想，它还是真的生锈了。而“外伪铜锈”又叫“挂锈”，是在新铸造出来的青铜器表面粘贴一些铜锈上去，比如一个铜火锅，作伪者可以把事先准备好的铜锈用特制的胶粘到铜火锅表面，这样，你就会看到一个很像是刚出土的电火锅。因为这样的铜锈是后来粘贴到表面的，剥开铜锈后就会发现，铜火锅的表面其实没生锈，只是外边披了一层铜锈制成的紧身衣而已。“外伪铜锈”很像是烹饪里的挂霜。而用漆水颜料伪造“传世古”“火烧红”等诸多色泽的，一律属于色泽作伪的范畴。

箱子里的这件青铜觥，昨天铜锈明明被剥除掉一小半，而现在看上去却完好无损了，这难道是把剔除下来的铜锈又重新粘贴到青铜觥上了？只有一晚上的时间，无论泼多少硫酸，青铜觥都不会生出跟周围融为一体的铜锈来。

梁克己拿着放大镜凑在青铜觥表面，看錾的周围有没有粘贴过的痕迹。

看不出来。虽然一丁点也看不出来，可梁克己还是觉得有些心虚。

梅雪茗来到琉璃厂，刚迈进明德斋，梁克己急忙上前招呼，旁边的小李也知趣儿，没等梁克己吩咐他去找冯小刚，就走出了明德斋，反手掩好了门。

“怎么样，想好了吗？”等梁克己端着茶过来放到桌上，梅雪茗问道。

“想好了，我跟你换。”梁克己原本计划装模作样地让这姑娘再少添点现金，即便是她不添，那也要做做样子，你来我往互不让步，然后才松口松手，把青铜觥给她。这卖古玩都是这样，卖家越较真抬着价不松口，买家就越容易相信所买的古玩是真的。梁克己和旁边几家古玩店的老板曾经做过实验，派了个伙计拿着一个乾隆年间的将军罐去了潘家园，随便挑几家古玩店进去，问人家要不要这将军罐，给多少钱，店老板一开价，伙计立刻答应，结果半数的古玩店老板都打了退堂鼓，都说不要了。只有三分之一的古玩店老板相信他们自己的眼力，愿意成交。当然，派去的伙计找了个借口抱着将军罐跑了，那价格简直是明抢。计划归计划，梁克己现在看到面前的姑娘神情泰定，一副胸有成竹的模样，估计不会吃自己这一套。随随便便就把价值数千万元的瓷器放在陌生人的店里，那都不是一般人，估计也见过世面，还是爽快点给了她比较妥当。

把小屏风挡在桌前，梁克己从柜台后搬来木箱打开，从里面抱出青铜觥摆在桌上，又把放大镜摆在桌上，伸手示意梅雪茗查看青铜觥的真伪。

梅雪茗抱起青铜觥，掂量了一下分量，揭开青铜觥的盖子反过来看了看，又扣回到了青铜觥上，退后几步，站在几步外的地方端详着青铜觥。

“这屏风不能撤，要不街上的人顺着窗户就看到了，要不我把灯打开？是不是光线有点暗？”梁克己问道。

“不用。”梅雪茗掏出手机，看着手机里的青铜觥照片，淡淡说道。

“您用放大镜看呀，德国进口的，带光源的，看得倍儿清楚。”

梅雪茗轻轻摇了摇头。

“您看这觥的造型，多漂亮，我敢说，把全中国翻个底朝天，也找不出比这件更漂亮的青铜觥来了。您说是吗？”梁克己说道。

梅雪茗低头看着手机上的照片，没说话。

“特别是这觥首，比英国女王头上的王冠漂亮多了。能配得上拥有这么漂亮的青铜觥的人，天底下只有您一位。”梁克己继续搭讪。

“您看这表面的铜锈，纯正吧……”

“您再掂一掂它的分量，这青铜器什么都能作假，唯独分量一点都掺不了假。外国有个什么科学家，把自己泡在浴缸里，发现水会往上涨，然后就发现了物质的质量，这外国的科学家发现得太迟了，他发现的时候，咱们中国早就在应用了，曹冲称象那个就不说了，宋朝有鉴定青铜器的方法，把青铜器浸泡到水里，用溢出多少水来判断青铜器的真伪。您说咱们中国人聪明不？你说咱们自豪不？”

“您这衬衫哪儿买的？阿玛尼的吧，没想到女人穿上阿玛尼竟然这样好看，我一直想买一件……”

梁克己跟在梅雪茗后面，唠唠叨叨不停地问话，梅雪茗却充耳不闻，看看手机里的照片，再看看桌上的青铜觥，然后又凑到青铜觥跟前，仔细查看觥盖与觥身结合的部位，一句话都不说。

梁克己没辙了。古玩店的老板经常会像梁克己这样跟买家讲话，特别是古玩有不明显的瑕疵时，古玩店老板就会千方百计地跟买家说话，引开买家的注意力，以便顺利过关。梁克己一直都在担心那块原本已被剔除后来又粘贴上去的铜锈被梅雪茗看出来。虽然梁克己自己用放大镜都没能看出来，但他还是心虚。

梁克己见自己无论说什么，面前的这个姑娘都不搭理自己，估计自己这一招被识破了，梁克己只好乖乖闭嘴，提心吊胆地看着梅雪茗的脸色。

十几分钟后，梅雪茗终于说话了：“行了，我看准了，帮我装起来行吗？”

梁克己痛快答应着，小心地把青铜觥装回木箱子里，拿绳子一圈圈地绑好箱子。

“帮我搬出去行吗？有点沉。”

梁克己又答应着，扛着木箱子出了明德斋，正要放下箱子锁门，梅雪茗指了指前边：“我的车就在前边，没几步。”

跟着梅雪茗来到车前，把木箱子放进后备厢里后，梅雪茗说谢谢，梁克己揉着刚才扛木箱的肩膀说：“小意思，甭客气。”

梅雪茗笑着说：“我是谢谢你刚才夸我漂亮。”

说完，驾车扬长而去。

离开琉璃厂，梅雪茗把车开向任良玉的建筑工地。

来到工地，车还没停稳，早就守候在此的任良玉就跑过来挨在了车外，车刚熄火，任良玉就拉开车门，见梅雪茗也不解开安全带，双手还握在方向盘上，没有要下车的意思，任良玉便又轻轻关好车门，跑到车的另一侧，拉开车后门钻了进去。

“怎么样，拿到了吗？”任良玉心急火燎地问。

“嗯，拿到了。发现这件青铜觥的那人什么来历？”

“是个农村小伙子，叫杜行，平时就在他家的苗圃里干活，今年才跟着包工头离开家出来打工，我让人去他村子里打听过了，村主任都说他老实憨厚，政治面貌还行。”

“他现在在吗？能请他过来说话吗？”

任良玉立刻推开车门，站在车前朝一帮正在干活的人喊道：“老杨，老杨，让杜行过来。”

不一会儿，杜行就小跑着过来了。

“上车。”任良玉钻进车，边往里边挪着身子边朝杜行说道。

杜行拍了拍裤子上的尘土，正要上车，梅雪茗推开车前门说：“坐前边来。”

杜行望着车内的任良玉，不知道该坐前边还是后边。

“你去前边，去前边。”任良玉往外挪了挪屁股，伸手拽住车门，边往回拉边说道。

刚坐稳，杜行就听到身后的任良玉说道：“你是怎么得到这件青铜器的？说出来听听，有什么说什么，放心，哪怕是你钻进古墓里挖出来的，我们也绝不会跟别人说。”

“不是我，我没挖古墓……”杜行转头望望任良玉，又回头看看身边的梅雪茗。

梅雪茗侧头朝他看过来，杜行赶紧转头，跟任良玉又说道：“是我捡来的。”

“捡来的？”

“上个月回老家拉树苗，得点空，我就想回家一趟，我请了假的，不信你问老杨。”

“嗯，我没说不让你请假回家，继续说。”

“我想快点回家，就抄近道沿着山路走，走到半路上，听到玉米地里哗啦啦的一阵响动，吓得我赶紧爬到路边的崖上躲了起来，那条路上最近几年闹野猪，野猪冷不丁地就从庄稼地里蹦出来，听说把人拱翻后野猪就跑到不远处的庄稼地里站着，小眼睛一直盯着人。我还以为是野猪呢，躲在土崖上大气都不敢喘，等了几分钟，没想到出来四个人，抬着两个大麻袋，前边两人抬一个，后边两人抬一个，顺着玉米地里的空隙往小路上走。我们那边玉米的行距恰好是一个麻袋的宽度，那是种玉米的时候的行距，等玉米种子长成了玉米秆子，玉米秆子东倒西歪的，这时候的行距就窄了。我们秋天往外收玉米的时候，收割机不去山上，只能人工收，把半袋玉米背在肩膀上往外面的小路上背，一边走一边用手拨开玉米秆子和叶子。他们四个人不用手，用脚踩，前边的两个人把两行嫩玉米全给踩折了，糟蹋庄稼。快走到小路上的时候，踩倒的玉米秆子茬剐住了后边两个人的麻袋，刺啦一声就把麻袋剐破了，咣当当地响了几声，麻袋里滚出好几件青铜器，有个人大声叫唤，砸着他的脚了，其他三人就不让他叫唤，让他小声点。他就坐在地上揉脚，其他三个人捡起破麻袋，用绳子扎紧破了的口子，往麻袋里装掉出来的青铜器，麻袋一扎口就小了，装的东西也少了，怕是也不敢多装了。麻袋破了口子不能扎，只能缝，扎起来装东西还会被撑开，除非少装点东西。结果，地上就剩下几件青铜器装不进麻袋里去了。其他三个人也腾不出手来拿地上的青铜器，就让那个砸疼脚的人在原地守着，说一会儿来接他。没想到那人不干，说脚疼走得慢，他现在开始走，等其他人返回来拿了青铜器再沿着小路走到山下，他也正好能走到山下。要是他在这里等着，等他们返回来再一起往山下走，其他人上了车，他还在半路上，其他人回了城里洗完热水澡准备吃饭时，他还在路边等车呢，所以他不干。其他人拗不过他，青铜器也拿不了，没法子，就在玉米地里挖了个小浅坑埋了，一会儿再回来拿。等他们走了以后，我就跑过去，挖开土，抱了一个青铜器跑回家。"

任良玉听完，琢磨了一会儿后问道："你们那边，大白天就有人盗古墓？"

"我们村附近盗墓的少，听说市里那边多，不过也没听说过大白天盗古墓的。要不是亲眼看见，我也不信。"

"那四个人，如果你再遇见他们，能认出来吗？"梅雪茗忽然问道。

"能，肯定能认出他们。"

"你跟我去个地方，如果见到他们，就悄悄告诉我。行吗？"

杜行看着任良玉说："行倒是行，可就怕工头扣我的工资，说我旷工。"

任良玉哈哈大笑道："你去吧，给你双倍工资，不，三倍工资，让你做什么你就做什么。不过还是那句话，这件事情跟谁都不能说，说了扣你三倍工资，不，扣光你的工资……你去洗个澡，换身衣服，麻利点。"

杜行连连点头，下车跑到工地上，拖着水管转到僻静处冲凉。

"任大哥，那我就带他走了，事儿办完后再来请你吃饭。"

"见外了不是，都是自己人，说这些干吗？你去忙吧，有什么需要我的地方，尽管开口，不管我办到还是办不到，都拼了老命给你办。"

梅雪茗连说谢谢。

俩人说着话，没多长时间，杜行换了一身干净衣服跑了过来，站在车前，摸着裤兜说："任总，我的手机您还没还给我。"

任良玉下了车，掏出手机递给了杜行，看着杜行上了车，看着车离开了建筑工地。

第三章　土地庙

告别任良玉，离开建筑工地，梅雪茗载着杜行朝西行驶。

“还有几个小时的时间，咱们干什么呢，不如这样，我带你去逛商场，给你买身衣服。”梅雪茗边开车边说道。

“给我买衣服？为什么？”杜行望了一眼梅雪茗。

“咱们一会儿要去个地方，那里有很多人，你若是穿着……打扮得太前卫太个性了，他们就会盯着你看，你就会很不自在。”

“没事儿，随便他们看好了，平时我和工友们坐公交，去商店，很多城里人都这样看我，早就习惯了。再说，我是男人，你是女人，我怎么能让女人花钱给我买衣服呢。等我有钱了，我给你买衣服穿还差不多。”杜行掏出裤兜里的钱数了数，差不多六百元。

梅雪茗微微笑了笑，见前边有家博物馆，便又说道：“那现在该去哪里呢？不如咱们去前边的博物馆逛逛，你觉得怎样？”

杜行点头说行，又说来了北京几个月了还没闲工夫逛逛呢。

车停在了博物馆外的收费停车场里。杜行抢着去买票，梅雪茗就静静地站在博物馆门前，看着杜行排队买票，又看着杜行买到票后在旁边买了两瓶矿泉水才走过来。

进了博物馆，两人沿着展示台逛了几个展区，就见前面围着一群人。

走近一看，人群当中有一个看上去像是导游的中年男人，正在指着身后玻璃展台内的青铜器向周围的人讲解。他俩围上去听了几句，才知道那个看上去像导游的人正在跟周围的人讲解收藏青铜器的知识，说得头头是道，旁边的人听得聚精会神，生怕漏了一句。偶尔还有人提问几句，并且称呼那人馆长。旁边还有人递给那人杯水，跟周围的人说，大家求知似渴，专门赶来北京参观文物，但也要让我们的刘副馆长润润嗓子……

刘馆长喝了几口水，继续讲解。

梅雪茗和杜行站在人群外静静地听着。

杜行往前挪了挪脚，不小心碰到了前边的一个胖男人。胖男人转过头来，上上下下地扫了杜行几眼，便立刻把斜搭在肩上的背包拽到了胸前，转过身去双手搂着背包听馆长讲话。听了没几句，胖男人又转过头来看了杜行一眼，然后挤进人群，挤到正在讲话的馆长身后的展台旁边，悄悄跟两个博物馆的工作人员说了几句。

顺着胖男人手指的方向，两个博物馆的工作人员看到了杜行，两人一左一右地从人群外绕了过来，来到杜行面前。

其中一个人对杜行说，这里全是外地的收藏者，组团来北京参观交流，让杜行先去其他地方参观。

杜行连连点头答应，耷拉着脑袋站到了一旁，离人群远远的。

梅雪茗本来还有些生气，可看到杜行乖乖地走开，脸上没有一丝一毫的不情愿，就觉得有点怪怪的。自己刚才说给他买衣服时，他说不要，大男人劲头十足，现在怎么变得跟个受惯气的小媳妇似的。难道这人只在女人面前像个男人？

梅雪茗寻思了片刻，总觉得这个杜行有点怪怪的。

梅雪茗走到杜行旁边，小声说：“你们任总交代过你，让你听我的话，说我让你做什么，你就做什么，是不是？”

杜行点头答应着，似乎有些不情愿。

梅雪茗微微扬头，示意杜行跟着她走。走到拐角处，梅雪茗停下来，从挎包里拿出个小便笺本，又拿出笔来，迅速地在便笺上写着什么，不一会儿，便写满了密密麻麻的一页，撕下来递给杜行说："快点，把这页上的内容都背下来。"

杜行拿着纸发愣，问干吗要背下来。

"等一会儿，背给旁边的那群人听。"

"为什么要背给他们听呢？又不认识他们。"杜行看着手里的便笺，极不情愿地说道。

"快点背，别问为什么，小心你们任总扣光你的工资。"

杜行不说话了，低头看着手里的便笺，嘴里念念有词地小声背诵着。

梅雪茗又握笔在便笺本上写字，写满一页就撕下来递给杜行，写了三页后才把便笺本和笔放回了背包里。

旁边那群人，每走到一件青铜器前，都要驻足停下来，听馆长讲解一番后，才继续缓慢地朝这边移动。过了差不多半个小时，那群人就快要走到梅雪茗和杜行这边。

"背下来了吗？"梅雪茗问杜行。

"背下来了。"

"你去那边，站在人中间，大声背给他们听。记住，要大声，要有自信，还要自然些，不能让别人看出来你是刚刚才背会的。去吧。"

杜行手里攥着便笺，插进裤兜里，转身走到人群外，大喊一声："各位，我有话要对各位说。"

聚成一堆的人群像朵很久都没见到阳光的向日葵似的，立刻转了过来。杜行走进人群，站在中间，站在瞪着眼睛迷惑不解看着他的馆长旁边，继续大声说道："对收藏者来说，博物馆可谓是老师。馆内琳琅满目的文物就是收藏者的老师。但是，老师也有好有孬，良莠不齐。不是每一个老师都能把你们领入正道的。就说青铜器，刚才大家看到的这些青铜器，至少有六成以上是经过处理的，比如说，青铜器表面的铜锈剔除后，会覆施一层氧化银做保护层，用来保护青铜器不再生锈，意思跟防锈漆差不多。在这层氧化银之外，又会用颜料涂施一些看上去很像铜锈的锈色，据说这样看上去古色古香，保持青铜器原来的面貌，殊不知，很多收藏者会被这样人为涂抹的锈色害惨。或许，你们已经是受害者，却全然不知。收藏者来博物馆参观，就是来学习的，是把博物馆的文物当作文物古玩鉴定的范本来学习，在收藏者心目中，博物馆的文物就是鉴定的参照物。博物馆修复和保护文物这个自然是没话说，但是人为地做旧就不对了，这会让很多刚入门的收藏者误以为青铜器表面的锈迹原本就是这样，或者也有这样的锈迹。这会潜移默化地影响到收藏者对文物的鉴别能力。不只是收藏者，对普通大众也是一样。有的人参观博物馆，纯粹是旅游观光，但也会看到这些做旧过的文物，这会在他们的潜意识中植入一些信息，认为博物馆的文物就是这个样子。一旦他们日后有机会接触到古玩，他们脑海里的这些信息就会被他们回忆出来供他们参照，这还是比较乐观的情况。据我所知，博物馆里经常会展出一些文物的复制品，却不在这些复制品前面注明这件展品是复制品。对收藏者来说，这无疑是最致命的……”

旁边的馆长脸色越来越难看了，心说，这不是来砸场子的嘛，你好歹也挑一个游客不多，馆长不在的时候来嘛，你唠叨几句，大家眼不见心不烦，过去就算了，这样当着这么多收藏者的面让自己下不来台，成心的是不是……

馆长还没开口，旁边的工作人员就冲进人群，一人搀着杜行的一条胳膊，往人群外拽。

杜行脚下趔趔趄趄，身子扭动挣扎，侧头朝人群外望去，见梅雪茗正望着自己，脸上漾着微笑，像是在看电影。

杜行就又挣扎着扭着胳膊，大声喊道：“你们凭什么，凭什么不让我说真话？！大家一定要小心他们……”

两个工作人员嘴里呵斥着杜行，手上暗自加劲，连抬带拖地把杜行拽到博物馆门前，推在门外。

刘馆长在人群中喊道：“你俩别这样！有不同意见也是可以讲出来供大家参考嘛，我们很欢迎这样的疑问，有疑问才能有提高，有疑问咱们才会进步……”

杜行被推出了博物馆，正犹豫着是否应该再回去把便笺上漏掉的话背诵完，看到梅雪茗款款朝门外走来，便坐在博物馆门前的台阶上，等着梅雪茗。

旁边的俩工作人员可犯愁了，杜行若是硬要往里闯，那就好办了，这就算扰乱公共秩序了，能报警，也能亲自把杜行押到派出所里，还能把杜行请到办公室里谈谈，可现在杜行一屁股坐在大门外，总不能不让人家坐门外吧，可要让杜行就这样坐在门外，万一等会儿博物馆里的游客出来后，他又开始扯着嗓门乱说一通，作为博物馆的工作人员，他俩就没权利再管人家了，人家都站在大街上了。

俩人正大眼瞪小眼不知道该怎么处理这件事情时，梅雪茗出来了，微笑着朝杜行招了招手，杜行便从冰凉的台阶上站了起来，拍了拍屁股，跟着梅雪茗走了。

离开博物馆，沿着大街缓缓步行了一段路后，梅雪茗看了看表，微笑着问旁边的杜行：“咱们该去哪里消磨时光呢？去喝下午茶行吗？现在正是喝下午茶的时间。”

杜行看着梅雪茗，不说话。

“要不，去吃饭？我请你。”

杜行摇摇头，转身指着旁边一栋楼上的广告牌说：“我想去玩台球。”

梅雪茗抬头看了一眼，见那广告牌上写着斯诺克俱乐部，想了一会儿后才说道：“好的，我陪你玩。”

“你会玩？”

“谈不上会，刚学着玩。你呢，你是高手？”

“我也不知道自己是不是高手，反正跟我玩的人都输了。”

“这么厉害？我是不是该拜你为师呢？”

“不敢，不敢……不过你跟我玩几局，应该会学到点什么。”

“听上去你好像真的很厉害，经常玩吗？你平时……你平时的工作不是很忙吗？”

“很小的时候，我就开始玩了。玩那种路边的野球桌，球桌野，练出来的球技也有点野，一般的高手都吃不消，都得乖乖缴枪投降。”

“是吗，你这属于出奇制胜？你是一支奇兵？”

两人边说话，边上了路边楼上的台球俱乐部，开了个包房，玩了一局，杜行才知道梅雪茗压根就不会玩，连球杆都握不稳。

又玩了一局后，杜行说去趟洗手间，问摆球记分的球童洗手间在哪里，球童便领着杜行出了包房，走出过道，伸手指了指，告诉杜行洗手间的位置。杜行非要球童领着他去，球童只能答应，经过吧台时，杜行跟吧台的服务员借了笔和纸。走到洗手间门口，杜行又要球童跟他一起进去，球童脸都吓白了，急着说不。杜行笑着说：“只是写点字给你看，一会儿你背下来，背给包房的那姑娘听就行了。”说着，杜行又翻了翻兜，本来身上带着差不多六百元，除去博物馆的门票和包房的押金后，只剩下二百多元，杜行把这二百多元塞给球童，说：“等会儿你跟那姑娘玩一局，玩的时候说给她听就行了。”

球童接过钱，站在洗手间门外，等着杜行匆匆写了一页字递了过来。球童拿在手里看了一遍，长舒了一口气，说，这个很好背。

杜行在洗手间里洗了把脸，对着镜子自言自语道：“你怎么了？你看上去有点弱智，你是在跟一只小狼崽子玩递纸条的游戏吗？因为她是女的？还是你只是想把狼崽子赶跑，把大狼引来？好吧，原谅你这一次，下不为例。”

从洗手间回来包房，跟梅雪茗玩了一局台球，等着球童把球码好后，杜行把球杆放在球桌上，跟球童说道：“你来打一局，你当一回教练，指点一下。”

没等梅雪茗说话，球童便握着球杆站在了球桌前，梅雪茗瞅了一眼杜行，见他跷着二郎腿坐在椅子上喝水，只得作罢，等球童开了球，上前去打。

球童故意让球走位，方便梅雪茗击球，等到梅雪茗击球时，球童在旁边开始说击球应该是什么样的姿势，怎样握杆，怎样出杆，怎样发力，怎样瞄准，等等，说着说着，球童瞄了一眼杜行，开始一本正经地跟梅雪茗说道：“台球是竞技运动，别看你我双方都温文尔雅像绅士一样打球，其实双方心里都想着赢。就跟下围棋下象棋一样，看上去俩人都彬彬有礼，其实棋局上早已杀得天昏地暗血流成河。竞技运动很残酷，你不能输，只能赢。但这可不是你想赢就能赢的。我刚才跟你说的那些基本功，只要勤加练习，基本上每个人都能掌握，问题不在这里，而在于对局势的判断和利用。一个高手，从开球到收球，时时刻刻都在审视球桌上的球形对谁比较有利，要怎么去处理，怎么去防守，怎么去进攻，才能把自己的优势最大化，才能克制对手，让对手变成自己的观众。而像你这样的新手，能进球就令你很兴奋，自然是全无章法可言。所以，若你想玩，最好也找一个新手陪练，千万别跟高手玩，你被高手玩得团团转估计你还觉察不出来呢……”

梅雪茗听着这话，感觉有些怪怪的，总觉得话里有话，是在暗示自己什么吗？想了想后，梅雪茗微笑着，指着坐在旁边的杜行问球童：“你是说我最好别跟他玩？他是高手，我会被他玩得团团转？”

球童来回晃着头解释：“不……我是说……我说的不是您说的那意思……”

梅雪茗笑了笑，看了看表，跟杜行说道："咱们出去逛一会儿吧。"

杜行点头，喝完杯底的水，起身跟着梅雪茗出了台球俱乐部，沿着大街，随着嘈杂的人流，随意闲逛。俩人像两支漂浮在河面上的鱼标，静静地浮在人流中。

俩人走了很远，又返回来，来到博物馆外的停车场里，开车朝市郊驶去。

斜阳渐落。

西边烧得通红的云彩逐渐冷却，变得昏黄，灰暗，黑青。如一团燃完的灰烬堆在天边。忽又从灰烬中跳出一粒火花，变成第一颗亮起的星星，嵌在夜空。

梅雪茗的车，停在了市郊的一个高尔夫球场的侧门外。

夜色渐浓，梅雪茗却戴着太阳帽和太阳镜下了车，打开后备厢，让杜行把装有青铜觥的木箱搬出来，将车钥匙递给迎上来泊车的球童，又从背包里抽出一张土黄色的名片递给另外一个球童，球童拿着黑名片快步朝大门旁的门卫室走去。透过门卫室的玻璃，依稀看到球童用名片划过桌子上的读卡器。

梅雪茗凑近杜行，小声说道："从现在开始，你仔细看着这里的每一个人，特别是这里的球童，看其中有没有你在老家见到的那四个人。"

杜行点头答应。

不到五分钟，球童走出门卫室，朝旁边挥了挥手，一辆高尔夫球场专用的敞篷电动车从幽幽夜色里开了过来。

杜行望着球童，紧盯着球童双手捧着土黄名片交还给梅雪茗，梅雪茗接过名片，顺手放进了背包里后，杜行的目光才从名片又移向了球童。这里的球童跟别处的不一样，别家选球童，基本上都是选些眉目清秀，行事乖巧的男孩或是女孩，而这里的球童却一律是彪形大汉，体格健硕，像是海军陆战队出来的。

梅雪茗和杜行坐上了电动车，两个球童抬起木箱放到电动车上后，开着电动车驶进高尔夫球场。

车轮碾轧着刚修整过的草坪，绕过沙坑，穿过树林，来到一座小楼前。

说是小楼，其实并不小，占地至少也有十几亩，但这十几亩地藏在宽阔的高尔夫球场的树林后，自然显得很小。

小楼前边站着七八个球童，见电动车载着梅雪茗和杜行，便迎了过来。梅雪茗抬起胳膊肘捅了一下杜行，侧头示意杜行仔细辨认面前的球童，看里边有没有那四个人。杜行瞪着眼来来回回瞅了几遍，轻轻摇头。

一个球童走近二人，也不说话，伸手做了个请的手势，将二人领进一间休息室，尾随在后的两个球童把装着青铜觥的木箱抬了进来，放在宽大的茶几旁后退了出去，领着她俩进来的那个球童，从茶几上拿起房间钥匙递给梅雪茗，问她是先休息一会儿呢还是现在就要去会场，若是想休息，就会在庙会快开始时过来通知。

梅雪茗看了一眼杜行，又环望屋子一圈，见屋子里的窗帘拉得严严实实的，沙发和床都异常宽大，洗手间是玻璃隔断，站在房间的每个角落都能看到卫生间里的大浴缸，便急忙跟球童说，现在就去会场。

球童便又做了个请的手势，在前边带路，领着梅雪茗和杜行出了休息室，上楼进了会场。

会场很大，灯火通明。

宽宽松松地摆着二三十张大圆桌，每张圆桌旁都坐着人，有的坐满了，有的没坐满。

球童领着二人来到一张坐着五个人的圆桌前，拉开椅子说了声请坐后悄然离去。

坐着的人也笑呵呵地打着招呼让二人坐下，梅雪茗微笑着跟桌子对面的五个人打过招呼后坐下，杜行也冲他们咧嘴笑了笑，点了点头，喉间含混不清地哼哈几声，就算打过招呼了。

二人刚坐下，又有球童手托银盘走了过来，给二人面前的酒杯里斟了红酒，又将厚厚的菜单放在二人中间，问二人点什么。

梅雪茗没拿菜单，跟球童说，一小份水果沙拉，一份烤麦蕈，一杯茶。

球童写完梅雪茗点的菜，转头问杜行点什么。

杜行拿起菜单，翻了几页，见每道菜后面都没有标价格，皱了皱眉头，像是不知道该点什么。

梅雪茗正欲开口跟他说话，想要帮他点菜，杜行却忽然合上菜单，把菜单轻轻抛到对面，朝对面的五个人说道："我不识字，谁能帮我叫点什么？"

对面的人先是愕然，随即哈哈大笑，其中有位六十多岁的老者笑呵呵地说："这里的炭石獾肉很棒，保证你吃过一次就忘不掉，一直惦记着。"

杜行就呵呵笑，转头跟球童说，来一个。

对面又有人说，这里的神户牛肉也不错，可跟炭石獾肉比起来，差了不止一个档次。杜行连连点头，又跟球童说，两位大哥说的菜来一个。

球童写完点菜单，见对面的人没有继续再替杜行点菜，便收起菜单和红酒，转身离去。

对面一人笑嘻嘻地问杜行："老弟，真的不识字？"

杜行一脸严肃，连连点头。

那人又笑了，拿起手边的一个干净的仿康熙官窑粉彩盘，反过来朝杜行递过来说："这上边写的什么，认识吗？"

杜行接过盘子，反过来拿在手里细看，见盘子底足画有双圈，圈内写有大清康熙年制，便伸出手指，指着盘子上的字开始数："一、二……六，有六个字，字外边还有圆圈……嗯，我知道了，盘子里的字是'画圈圈诅咒你’，一二三四五六，六个字正好，还有圈圈……”

对面的人越发乐了，递给杜行盘子的那人伸出大拇指冲杜行说道：“兄弟，我没得罪你，你别诅咒我……”说着，那人又笑呵呵地把手伸向旁边介绍道：“这位是牛光柱，专门做隧道工程的。这位是赵科，著名的建筑家、摄影家、画家，对了，还是慈善家，捐过款，哈哈……这位祁自修老哥你以后可要多亲近亲近，咱国内著名的文物鉴赏家，还是教授、博士生导师，祁老的眼力那叫一个刁钻毒辣，任何仿品都逃不出祁老的法眼。这位是何家民，是个祸害，开了好几家化工厂，大家都叫他斑蝥，你别跟他客气，以后就直接管他叫斑蝥。鄙人许章，兄弟，大家交个朋友，以后多亲近，常走动。”

杜行站起来，欠身跟对面的人一一握手问好后，说：“小弟叫杜行，现在……搞绿化工程，以后还请各位多多提携。”

许章望着梅雪茗，向杜行问道：“这位是？”

梅雪茗微微笑了笑说：“我做点小生意糊口，不能跟各位相提并论，能跟各位共桌就餐，就是缘分。”

许章见梅雪茗软语推搪，不想自行介绍，便打了个哈哈，说了两句客套话后，跟杜行说道：“老弟，以前没见过你，是不是第一次来土地庙？”

“嗯，我第一次来。”

旁边的牛光柱说道：“我也是第一次来土地庙，要不是祁老介绍，我还真不知道北京郊外有这么个福地。”

许章端起酒杯，喝了一小口酒，晃着酒杯说道：“这里原来是片荒山野岭，山里有个小村子，村子里的人原本就不多，近些年，有的村民嫌这里偏僻贫瘠，陆陆续续搬出去了；有的出去打工了，也想在外面买房子搬出去；留在村里的就都是些老弱病残了。后来，小和尚看中了这里的风水，要在这里建个高尔夫球场……”

“小和尚？”静静坐在一旁的梅雪茗忽然问道，旁边的杜行也同时开口问道，两人对视一眼，转头望着许章。

“嗯，小和尚，是个人，不是真的和尚，也不知道这绰号怎么得来的，反正大家都这样叫他。这处高尔夫球场和旁边的赛马场、度假村都是小和尚的，大家享用的这些美食美酒都是他免费提供的。只是大家谁都没见过他。接着，他就开始给村民发安置费补偿款，开始拆迁，拆到村子南边，司机正开着装载机拆房子时，忽然就昏迷不醒了，送到医院后说是脑卒中。然后就换了个司机爬上装载机继续拆房子，拆了还没半个钟头呢，这个司机也昏迷了，又送到医院，也是脑卒中。工头就慌了，赶紧让工人停下手里的活儿去休息，又赶紧打电话把这事儿告诉大工头，大工头和开发商打了不知道多少个电话，才找到小和尚。小和尚派了个人来了工地，那人到出事的地方转了一圈，看到村子南边有个庙，那庙不大，一人多高的砖墙上盖了几片瓦，墙上掏了个洞，洞里供着土地神，这才知道是个土地庙。那人就吩咐开发商杀猪宰羊，祭献烧香，许愿说要重新翻盖土地庙。这事情说也邪门，烧完香没几天，医院里的司机就好了，活蹦乱跳的，把医生都给吓了一大跳。包工头和开发商就不敢怠慢了，又不能挪地方，只能费细功夫设计，花大力气修建，最终把这座土地庙完美融合在了高尔夫球场中。外人来了，在这里打几百洞挥几千杆也不知道这里有座土地庙。咱们现在吃饭的地方，就是土地庙的前院。”许章放下酒杯，手指扣着圆桌说道。

他身边的祁自修点了点头，接口说道：“每年的二月初二，龙抬头，就是到土地庙进香朝拜的日子，越早越好，若能奉上一炷头香，那可是个好兆头。有些地方的风俗甚至会在二月初一彻夜不眠，守到子时刚到后就进土地庙上香，放鞭炮，比守大年夜还隆重。像你们这些经常出门，在各地捞钱的人，最好去当地的土地庙里拜一拜。这事儿怎么说呢，你们做生意，讲究四通八达，不管是白道黑道，神仙鬼怪，都要路路畅通，到土地庙上香，科学也罢，迷信也罢，这都代表你的处世观念。”

“但是这土地庙，却是从夏朝就开始祭奠了。这还是有记载的，有证据的，若往上推，洪荒年代远古时期，人们也都在朝拜土地庙。北方的山区祭天地鬼神，天地中的地指的就是土地。南方水多的地区除了祭拜天地外，还会拜河神、妈祖等水神。”

“山神、五岳神、四海神、河伯等诸神，均从远古时期的土地坛里的土地神演绎细分而来。没有土地，就没有人，自然也就没有神。至于什么东海龙王、西海龙王等，那都是佛教传入中国好多年后，才细化出来的神……”

旁边相邻的一张桌子，一个脖子上挂了两个翡翠弥勒佛吊坠的中年女人转过头来，望着祁自修说道：“哟，这不是祁老嘛，又在糊弄别人是吧，哪儿来的神呀，现身出来让大家伙儿见识一下嘛。土地神？在哪里？在咱们脚底下？龙王在海里啊，怎么不出来管管海盗呢？”

祁自修讪讪笑了笑，没接话。许章也握起刀叉，刮着盘子里的剩菜往嘴里塞。

众人一阵沉默。

那女人又问祁自修，神仙在哪里，现身出来让大家开开眼。

祁自修只好抬头，笑着脸跟那中年女人说：“龙王不能出来呀。他住在海底，习惯了海底的压力，离开海底他受不了。”

“神仙有什么压力？”那女人瞪了祁自修一眼，恶狠狠地说道。

“神仙怎么没压力了？这么多年了，天上没添过一个新神仙，庙里也没添过一尊新像，没度过一个有慧根的人，眼看着大家就要不信他们了，他们还得保大家平安健康，保大家升官发财，依我看，这宇宙中，就数神仙的压力最大……”祁自修说着，就见身边的许章冲自己连使眼色，让他忍一忍，别再跟那女人说话，便生生地把话咽进了肚子，端起酒杯，笑着冲那女人举了举杯。

“胡诌八扯，懒得跟你说。”那女人唠叨了一句，转过了身去。

众人都朝祁自修笑了笑，像是在安慰他别跟那女人计较。旁边的梅雪茗却低着头，倚在椅子上，双手捧着手机，不停按键盘，像是在写短信，根本没听到刚才祁自修和那女人的对话。

球童端着菜走了过来，放在梅雪茗和杜行的面前。

许章看着杜行拿起刀叉开始吃饭后，转头问祁自修："祁老，这青铜器到底该怎么鉴定呢？"

祁自修喝了口水，缓缓说道："青铜器上的铜锈分为三层，由外至内依次为锈土结合层、主体锈层和地子锈层。锈土结合层位于最外端，是直接与埋藏环境接触的锈层，看上去腐蚀得最为厉害，并且锈上经常会粘连夹杂着土屑、石灰屑、木炭屑等诸多杂屑，故称之为锈土结合层，也称表锈。因其表夹杂土木屑影响青铜器的美观，收藏者会坚决去掉这层表锈，而古玩商和倒腾土货的却坚决保留这层锈；锈土结合层下面，是主体锈层，这层锈是由晶亮的结晶锈构成，颜色通常为绿色和蓝色，这层锈也称为中锈，晶锈，如果最外端的锈土结合层被人为去掉将主体锈层完全露出来，那么这层露出来的主体锈层也随之被称为表锈；主体锈层之下是地子锈层，所谓地子锈层，就是紧紧贴附着青铜器的黑色或是褐色的氧化膜层，这层锈也叫地锈，古锈。有的青铜器可能没有锈土结合层，甚至没有主体锈层，但绝对不可能没有地子锈层。现在新铸的青铜器上的伪锈由于时间较短，通常只有一层浮锈，有的厚，有的薄，而不会有地子锈层，只要剥去这一层浮锈仔细观察青铜器上有没有地子锈层即可分辨出真伪。这是以前的鉴定手法，但是最近一些年，作伪者知道了你怎么去鉴定，知道你要去看地子锈，作伪的人就给你弄一层地子锈上去，所以，现在看地子锈也仅供参考，而不能作为鉴定的主导……"

邻桌刚才说话的那个中年女人旁边有个戴金丝边眼镜的中年男人，转过身来，打断祁自修的话，插口说道："你这些话想必每一位青铜器收藏者或是爱好者都知道，这话最初不知道出自谁的口中，到现在已经成了青铜器铜锈鉴别的常识了。你随便找几个收藏者，大家都能一字不差地给你背下来，比你背得流利多了。你还别不信，别说是专门收藏青铜器的，就连那些玩集邮的，估计都差不多能背下来。但是这段话却是事后诸葛亮，是马后炮，对我们这些收藏者来说，没啥实际用处。”

那男人说着话，干脆站起来，坐到了这边的桌子前，继续说道：“看地子锈，不能看裸露在外的地子锈，而是要看表锈结晶锈下面的地子锈。但问题是，国内外任何一家古玩店，只要店主没喝醉，就绝对不会允许你将人家的青铜器表面的铜锈剔除掉一块用来观察地子锈层，即便是店主脑子发昏应允你剔锈，旁边的伙计也会红着眼立刻吼你趁早死了这份心，伙计们通常都是店主老婆的眼线，别说剔锈，哪怕是伙计看到你有用手指头触摸铜锈的意图，都会立刻喊停，迅速递给你一双白手套。不信你可以去找家古玩店试试，不过去之前最好记得随身携带几千元甚至几十万元的现金，等你剔除了人家指甲盖大小的铜锈后却又说不要了，那就赔钱吧。可别说我没警告过你们，遇到心黑的店主，哼哼，怕是你们赔了钱还得把人搭进去。古玩店尚且如此，拍卖行或是藏友之间转让，就更不让你剔锈了。

“既然收藏者购买青铜器之前不能剔锈，那你刚才说的这些话是说给谁听的？是说给能剔锈的人听的吗？能剔锈的人不外乎两种，一种是已经将青铜器买回家的收藏者，另一种是博物馆的工作人员。先说第一种，收藏者都已经掏钱把青铜器买回家了，某种角度来说，那就没有剔锈的必要了，万一剔锈的结果是赝品，退货肯定没门儿，心里该慌慌地堵多少年呀，再说还有别的很多种方法去鉴别考证青铜器的真伪，也用不着剔锈。至于第二种，博物馆的工作人员都应该非常专业，他们剔锈的目的不是证明青铜器的真伪，而是方便保护青铜器，什么地子锈层、主体锈层，在他们的眼里都是万恶之源。

“除此之外，还有更多稀奇古怪骇人听闻的鉴定铜锈真伪的方法，譬如用烧红的烙铁去烫烧铜锈，真锈和伪锈被烫烧后散发出来的味道是不一样的；譬如用烧开的碱水浇在青铜器上，然后赶紧用硬毛刷去刷，再浇一遍开水，再刷，伪锈就会剥落；譬如用钢针向铜锈使劲扎，凭手感能觉察出真锈结实，伪锈松软……千万别这样干，不是纳粹法西斯，也没承包渣滓洞，咱更不想落下暴力变态的病根儿。

“既然是鉴定，最好的效果是要在你掏钱买下青铜器之前就做出正确的判断，而不是等你买下青铜器后告知你买了假货，让你的亲戚朋友看着你懊恼悔恨的表情陪着你一起难受。通常情况下，用酸碱药液腐蚀导致生锈和用颜料涂刷青铜器表面的作伪方式用肉眼就能分辨出来。酸碱腐蚀出来的铜锈看上去有些毛糙，颜料涂刷出来的铜锈看上去过于细腻，而真锈看上去的感觉是细密坚实。就像是精心修剪过的草坪。草很软，按理来说是不会让你有这种结实的感觉，但是你可以看看酸碱腐蚀出来的铜锈，那种铜锈给你的感觉就像是野生的草甸地，看上去蓬松柔软，相较起来，修剪过的草坪是不是很结实？颜料涂抹出来的锈则过于细腻，更像是绿色的地毯或者地板。当然，这都是比较普通的赝品。至于作伪比较用心的伪锈和用真正的古锈粘贴在新铸的青铜器上的伪锈，咱们另有方法分辨，比如……”

一旁的许章见祁自修脸上实在是挂不住了，便笑着解围道：“杨总，我给你介绍一下，这位小兄弟叫杜行，搞绿化工程的。杜行，快给杨总敬酒，敬完酒后跟杨总握握手，杨总可是大人物，握过手之后就能关照你，以后你承揽什么工程，就找杨总，哈哈……”

杜行倒也听话，端起酒杯站起来向杨总敬酒，那个杨总只好转身，在邻桌端了自己的酒杯过来，碰碰杯，抿了一口。

许章又说道：“前段时间听人说，你买了件青铜尊，买了没几天又拿着青铜尊换了件宋代的龙泉窑牡丹大罐，是不是真的？”

“确实有这事儿。”

“你不是特喜欢青铜器吗？怎么去换龙泉玩呢？”

“别提了，买的时候太匆忙，没留神，还以为是周朝的青铜尊，结果回去细看，原来是商代的。”

“商代的不好吗？”

“不是不好，是我个人不喜欢商代的青铜器。主要是因为不喜欢商纣王。”

“商纣王怎么了？”本来沉默不语的祁自修插口问道。

“昏君暴君，酒池肉林，祁老会不知道？”

祁自修冷哼一声，说道：“商纣王怎么了？哪点不好了？建鹿台造宫殿不对？纣王好歹也是一国之君，那时候整个国家都是人家纣王的私有财产，盖宫殿本来就是劳民伤财的事儿，不花钱不用人工盖起来的那叫小孩和尿泥，别说现在的摩天大楼，就是一栋普通住宅楼，盖的时候花钱费力没，你能说这叫劳民伤财吗？人家商纣王花自己的钱，在自己的宅基地上让奴隶给自己盖房子，你就看不进眼里了？商纣王宠幸妲己怎么了？妲己是商纣王的老婆，人家商纣王跟自己的老婆好，关你们啥事儿？那周文王不是有 99 个儿子吗，商纣王才几个儿子，到底谁淫乱，比比谁的儿子多不就知道了吗？再说肉林酒池，这么低级的杜撰你都相信？你去找家制酒厂转一圈，光是闻着酒厂里酒精挥发出来的味儿，就能把你给熏醉喽，还酒池子上划船呢，怕是那船桨都能熏软了。再考究点说，能容得下船划动的酒池子，那得装多少酒？你觉得商代的生产力能一次性酿造出来这么多酒吗？分批酿造积攒下来的？别扯了。你觉得商代的酒酿造出来就只是供人饮用的吗？

“其实就一句话，破鼓乱人捶。商朝灭亡了，周朝的人就可劲儿编派商纣王，秦汉唐宋明清的人也都跟着起哄。前人说商纣王是坏蛋，那后人也跟着说他是坏蛋，前人灌输，后人想都不想就接受。但这并不表示后人没有思考真相的思维能力。比如说我刚才说了一段话，你就反驳，因为你对这番话思考过，为什么你要思考？因为如果你不去仔细思考，你就会买到赝品，你的钱就会交学费打水漂，这关系到你的直接利益。而商纣王究竟是好人还是坏人，跟你的直接利益没有丝毫的关系，所以，你就不去思考，不会像鉴别古玩那样去思考。当然，细细说起来，这里面还能揪出人的本性、处世之道等，说起来太累，今晚就不扯了。”

听着祁自修连珠炮似的说了一大堆，杨总气得脸上青一块白一块的，瞪着祁自修，正想开口反驳，祁自修又说道：“兄弟，你们夫妻俩每次遇见我，不管什么场合，都要变着法子挖苦我，我一忍再忍，可忍到什么时候是个头啊？不就是嫌我没给你的那些藏品写鉴定书嘛。”

祁自修说着，伸手拍了一下桌子，环望周围邻桌一圈，大声说道：“前年，杨总说是请我吃饭，把我约到他家里，从箱子里拿出一只压手杯，非要我给他写个鉴定证书，还必须得写成真品，我推说没带鉴赏章，没答应。过了几天，他又揣着压手杯跑到我家里来，软磨硬泡地要鉴定证书。问题是那对压手杯我看着就不像是真的。我没答应，回绝了他。呵呵，杨总后来找谁写的鉴定书，又转手卖给了谁，我也不知道，反正这就算是得罪杨总了，就因为这事，每次见面都跟我过不去，犯得着这么小心眼吗？”

杨总也照着桌子拍了一巴掌，亮着嗓子吼道：“你胡说，你血口喷人！没错，我是请你鉴定过一只成化压手杯，也想请你写鉴定书，但你狮子大开口，写份鉴定书就要六十万，穷疯了吧你！我那只压手杯要是假的，花几十万请几个人写份是真品的鉴定书，那还说得过去，但我那是货真价实的压手杯，我凭什么给你六十万？我找好多专家鉴定过了，不管关系远还是近，都才收几百元钱的鉴定费，人家博物馆还免费鉴定，你说我凭什么给你几十万？”

祁自修站起来，一只手上下不停揉着耳后的脑血管，生怕血管破裂，一只手指着杨总的鼻尖，颤巍巍地说道：“你，你才是血口喷人，倒打一耙！”

杨总丝毫不让，反唇相讥。

周围的人急忙拢过来相劝，两人却不听劝，反倒有了要动手的苗头。

几个球童跑了过来，领头的那个球童拨开众人，站在祁自修和杨总二人中间，伸手将二人推开。

这杨总和祁自修平日里说不上是养尊处优，但也差不了多少，处处被人奉承巴结，想看到别人的冷脸都难，现在却被一个领班的球童像推斗架的牲口一样推开，加上两人都在气头上，满腹的怒火正愁找不到宣泄之处呢。这下好了，两人一边一个，蹦到球童面前，一人顶着球童的胸口，一人揪着球童的肩膀，问球童啥意思，怎么着，还敢动手打人？

当局者迷，旁观者清。周围的人一看，心里都替两人捏了一把汗，打狗还看主人面呢，他俩气糊涂了，怎么敢在小和尚的地盘闹事。

杨总的老婆，那个戴两个翡翠坠子的女人，赶紧扑到杨总面前，伸手狠狠在杨总腰间拧了一下，笑着跟球童说误会，误会。

那球童胳膊一挥，撩开二人，转过身去，伸手在圆桌上抄起一把餐刀，转过身来，挥着餐刀在二人面前来回晃了几下，猛地举起餐刀，狠狠扎了下去。

杨总的老婆吓得腿都软了，啊的一声大叫，本能地伸出双手捂住双眼，生怕看到她老公身上哧哧地喷血。

眼珠子抖了几抖，她还是哆哆嗦嗦地松开了手，一眼瞄去，见她老公身上没有冒血，也没有插着刀子，再睁大眼睛一看，这才看清，那柄餐刀插在球童自己的手臂上。

那球童横起胳膊，手臂上的刀柄颤颤抖动，血从伤口里涌出来，顺着胳膊往下滴，旁边的两个球童双手捧着白手帕接住滴下来的血，免得鲜血滴落下去，溅花了地板。

“有什么不顺心的事儿，您二位就拔出这刀子，捅我几刀出出气，小的身上多几个窟窿无所谓，只要您二位开心就成。”那球童把胳膊递到二人面前说道。

杨总和祁自修傻眼了，看着殷红的鲜血吧嗒吧嗒滴到白手帕上，再看看微微颤抖着的刀柄，嘴张着，话却说不出来。

这时，忽听会场中央传来说话声："各位，庙会即将开始，请大家落座。"

几个球童闻听此话，便冲众人浅浅鞠了一躬，转身离去。

众人转身，见会场中间站着一个人，那人对着话筒说，庙会即将开始，请大家落座。众人这才坐回去。有人回头望望刚才球童所立之处，地上干干净净，没有一滴血。

灯光缓缓变暗。屋顶的十几盏汉式大吊灯被熄灭，贴着青灰色城墙砖的墙壁上的竹篾壁灯被熄灭，墙角走道上看似随意滚落着的影青瓷罩灯也被熄灭，只剩下垂在圆桌上方的小吊灯还亮着。这样的亮度恰好能看清圆桌上的餐具。

屋顶正中央，徐徐垂落下来四面屏幕，围成一个正方形。不论坐在哪张桌子旁，都保证能看到屏幕。

四台投影机同时打开，点亮了四面屏幕，犹如点亮了一个硕大的方灯。屏幕下方放着一个卷云纹条案，条案上摆着平板电脑和话筒。一个人站在条案前。那人留着光头，戴着眼镜，低头用手里的触控笔轻轻点击了一下电脑。

他头顶上的四面屏幕上出现了四个地球，地球慢慢变大，最后变成了中国卫星地图。

屏幕下的那个人开始说话了："前年，我们的庙会开始举办，今年是第三年。在座的各位有的是第一次逛我们的庙会，所以，请已经逛过一次庙会的人给我少许时间，容我向新来的朋友们简单介绍一下。鄙人姓朱，名子固。因为我说话经常跑题，所以朋友们给我起了个外号叫小扯。"

"世界上有很多文明古国，中国只是其中较大的一个，但中国却是文物出土数量最多的国家。可能有人会辩驳，其他文明古国出土的文物数量也相当可观，不比中国出土的文物少。但是，你们要需要注意，你们所得知的中国出土文物数据里面并没有包含民间私自盗挖的文物。

“私自盗挖的文物数量有多少呢？很遗憾地告诉大家，谁也无法告诉你们准确的数字。但是我们保守估计，私自盗挖的文物和官方出土文物的大概比例为一百五十比一。也就是说，同一时间内，盗墓者盗挖一百五十件文物，而考古队仅能发掘一件文物。这仅仅是保守估计。并且，盗墓者所盗掘的文物与考古队发掘的文物在人文艺术价值和经济价值上有着天壤之别。比如说，考古队发掘了一座古墓，古墓当中的每一件文物都会计入发掘档案，一枚铜钱也算一件文物，一柄石斧也算一件，一个铜泡也算一件，甚至头盖骨下的一颗假牙也要算作一件文物。而这些没有多少经济价值的文物是被盗墓者所唾弃的。盗墓者盗掘的文物通常都具有很高的经济价值，而经济价值也能反映出文物的艺术历史等价值。

“再次强调一下，官方发掘文物的数量，乘以一百五十倍，就是文物被盗挖的数量。有人也许会说，哪里会有那么多的古遗址古墓葬？即便有，历朝历代都有挖掘和毁坏，再加上如今疯狂的盗挖，也不会留存下来多少了，毕竟，这些东西都是不可再生资源，挖一处就少一处。我还可以告诉大家，中国历代文物古迹中，被盗墓者破坏最严重的是明清墓葬，十有九被毁。除了明清墓葬，年代往上数，元、宋至龙山文化、良渚文化，再到旧石器时代，这些年代的墓葬有一半都完好地藏在地下。当然，我们指的是那些里面有具有很高价值文物的墓葬。有人也许又要说，你说有一半就真的有一半？下面我给大家解释一下，我们是怎么得出这个一半的数据来的。”

那人说着，挥笔在电脑上画了两下，他头顶上屏幕里的中国地图慢慢变大，变大，继续变大……最后定格，出现了一个小村落的卫星地图。

“从二〇〇二年开始，我们便开始关注这个小村子，因为我们得知战国时期的晋怀公就埋葬在这个村子周围。我们开始围着村边找，但怎么找也找不到。我们开始怀疑消息来源，怀疑这个村子旁根本就没有晋怀公的墓葬，挖掘晋怀公墓葬的计划就这样被搁置了。到了二〇〇五年，我们从国外租用了一套卫星遥感系统，再次扫描这个小村子时，竟然发现了村子周围有很多类似于古墓葬遗址的地方。大家知道，中国的墓葬习俗就是扎堆，上至皇帝，下至平民，都不例外，亲属、家族的墓葬距离不会很远。卫星遥感地图上出现很多古遗址迹象，似乎很正常。但是，晋怀公的家族墓葬群，却在距离这个小村子数百公里之外的地方，其中有些墓葬早在二十世纪八九十年代就被人洗劫一空了。晋怀公在位只有一年，被人篡位后杀死。他是个例外。于是，我们又派人去了村子，按着遥感地图上的古遗址迹象，细细地排查了一遍。最后终于找到了晋怀公的墓葬……"

那人说着，又用笔点击电脑，屏幕上出现了一组照片——一片庄稼地；藏在庄稼地里的洞口；狭小的洞底；从洞底朝近二十米高的洞口看，一平方米的洞口已经变成脸盆大小，被洞里徐徐上升的潮气遮挡着；洞底通往墓室的四米多长的隧道；墓室被细密的尘土填实；往外清理墓土；一个碗口大小的陶制头像最先从土里露出来；一堆暗红色的漆器，木胎早已腐烂消失，只剩下一片暗红中透着煞红的漆皮，被墓土熨平，变成所谓的漆器纸；土里闪烁着金色，那是车马鎏金饰件，依稀还能看到腐朽的木质车构架痕迹；平躺着的青铜鼎，压住旁边的青铜簋，三条腿蹬在土里，腹内填了一多半松散粒土；被铁锹铲起来的青铜鬲……一张张照片交替出现在屏幕上，直到出现了散落满地的玉饰，青铜剑和错金牌符后，幻灯片才停止放映，屏幕变回了小村庄的俯瞰地图。

"借助遥感卫星地图技术，我们找到了晋怀公的墓葬，并成功将其墓内所有文物拿到了地面，加上旁边陪葬墓中出土的文物，这批文物总价值超过了 11 亿元。请大家注意，我并不是在说卫星遥感技术很好，能帮助我们找到想要的东西。恰恰相反，卫星遥感技术不大适合国内的实际情况。不管地下是废井烂坑还是祭祀坑，这项技术都会给你模糊地提示出来，但不会标明下面可能是什么，不要以为狭长的是墓道，那很可能是废弃后被掩埋的水渠，或者是二十世纪六十年代挖的地道。当然，前提是要够大，只有大一些才能行。这个前提是致命的，这意味着大多数的墓葬不会被显示。晋怀公的墓葬只是个例外。

“但那时候我们并不知道。我们按着卫星遥感上的提示，一点一点去找，结果却令人大跌眼镜，卫星遥感所提供的信息对想寻找有价值文物的人来说，基本上无用。因为这项技术会让一粒珍珠掉进一堆鱼目里，只会增加针对性挖掘的难度。不过，对考古部门来说却极其称手，很容易就可以发现古遗址迹象。反而在没有提示的地方，我们却找到了很多墓葬。其中包括比晋怀公规模小一些的几座墓葬。这些墓葬中，有一半是没有被盗挖过的。

“不单单是这里，全国各地都是这样的情况。只要去挖掘，就会发现，有一半已经被盗挖过，有一半完好无损。这种情况令人担忧，你我都不能预料，未来的几年十几年，这个比例会有多大的变化。会给我们留下几成可以发掘的墓葬，三成？二成？

“更让人担忧的是，那些已经被盗挖的墓葬，从盗挖的痕迹来看，手段低劣粗暴，极其不专业。那些非专业盗挖古墓的人没有丝毫责任，只知道粗暴地掠夺地下的宝贝，对地下古墓的构造一无所知。很多情况下，挖了几件文物，就把整个古墓全都给毁了，留下一个烂摊子等着文物部门去抢救。

“担忧的事情还有，近来地震频繁，据科学家说，地球进入了地震高发期。这就意味着那些埋在地下的文物，指不定哪天就被地震给毁了。这是谁都不愿意去面对的现实问题，也没人去解决。地面的建筑可以做剪力结构、钢结构来抵御地震，保护人和财产的安全，但是地下的文物呢，怎么保护？难道就眼睁睁看着那些文物被毁吗？比如说秦始皇陵，如果现在发掘，就会有人跳出来反对，一是保护技术达不到；二是不能主动发掘。

第一点好解决，保护技术我们可以提供支援，我们日积月累的保护经验比日本专家的技术要实用得多。关键是不能主动发掘，这是文物法的精神。但拟定文物法的时候并没有考虑到地质灾害造成的毁灭性。现在有人反对，不让发掘秦始皇陵，万一秦始皇陵附近地震呢，等地震过后再抢救性发掘，看着无数被毁坏不能复原的文物，欲哭无泪。就是这样的情况。反对的人现在不考虑这些，只是为了反对而反对，被反对的也无奈，也不想背骂名。这就得由我们来背负这个骂名了，我们挖出来，保护这些文物，让他们去骂好了。

“令人担忧的事情还有，不仅仅是我们在挖，国外的文物商也在挖。他们在国内雇用了相当数量的盗墓者，不停地挖。是的，我们可以承担义务和责任，保护地下的文物不被盗挖，但这不是长久之计，不怕贼偷，就怕贼惦记，我们发薪水雇人守护一年，五年，十年，稍有疏忽，就会毁于一旦。文物，说小点，就是古物，老祖宗留下来的古物；说大点，那是中国几千近万年历史的凝集，承载着中国的文化。

“在座的各位非富即贵，很少有你们办不到的事情，咱不说财富越多责任也就越大，咱说点实际的。乱世的黄金，盛世的古董，黄金和古董自古以来就是投资增值的首选。让我们来比较一下黄金和古董，黄金只是贵重金属而已，在兵荒马乱江山易主的年代，可以用来最大限度地保值。假如以前的黄金是一百元一克，而现在的黄金是二百元一克，那只能说明现在的钱没有以前的值钱了，而不是黄金增值了。黄金只能保值，不能增值。这是黄金的本质。而现在，你需要的不是保值，而是投资增值。投资什么？普洱茶和绿豆吗？那叫投机，那叫短线资本游戏，虽然这个游戏是你们制定的规则，但还是有着一定的风险。投资什么？房地产、互联网、金融？我想你们早已厌烦了。在别人眼里，你们风光无限，但他们却看不到你们的孤独，每天都在各种各样的场合应付周旋，早已没有了创业时的激情，买游艇买飞机买古堡，能令你们的愉悦保持多久？另外，衡量一个有钱人是不是暴发户，有没有品位，不是看他有几套别墅，有几辆车，有几张顶级会所的 VIP 卡，而是看这个人家里有多少古董……不好意思，跑题了。

“古董，投资首选品。不管是盛世还是乱世，都是投资首选品。我说的乱世，是指经济萧条萎靡不振，这时候的价格相对低迷。值得投资的古玩都具有唯一性、艺术性和人文历史性。收藏者和市面上有一定数量的这样类型的古玩，但是埋藏在地下的这类古玩数量更多。地下是最直接，回报最大的源头，我们需要投资源头。并且，这件事情很刺激。我们只能告诉您，在某个村子周围，大概有多少座古墓，是什么年代的，有多大的规模，有没有被古人捷足先登盗掘过等信息，但是我们不知道在这些古墓里究竟能出土多少文物，没人能告诉你，即便是墓主也不知道。这需要你自行判断。这就跟赌石差不多。所以，我们会采用拍卖土地的方式来挖掘。这里没有内幕，只有公平喊价。唯一的附加条件是不准走私出境卖给外国人。在你拍下土地后，你需要额外地付出拍卖款的百分之十，这百分之十用来做什么呢，用来雇用人手在土地周围日夜巡视，保证你拍下的土地下面的文物不会被别人挖走。

“比如说，几个小蟊贼去你的土地踩点想要盗墓，那么，巡视的人可以打电话报警，警察会驱散这些盗墓者。若是那些境外的文物贩子想来盗墓，那就不麻烦警察了，我们庙会的兄弟会赤膊上阵，来一个杀一个，来两个杀一双，并且将老外做成标本供你检验……”

第四章　火刻

梅雪茗忽然举起手臂道："对不起，有个问题我想请教一下。"

"嗯，请说。"

"去年冬天的首标，是安阳周边的一个乡镇，我父亲花了一亿七千万元人民币拍下来。那时候，你也像今天这样承诺过，只要我们拍下这个地方，就会有专人守护，决计不会有别人去那个地方盗墓。是这样的承诺吗？"

"当然，这是我们永久的承诺。"

"可就在前几天，有人在那里盗墓，将挖掘出的青铜器用麻袋装起来往山下搬运。请问，你作何解释？"

"绝对不会有这样的事情发生！"

"我只相信事实，相信证据。今天来的时候，我把那里出土的青铜觥也带来了，请你对那件青铜觥说点什么，也对大家说点什么。"梅雪茗掏出钥匙，扔在桌上说，"这是房间钥匙，搬过来，让大家看看。"

朱子固抬手扶了扶眼镜，眼角余光扫视众人，见众人一脸迷茫和猜测，心知当务之急是必须应答这个女孩，打消众人的疑虑，否则，不但今晚的庙会可能被这个女孩毁掉，以后怕是也没人来了。

朱子固注视着梅雪茗，微笑着说道："好啊，那就听你的，抬过来让大家看一看。"

朱子固话音一落，过道阴影里走出来一个球童，走至梅雪茗面前，拿了钥匙，转身朝会场外走去。不一会儿工夫，两个球童抬着木箱子走进会场，把木箱子抬到会场中央。朱子固把条案上的平板电脑和话筒往旁边移了移，吩咐球童把木箱子打开，把青铜觥搬到条案上，又侧头，朝站在门口的球童伸手指了指头上的吊灯，示意打开灯光。

青铜觥搬出来，摆在了条案上，灯光穿过四面屏幕中间的空隙，投在了青铜觥上。

朱子固一只手捏着眼镜腿儿，微微弯下腰，凑到跟前仔细查看。看了一圈，眨巴着眼琢磨了一会儿，忽然对旁边的球童大声说道："快去，四楼大厅，从左往右数，第三个窗户下，有个唐三彩人骑骆驼俑，外边罩着个大圆玻璃罩，连底座带玻璃罩一块儿拿来，只要玻璃罩和玻璃底座，不要里面的骆驼俑。你，去仓库，拿几个大点儿的透明袋过来，别忘记拿抽气泵！"球童快步走出会场，朱子固见众人纷纷探头朝条案上观望，便又对着话筒说了声，请大家稍等片刻。说完，转身走到走道边，对一个球童低声耳语几句后，才返了回来。

不一会儿工夫，球童们拿来了玻璃罩和收纳袋，还拿来了摄像机和三脚架，朱子固开始忙活了起来，把玻璃底座放在透明的收纳袋里，再把青铜觥放在玻璃底座上，罩在上面玻璃罩，然后拉起收纳袋，裹住玻璃罩，用小型抽气泵抽完收纳袋与玻璃罩之间的空气。

一个球童提着个金属手提箱走到朱子固身边，朱子固从裤兜里掏出一张卡片，插进手提箱外的读卡器里，球童打开手提箱，从里面捧出一个楠木盒，打开盒盖，取出了一个六寸多高的观音瓶。朱子固则拿着个很小的玻璃喷壶，拧下喷嘴，拿着壶身站在球童旁边。

球童拔开瓶上的塞子，小心地将观音瓶倾斜，对准了朱子固递过来的玻璃喷壶壶身，倒出少许透明液体至喷壶内，然后迅速盖上瓶塞，将观音瓶放回手提箱，拎着手提箱出了会场。

朱子固将壶嘴旋拧到壶身上，手握喷壶，向着玻璃罩周围喷着壶里的液体，直至壶内的液体干涸。

周围众人顿时闻到一股清香味，味道很淡，很远，却很清晰。

坐在远处的杜行，闭上眼，轻轻吸气，体会这股淡淡香味游走在胸腔的感觉，那神情像是个垂暮之年的老人，踏入阔别几十年后的故土，扔开手杖，轻嗅着童年的味道和声音。

旁边的球童则摆好三脚架和摄像机，并将摄像机跟投影机连接，于是，众人便在大屏幕上看到了玻璃罩里的青铜觥。

朱子固调整了几下摄影机的焦距后，站在话筒前说道："这位小姐，请原谅我们将你拿来的这件青铜觥隔离起来，这件青铜器上的坏锈会传染，而这座会场周围的房间里，陈设有青铜器，为了安全，只能暂时将您的这件青铜觥隔离起来。在座的各位，有很多人都是青铜器收藏家，对这件青铜觥表面的坏锈自然是很了解，像了解敌人，了解对手一样了解。"

朱子固看着梅雪茗，顿了顿，继续说道："青铜器的坏锈，近年来已经被发展成为收藏者与收藏者之间，买家与卖家之间，古玩商与古玩商之间相互攻击的一种手段。1995 年，上海的一位收藏家有件西汉晚期的兽衔环青铜方壶想要出手，但买家最多只出九万，死活不肯再加价，那收藏家说不卖了，过几年翻倍再卖出去，不就是等几年嘛。后来，买家说可以再加些钱，约时间去了收藏家的家里，手捧着青铜方壶又来来回回看了几遍，说只能出九万一千元，收藏家便下逐客令了，约时间的时候说能出十二万，这会儿又变成了九万一千元，这不是涮人玩嘛。买家走了，这事儿却没完。过了一个多月，收藏家发现他的青铜方壶忽然生锈了，三天时间，青铜方壶表面的包浆全没了，全变成了铜锈。汉代的青铜器比起先秦时期的青铜器，胎壁通常会薄很多，而方壶这类器具胎壁本身就薄，再加上是汉代出土的，那个厚度大家自然明白，半个薄皮的厚度，其中有一多半是铜锈和包浆。收藏家不知道怎么回事，找了好几位行家，也不知道是怎么回事，最后没辙了，找人把铜锈给剔除掉了。剔除掉后没几天，铜锈又长出来了，再剔除，还长，像胡子一样，刮了还长。不到半年时间，那件青铜方壶的胎壁就烂穿了，九千元都卖不出去了。这是我所知道的利用青铜器的坏锈去攻击别人泄恨最早的案例。”

朱子固嘴里说着话，眼睛却不时瞄着会场入口，两个球童站在入口处，眼巴巴望着会场外，很明显，朱子固等的人还没来，他还需要再说点什么来拖延时间，至少现在他不知道怎么在大家面前回答梅雪茗。

“这位小姐，请您稍候片刻，等我们的鉴定师来了以后再跟您讨论这件青铜觥是不是河南安阳出土的，在事情没有水落石出之前，这对你我双方都公平。那么，现在是个很凑巧的机会，正好我可以讲一些有关青铜器坏锈的粗浅见解，如果大家不反对的话……大家以后一定要注意，你家里的青铜器，不管是价值连城的重器，还是养心怡情的把玩小件，都不要轻易让人触摸，哪怕别人戴了五六层手套也不行。可能别人的指甲缝里藏有些许坏锈，不管这些坏锈是有意还是无意藏在别人指甲缝里的，都会对您的青铜器造成伤害。什么样的伤害呢？相当于一个闺中姑娘被毁容了，也能嫁得出去，但娘家会赔钱，需要很多嫁妆。除了不让别人直接接触到您的青铜器，还不能轻易让别人走进您陈设有青铜器的房间，您可以想象一下，一个处心积虑想要看您笑话的人，他可能会从衣兜里捏出一撮坏锈，扔在您的房间角落里，而您的保姆跟您一样不会注意到藏在房间卫生死角的坏锈。

“也许有人会说，您的青铜器已经做过了防护处理，表面喷施过防护层。实话跟您说，没用！坏锈有好几种，大家现在看到的这种坏锈，是最坏的坏锈，叫毛粉锈。这种粉锈可以让周围已经做过防护处理的青铜器再次长出坏锈。那种坏锈就像是被恶魔召唤出来的一样，从地子锈下面钻出来，顶破防护层……"

朱子固看到鉴定师走进了会场，便急忙收口，转头望着梅雪茗说道："您说这件青铜觥是在安阳出土的，那么，我们的鉴定师可以看一下这件青铜觥吗？"

"当然可以。"梅雪茗答道。

朱子固点头，往旁边挪了几步，给鉴定师腾出了位置来。

鉴定师快步走了过来。众人一阵惊讶，见那鉴定师是个黑人，面容精瘦，戴着顶印花小圆帽，穿着一件宽松的长袍。那鉴定师围着玻璃罩绕了两圈，又蹲到地上仔细看了一遍青铜觥，站起来走到朱子固身旁，附在朱子固耳边小声说了几句话。

朱子固走到话筒前，说："光看外表，这件青铜觥也看不出来是不是安阳出土的，因为外面的铜锈实在是太多太厚了。您能允许鉴定师剔除掉一部分铜锈，进一步鉴定吗？"

"随便你们怎么鉴定。"梅雪茗点头说道。

"如果要剔除表面的铜锈，我们需要把这件青铜觥移到专门的工作室，以免坏锈波及其他的青铜器，刚才说过，会场周围的屋子里还有其他青铜器。"

"不行，就在这里，就当着大家的面，把事情搞搞清楚。"梅雪茗答道。

"这个……这个有点强人所难了……"

"你要是真的担心你们的青铜器被传染，完全可以把你们的青铜器都搬走移开，你们人手不够的话，我们可以帮忙……"梅雪茗望了望周围的人，接着说道，"我只是需要一个公正、透明的环境，在大家的见证下，你给我一个说法。我去年支付了你们一亿七千万元，请你们给我一个说法。如果你不能做主，那么，请把小和尚找来，让小和尚和我对话。"

朱子固看看梅雪茗，再看看众人的眼神，沉默片刻后答道："好吧，您跟大家一样，都是来逛庙会的朋友，为了朋友，我们情愿担负风险，就在这里剔除铜锈。”

朱子固说完，往后退了几步，吩咐旁边的球童把青铜觥上的玻璃罩移开，又让球童搬来一张小桌子，把话筒和电脑挪了过去。

鉴定师把工具包放在地上，打开，拿了两把筷子长短的刻刀出来，坐在球童搬上来的太师椅上，伏案开始剔除铜锈。

朱子固没有闲着，站在话筒前向众人说道："顺便给大家介绍一下，我们的鉴定师阿吉来自贝宁人民共和国，他的专长是铜器鉴定和修复。阿吉出生于青铜器雕刻世家，六岁便开始学习青铜雕刻，十八岁来到中国，这才正式接触到了令他魂牵梦绕的中国先秦时期的青铜器。他已经在中国待了整整十年，至今未婚，请大家帮阿吉留意一下，有合适的姑娘给牵个线说个媒……"

朱子固笑脸望着众人，心里紧张得要命，可嘴上却很轻松，不是为了他自己，而是让众人尽量放松，缓解一下众人被梅雪茗激起的不信任，甚至是抵触、敌对的情绪。

"贝宁人民共和国，大家听听这名字，一听就是咱们中国的兄弟国家，虽然现在国名改为贝宁共和国了，但大家还是习惯叫旧名字。贝宁位于非洲，有着近千年的青铜文化。贝宁的青铜文化有别于中国的青铜文化，贝宁擅长在青铜器上雕刻，就是大家说的雕铜。而中国的青铜器却是先雕刻陶范，雕刻好后再铸造。可以说两个国家的青铜文化风格迥异，截然相反……

"那么，为什么我们还要以年薪五十万美元请阿吉来青铜鉴定组坐班呢？这是因为现代新仿的青铜器上的铭文，很多都是刀刻上去的，作伪者不去刻陶范，直接在青铜器上刻出铭文。阿吉对此很有经验。他有项绝技，闭上眼睛，把刻刀探入青铜器表面的纹饰内，刀刃滑过铭文凹槽，就知道青铜器上的铭文和纹饰是刻的还是铸造的。这全靠手感……"

朱子固说着话，旁边的球童也把摄像机对准了阿吉手里的刻刀，屏幕上出现了一双精瘦修长的手，指甲很长，拇指和食指之间握着一柄刻刀，中指与无名指之间还夹着一柄刀头较为纤细些的刻刀。刀锋闪闪，两柄刻刀在青铜觥的鋬下交替翻飞，青铜觥表面的铜锈被刻刀划开，变成指甲盖大小的锈片，被刻刀挑起来，往上一抛，长长的指甲恰好伸过去接住锈片，轻轻滑到旁边的木匣子里，另一只手的指甲则抵着青铜器，整个剔锈过程只有刻刀和指甲接触青铜器，手指头上则落满了溅射起来的铜锈粉尘。

旁边的球童手握玻璃喷壶，不时朝青铜觥周围喷施几下壶内的透明液体。整个会场都充满了壶内喷出来的淡淡香气。

没过多长时间，屏幕上的双手停了下来，青铜觥的鋬下出现了两个铭文。

阿吉趴在青铜觥前，看着铭文，也不说话，也不再继续剔除铜锈，一动不动。

“这铭文是两个什么字？在座的各位有没有认识的？”等了一会儿，见阿吉还在怔怔出神，朱子固便环望众人问道。

众人中有认识的，当即便有人站起来说道：“这两个字是胶鬲，可是，青铜器上这样铭刻人名，好像……”

“好像什么？”

“没什么。我只认得这两个字，胶鬲。”那人本来想说，青铜觥上的这两个铭文，感觉很怪异，不像是金文常用的格式，可又一想，自己没必要得罪人，这里的人最好都别得罪。

“商纣王有四个大臣，比干、箕子、微子、胶鬲。是这个胶鬲吗？”

“对，就是这个胶鬲。”

众人都看着屏幕上的两个铭文，不说话了，会场里静悄悄的。在场的很多人虽然刚才不认识这两个字，但却知道胶鬲这个人，胶鬲原本是商纣王的大臣，后来与周武王结盟，终结了商朝。周武王得天下后，把胶鬲原来在山东的封地赐给了一个叫中的贵族，把湖北的孝感封给了胶鬲。这件事情在安州六器里的中方鼎里有铭刻记载。不过在中方鼎的铭文里，胶鬲的鬲字一直有争议，有的说鬲就是胶鬲，有的对此则保留看法。但不管怎样，现在众人看到屏幕上的胶鬲两个字，心里都明白，这件青铜器不管怎样，都不是在安阳出土的。

杜行大惊，怎么会是这样？这件青铜觥上的铭文不是个中字吗？怎么会变成胶鬲两个字？可嘴里偏偏又不能说。这件青铜器从拿到会场中间开始，大家都看着呢，它通体布满了完整的铜锈，没有剔除过的痕迹，若开口说这件青铜觥上的铭文原来是个中字，那大家肯定会反问，你怎么知道是个中字？难道你长了双透视眼？

旁边的梅雪茗却还在仰着头看着会场中间的大屏幕，似乎对这两个字的铭文后边的含义一无所知。

鉴定师阿吉离开条案，走到朱子固身边，低头细语对朱子固说了些话。朱子固点了点头，随即望着梅雪茗说道："我想，这是个误会。卖给您这件青铜觥的人可能信口开河，说是在安阳附近出土的，但是，这件青铜觥是后刻铭文……很抱歉。"

梅雪茗眉毛轻扬，站起来说道："你胡说，这件青铜觥分明就是在安阳出土的，有人亲眼所见。"

"我很理解您的心情，但是，请您冷静点，看看这上边的铭文——胶鬲两个字是刻上去的。我不得不承认，这件作品很高明，如果鉴定师不是有多年刻铜的经验，如果鉴定师只是一位文物鉴定师，那这件作品至少会成为国家一级文物……怎么说呢……来，你来解释一下。"朱子固不知道该怎样解释，便朝旁边的鉴定师阿吉求救。

阿吉走到话筒前，晃着脑袋眯着眼睛朝众人环视几圈，直到看清站在前方不远处的梅雪茗后，看着梅雪茗，用流利的中文说道："青铜器上的伪刻铭文大致分这么几种，一种是直接用刀子往上刻；一种是用腐蚀性很强的药剂蚀刻；另一种是先用金属刀在青铜器表面刻出较浅的纹饰，再用药剂蚀刻。这是最常见的伪刻铭文或是纹饰的手法，收藏者必须要在尽量短的时间内识别这种手法，因为这种手法通常出现在原本没有纹饰或铭文的素面青铜器上，为了能卖高价钱才这样做，但是，在这样的情况下，除了伪刻的铭文和纹饰是假的，青铜器通常还是真的。怎么形容呢……中国的超市里有种苹果，苹果上边会有'福''禄''寿'等字样，那时候我就觉得很奇怪，怎么中国的苹果上还有汉字呢，中国的朋友们都捉弄我，说那些苹果都是天上掉下来的，是福星、禄星和寿星从天上扔下来让我们吃的。后来才知道，这种苹果其实是果园里的人用隔光纸剪了个福字或是寿字，贴在苹果上，阻挡光线后变出来的。我认为，这就跟青铜器上的伪刻是一个道理。苹果是真的，青铜器也是真的，只不过苹果和青铜器上的字是人为加工出来的。苹果还能吃，里面的维生素也没有流失，青铜器也还保留着原来的价值。但是，苹果和青铜器的价格却要翻好几倍。

"这三种伪刻手法，素面青铜器上最常见，既考验收藏者的眼力，也考验作伪师傅的功力。作伪的铭文如果被收藏者识破，作伪的师傅不仅赚不到钱，原有的素面青铜器也会有卖不出去的可能，甚至会有报废的风险。所以伪刻也分高低，做工精细的伪刻几乎能以假乱真，收藏家也会经常打眼。但是，这三种伪刻手法却有致命伤，就是不能经过X光探伤测试。X光能清楚地显示出青铜器上任何一处修补刻过的痕迹，哪怕是很细微的无意撞伤。

"还有一种伪刻是直接铸造，青铜器是彻头彻尾的假货，不管是翻砂铸造还是失蜡铸造，铭文和纹饰都直接铸造在伪造的青铜器上，这种伪刻是所有伪造的青铜器里最常见的，这样的伪刻只要跟青铜器的年代、工艺、锈色、质地等结合起来鉴定，其实很好鉴别，鉴定起来要比前面的三种容易得多。

“但是，最近几年出现了一种新的伪刻方法，叫火刻。这种刻法和刀刻、蚀刻一样，同样运用在素面青铜器上。这种刻法是用很小的高温高压火枪去融化青铜器的表面，一边融出纹饰和铭文来，一边用刻刀进行修整。这种伪刻方法的特点是，看不出有用刻刀刻画过的痕迹，这是其次，最主要的是，火刻能骗过 X 光探伤测试，X 光对这种手法完全失效。这意味着一件火刻伪造的青铜器，走遍全世界各大考古机构，都能拿到真品鉴定书。而眼前的这件青铜觥，用的就是火刻。

“说实话，以前我只是听说过火刻，却从未见到过，或许也曾见过，但我把火刻铭文当作了真正的铭文。今天这算是正式见到了火刻，如果不是铭文里有这个东西……”

阿吉说着，走到旁边，把三脚架和摄像机搬了过来，近距离对准了青铜觥上的铭文，调焦，大屏幕上出现了胶鬲二字铭文的特写，虽然不是很清晰，但大家还是能看到，鬲字的凹陷处，树立着一个小铁片，那铁片像是一个人，双腿已经深深陷进了青铜器里，双手努力挥舞着，想要从鬲字里爬出来。摄像机转了一圈，大家又看到，那铁片一面是红色，一面是银白色。摄像机又调焦，大家终于看到了，红色的一面上，印着“可乐”两个字。

众人一片哗然。阿吉摇着头，叹着气，走到话筒旁继续说道：“对，你们没看错，这个小人是从可口可乐的易拉罐上剪下来的。在火刻铭文的时候，把小人的下半身埋进了铭文里。如果不是看到这个小人，我肯定会以为这件青铜器上的铭文没有丝毫问题。我现在只能说，如果不是这个可乐小人，我没有办法鉴定出火刻铭文，作为一名青铜鉴定师，我不够格。我现在辞职，希望我把该学的东西学会了之后，庙会还能给我提供像现在这样薪酬丰厚的职位。”

阿吉说完，离开了话筒，收拾起刻刀和工具包，望了望朱子固，满脸沮丧，转身离开了会场。

“这听上去像是个恶作剧。”朱子固耸了耸肩，笑着跟大家说道。

众人心知肚明，谁会舍得用一件青铜器来搞恶作剧，这太奢侈了。

“很遗憾，我们不能为您的这件青铜觥负责，但是我们替你的幽默叫好。”朱子固望着梅雪茗说道。

“但是，你并不能证明这件青铜觥不是在安阳出土的。假设，我是说假设，青铜觥上的铭文是后来刻上去的，但是这件青铜觥还是真的，你并不能证明青铜觥不是出自安阳。”梅雪茗答道。

“但您现在怎么证明这件青铜觥就出自安阳呢？”

“除了物证，我还有人证。”梅雪茗指了指杜行说道，“他亲眼所见，有人在安阳挖出来好几件青铜器，这件青铜觥只是其中的一件。”

“亲眼所见？”

“对，就在前不久。你跟他说说，怎么捡到这件青铜器的……嘿！”梅雪茗伸手拍了一下杜行。

正在发愣的杜行抬头看着梅雪茗。

“你跟大家说说，你是怎么捡到这件青铜器的。”

杜行站起来，重复了一遍自己怎么在庄稼地里遇见四个人，抬着两麻袋青铜器，麻袋怎么破掉的，青铜器怎么被埋到庄稼地里的。

听杜行讲完后，朱子固伸手扶了扶眼镜架，缓缓说道：“这么说来，这件青铜器你抱回去后，就一直没有动过？”

杜行点头，说没有动过，抱回去后，就埋在自家后院的西红柿菜地里，前两天才挖出来拿到北京。

“这么说来，这件青铜器是他卖给你的？”朱子固问梅雪茗。

“是……不是，我是从一家古玩店里换来的。”

“青铜器不是他带到北京来的吗？怎么会跑到古玩店里呢？”

“他，他把青铜觥卖给了古玩店，然后我又从古玩店里买了回来……”梅雪茗觉得自己的话音小了很多，这话连自己听着都有点不相信了。

“我被你绕得有点迷糊了。我完全搞不清楚到底发生了什么事情。”朱子固笑了笑，又说道，“这样，这件事情我们不如先放一放，我让人把青铜觚送回您的房间，等过几天，咱们泡壶好茶，再闲聊，行吧？”

“不行，现在就要讲清楚。”梅雪茗立刻答道。

众人刚才听完杜行怎么得到这件青铜觚后，就有点开始替梅雪茗犯愁了。那杜行说，青铜觚是他从地里捡来的，这事儿不稀奇，奇怪的是，刚出土的青铜器上怎么会有后人伪刻的铭文呢？并且还是高温高压的高科技伪刻，这件事情搁谁都不会相信。更离谱的是，梅雪茗居然把这件青铜器带到这里来跟人理论，这里是哪儿？这里是土地庙，能把这么多有钱人都聚集在一个高尔夫球场里的人，身份背景肯定异乎寻常，虽然大家都没亲眼见过小和尚，但私下里也都议论过，说不定这小和尚是不方便露面。但人家这土地庙并没有庙大欺客，你说青铜器是安阳出土的，人家就陪着你折腾，给你剔锈鉴定，鉴定结果却是假铭文，人家还反过来给你说软话，请你喝茶，这就是给你台阶下，本身你就不占理，也没真凭实据，弄到现在你还不肯住嘴，还在强辩，这也太有点不知好歹了。瞧这姑娘长得水灵清秀，怎么看都不像是个笨脑子，怎么就这样倔呢？难道这梅雪茗姑娘是故意来闹事的不成？

朱子固又笑着跟梅雪茗商量，别再揪扯这件青铜觚了。

梅雪茗却不答应，一口咬定这件青铜觚就是在安阳出土的，指着朱子固说别应付推搪，叫小和尚出来对话。

在场的众人见梅雪茗不但没闭口，反而有些变本加厉了，心知这件事情不简单，兴许这梅雪茗真的是来闹事的。众人精于人情世故，不劝梅雪茗，也不理朱子固，就想躲在桌子后面看热闹。

唯独杨总的老婆还在替梅雪茗担心，偌大的会场，只有她和梅雪茗两个女人。她站起来走到梅雪茗身边，拉着梅雪茗的衣角，说，少说两句，有什么事儿以后不能再说吗？

梅雪茗没理她，黑漆漆的双眼依旧盯着朱子固。

这时，一名球童从外面快步走了进来，走至朱子固身边，附耳低语几句。

朱子固立刻沉不住气了，盯着梅雪茗说道："刚才的鉴定结果大家都已经看见了，若你对此有异议，你完全可以邀请别的鉴定专家来鉴定，我们很欢迎。但是，恕我直言，像你现在这般自顾言他，是在浪费大家的时间，说你是来搅局的，我觉得一点都不为过。鉴定结果你抛开不顾，还一口咬定这件青铜觥是安阳出土的。我完全有理由怀疑你是文保会的。"

众人听到文保会，立刻唏嘘一片，有的人点头表示同意朱子固的说法，有的摇头，有的低头凝眉暗自琢磨，有的则一脸茫然，顾盼四周，全然不知文保会为何物。

"我不知道你在说什么……"梅雪茗答道。

朱子固低头，连续点击电脑，屏幕上又出现了一组图片。

"去年你的父亲拍下安阳附近的乡村后，通知我们，你的哥哥是你父亲的代理人，有关那里的一切事务，都由你哥哥全权负责。从去年到现在，那乡村总共出土了有价值的文物一百一十件，其中，三级文物七十一件，二级文物三十五件，一级文物四件……"

屏幕上的照片开始一张张变换，除了一幅被封装进真空保护膜的山水画，一套九件正在脱水处理的漆器，其余的都是些瓷器、铜器和玉器。

"你看到的这些文物我们都交给了你的哥哥，并且派专人定期为这批文物做养护。直到上个月，你父亲通知我们，你哥哥由于工作繁忙，已无暇顾及那里，变更为你来负责那里的事务。你知道，每一个跟我们打交道的人，我们都需要了解他，了解他的宗教信仰，了解他加入过的组织，当然我们也了解过你，通过你的朋友、下属、合作伙伴，等等。直到我们确定你是值得信赖的朋友。但是，这并不代表你带来的这位年轻人也是我们的朋友。"

朱子固伸手指向了杜行。在场的所有人的目光，都投向了杜行。

杜行呆头呆脑地环望众人，满眼迷茫。

“我们允许并且欢迎大家邀请你们的亲人和朋友前来赶庙会，但是我们也说过，您一定要保证和您结伴而来的朋友是大家的朋友，而不是大家的敌人。我们的敌人只有一个，那就是文保会。”

朱子固望着杜行，笑了笑，问道：“是的，目前有实力能称之为敌人的，只有你们的文保会，你说对吗？”

杜行看了一眼梅雪茗，她也正在望着杜行，眼睛在询问。

杜行移开目光，望着大屏幕，不说话。

“前年是个好年成，我们的庙会成立于前年，三个月后，文保会就跟我们过不去了。文保会的全称是，中华文化保护传扬基金会。创建者据说是两个老头，两个人住在一座四合院里，文保会的总部也在这座四合院里。”

朱子固轻敲电脑，屏幕上出现了一组照片，车流激涌的大街不远处，一条悠长深邃的小巷子，提着菜回家的大妈和搭着白毛巾赤膊蹬三轮的三轮车夫中间，一座毫不起眼的四合院青砖发乌，白缝泛黄，院门紧闭。爬藤攀出院墙，横垂在小巷子上。

朱子固抬头望着梅雪茗，摇头说道：“我们很欣赏你为了维护自己的权益表现出来的勇气，但是，我们也替你愤不平，你被这个家伙利用了……你可以坐下来，喝口水，把青铜觥上的铭文忘记，当作咱们刚才没有剔出胶鬲这两个铭文，然后闭上眼睛，仔细想一下，你拍下的是安阳边的一个乡，而他恰好大白天的就在那里遇到了有人盗墓，麻袋恰好破了，他捡到青铜觥后，又恰好能让你知道这件事情，让你买到这件青铜觥。如果这一连串的恰好是真的，应该是什么样的概率？

“如果这家伙是文保会的人，知道你家拍下了安阳的一块地，便处心积虑地给你做了个局，用鞭子抽着你，让你来这里出头。这个概率，比刚才一连串恰好的概率多了多少？你被这个家伙利用了。或者，这个家伙被你利用了。他或许是你花钱雇来的演员，或许是你的手下，你才是握着皮鞭的人。你才是文保会的人。

“当然，这些都是我的猜测，如果这件青铜觥上没有胶鬲两个字的铭文，如果不是文保会处处跟我们作对，我决计不敢这样胡乱猜测我们的朋友。我猜测你也好，你猜测我也罢，不管怎么样，我们都应该把这件事情弄个水落石出，现在，请你们二位移步，去我们的会议室里说话，大家是来逛庙会的，不是闲着没事来看这无休无止的争辩的。”

朱子固说完，走到梅雪茗和杜行面前，侧身微躬，伸手说了声“请”。

梅雪茗挑着眉毛说不去。

众人之中当即便有人说道：“你们的事情你们自己去处理，别浪费我们的时间。”

旁边有人跟着附和。侧眼望去，见远处的人脸上都是一副不耐烦的神色，梅雪茗咬了咬嘴唇，迈步朝会场外走去。

杜行见梅雪茗朝外走去，便急忙跟着梅雪茗走出了会场。

出了会场，二人跟着朱子固来到后院的一间大客厅后，梅雪茗望望门外，见球童抬着那件青铜觥放在了院子里，用塑料膜将整个箱子裹了起来，里三圈外三圈地裹严实，又拿着喷壶开始在塑料膜上喷洒，喷了没几下，喷壶里便干了，等了一会儿，才有人抱着手提箱进来，打开箱子，取出观音瓶，往喷壶里倒了一点液体，然后那人将观音瓶收回箱内离开院子。手执喷壶的人复又喷洒了几遍后，将一个加湿器搬到院子里，又将喷壶内的水注入加湿器，拧开了开关。

“您放心，这件青铜觥会被妥善保管。”朱子固瞅了瞅门外，转头对梅雪茗说道，“请坐，二位请坐。这件事情，怎么说呢……平心而论，你、我、他，我们三个人都有嫌疑，你可以怀疑我们的人去你拍下的地盘附近盗墓，我也可以怀疑你们两个人是文保会的。但是现在，外面的青铜觥上有火刻铭文，我想你应该知道自己的处境，你带来的青铜觥，现在变成了我洗脱嫌疑的证据，而你们俩用什么证明你们不是文保会的人呢？”

梅雪茗不说话，皱着眉头看着杜行，离开会场来到后院，梅雪茗似乎一下子便明白了。

杜行也不说话，仰着头，望着窗外夜空。

“大家都是明白人，有什么事情我也不瞒二位，你们文保会派人来我们庙会，这是情理之中的事情，就像我们庙会也派人去了你们文保会一样。这都是潜规则，没必要遮遮掩掩，谁玩得好，谁玩得妙，谁就能博得更多的支持。现在，你们文保会派来的间谍被我们识破了，不要觉得难为情，不要觉得没面子，没什么。正好我们想跟文保会交流一下，所以，麻烦捎句话回去，找个地方，约个时间，咱们两家坐下来好好聊聊，别这样弄得跟仇人一样，我们有什么可以帮助或者满足你们的，都可以敞开来说嘛。”

朱子固看看梅雪茗，又看看杜行，说道：“怎么样，你俩谁回去？总不能一起回去吧。”

梅雪茗坐在沙发上，摇头说道：“你什么意思，你还真的怀疑我是文保会的人？”

杜行也摇头说道：“我不是。”

朱子固笑了笑，转身倒了三杯水端了过来，自己端起一杯喝了几口，放下杯子，脸也放下了，变得冰冷异常，眼睛直直地瞪着二人，一字一句说道：“你俩只能有一个人出这个房间，直到文保会来人后，另一个才能离去。你俩自己商量吧。”

说完，朱子固转身走出了房间。

梅雪茗紧随其后冲到门前时，两个球童已经从外面反锁上了门。

梅雪茗大声喊叫，使劲拍门，抬脚踹门，搬起椅子来砸门，折腾了好长时间，门完好无损，也没人给开门。

她累了，坐在沙发上喘着粗气，望着杜行。

杜行也望着她。

两人就这样四目相交地干坐着，过了很长时间后，梅雪茗问道：“你是文保会的人？”

杜行摇头。

两人不说话了，谁也没看谁，静静坐着。

也不知过了多久，朱子固推门走了进来，走到茶几前，端起自己的杯子，喝完了杯底的水。

“抱歉，得罪了，我这也是实在没有办法才这样做……怎么样，二位想说什么吗？”

梅雪茗幽幽说道：“这件事情跟杜行没关系，他只是个农民工，把他放了吧。这件事情你跟我说。”

“你的意思是，你是文保会的人？”朱子固问道。

“我是个支付了你们将近两亿元的顾客，换作你，也会保护自己的权益。我承认自己行事有些莽撞，但是我可以为我的莽撞负责。”梅雪茗下巴朝杜行翘去，又说，“这件事情与他无关，让他走吧。”

朱子固笑呵呵地说：“我说过，你们两个只能走一个，只要从这个门出去，就算是答应了我的条件，把文保会的人请来，咱们好好谈谈。我不管你俩谁离开，七天，七天之内我要见到文保会的人。否则，别怪我心狠。”

朱子固把手里的杯子放回茶几，站起来朝门外走去，走到门口，转身又说：“你俩还可以商量一下谁走谁留，不管是谁走，最好是等天亮了，吃过早饭后再走，尝尝山西沁县的小米粥。”

朱子固微笑着走出房间。房间的门闭上了。

过了许久，梅雪茗缓缓说道：“这都怪我，是我把事情搞成这样。我是说，我不该领你来这里。”

杜行抬头，看着她。

梅雪茗望着窗外，忽然起身，走到房间门口，关掉了灯光。

房间漆黑一片。渐渐地，两人的眼睛逐渐适应了黑暗，看到了从窗外投进来的朦胧稀薄的月光。

梅雪茗踩着月光，坐回了沙发。

“这个房间里刚才就有月光，可惜，房间的灯比月光亮，所以我们看不到月光。”月光下，梅雪茗幽幽说道。

杜行没说话，他不知道该说什么。

“事已至此，我只能告诉你……我是文保会的人，”梅雪茗苦笑着，摇了摇头，继续说道，“你知道，文保会很大，并且不像土地庙一样，需要审查考证几番后才能加入。恰恰相反，不管有钱没钱，不管有没有地位、学识，只要是喜欢中国文化，想要将中国文化发扬光大的人，就可以加入中华文化保护传扬基金会。刚才我问你是不是文保会的人，因为文保会很大，每天都有很多新人加入，相互之间不认识那很正常。我是文保会的人，你也是吗？”

“不是，我真的不是……我是卖力气替人打工的，我只想赚钱，吃好点、穿好点、住好点，别生大病，这辈子就知足了，什么文化不文化的，不关我的事。”杜行答道。

“月光。你就像月光，可以隐藏在明亮的灯光里，但却瞒不过黑暗。”梅雪茗注视着杜行，缓缓说道，“你在庄稼地里遇到了一伙盗墓的，然后你就捡来了这件青铜觥。你自己认为这个故事说得过去吗？你自己相信吗？”

“我从那里路过，恰好捡到。事情就是这样。”

“看来你被你自己编出来的故事蒙骗了。你可以走在小路上，凑巧遇到了盗墓者，这虽然凑巧，但合情合理，能说得过去。但是，你却不该说四个盗墓者抬了两麻袋青铜器往山下走。显然，你并不了解盗墓的流程。

你以为盗墓像在庄稼地里挖铁棍山药和马铃薯那样悠闲吗？把马铃薯从土里全部挖出来后，坐在田间歇一会儿，再集中起来运往家里？不，盗墓不是这样的，每从古墓里挖出来一件文物，都有专门的人负责转移，这样，即便是正在盗墓的人被发现了，转移走的文物也会安然无恙。从来不会有人傻乎乎地把古墓里的文物挖出来，一件件地摆放在地里，等收工后再一起搬运回去。你说呢？”

“我只是路过，恰好捡了一个。”杜行答道。

“你不承认没关系，我只是提醒你，以后别再犯这样的错误。在工地上，你给我讲怎么得到青铜觥的时候，我就知道你是在编故事。那时候，我并不想点破你，因为我需要一个你这样的人或是故事，至于故事是真的还是假的，都无所谓。我是文保会的人，我们致力于保护中华文化，反对土地庙的这种原始野蛮、肆意盗掘文物的行为。我今年加入了土地庙，不为别的，只为了能将土地庙的创办者小和尚绳之以法。但是，我至今不知道小和尚是谁，这家高尔夫球场和赛马场的产业都登记在朱子固的名下。朱子固的背景我们查验过很多次，他以前是一所大学历史系的讲师，喜欢国学和收藏，仅此而已。我们不能举报朱子固，这样做只会打草惊蛇，小和尚会找一个很隐秘的地方另盖一座土地庙。所以我们想过很多方法想要让小和尚露面，就像今天这样，胡搅蛮缠地大闹一场，这都是没有办法的办法，却还是被朱子固识破了。

“但是，我不后悔认识你，你的出现让我明白，不仅仅是我们文保会想要调查土地庙，还有和我们一样的人在注意着土地庙。你的真实身份肯定不是一个农民工，你可能是公安局的，也可能是文物局的，或者你是想从土地庙里得到些什么，让我猜一下……你拿了一件布满粉锈的青铜觥来，可能是对土地庙的观音露感兴趣，只有观音露，才能遏制坏锈的传染，而观音露的配方只有小和尚知道……不管你来自哪里，我希望能得到你的帮助，揪出小和尚。”

杜行摇摇头，正要开口申辩，梅雪茗又说道："我知道，你肯定不会承认自己的身份。我说的话跟电影、电视剧里的剧情太雷同了。一个人被投入大狱，认识了志同道合的狱友，并且得到了狱友的帮助，两人一起逃出大牢，这个人就跟狱友吐露了心底的秘密，而狱友却是卧底。现在，你肯定把我当作玩苦肉计套你话的那个狱友了。但是，不管你相不相信这狗血的剧情，事情原本就是如此。就像这屋里的月光一样。我留下，你走吧。离开这里后，去文保会的办公室里，告诉他们，我被扣押在这里了。"

梅雪茗边说边从沙发上站起来，走到杜行面前，伸手说道："你手机给我。"

杜行不情愿地掏出手机："这手机好几百元呢。"

梅雪茗接过手机，摁着键盘，在手机上输入了联系人的电话和地址后，递给杜行："还你，文保会的地址和电话在上面。希望你能帮帮我们。"

说完，梅雪茗走回沙发前，躺了上去，背对着杜行，蜷缩着身子，不再说话。

一宿没合眼，直到有人推着餐车把早餐送进房间里，杜行才觉得眼睛有点酸涩，冷水洗了把脸，食不知味地嚼完早餐后，杜行出了房间，跟着球童上了车，离开了高尔夫球场。

穿过市郊，快要到繁华闹市区时，车缓缓停下。

"您请在这里下车，请您别关手机。"球童叮嘱。

"为什么不能关手机？"杜行问道。

"我也不知道为什么，我们的朱经理让我转告您，请您别关手机。"说完，球童下了车，拉开了车后门。

杜行下了车，球童上了车，扬尘而去。

沿着街边来回踱了几步，杜行坐到了路边用废枕木做成的椅子上，望着前边的十字路口，犹豫着，要不要去湖门村找梁瑞秋。再望望四周，不知道人群中有没有人在暗中窥视着自己。

犹豫间，杜行兜里的电话忽然响了起来，本以为是朱子固的电话，掏出来一看，却是自己堂哥杜涌的来电……接通电话，听了几句，杜行朝前方望去，顺着前面的路直直地走，走了没多远，就是琉璃厂。电话里，杜涌说完了要说的话，已经开始道歉了，没等杜涌道歉完，杜行便站起来，边朝着街上的出租车挥手，边挂掉了电话。

杜行拦下出租车，朝北京西客站赶去，到了西客站，专拣人多的地方走，在人流中走了一圈，从个不起眼的角落里钻出来，又拦下一辆出租车，朝自己昨天停车的小区赶去，进了小区，杜行从屋子里拿了钱出来付了打车钱，返回屋里换了身衣服，开车朝琉璃厂驶去。到了琉璃厂外，杜行找了个停车场泊好车，出来沿着街紧走几步，拐进旁边的胡同里，顺着蛛网般的胡同穿行，不时回头看，确定没人跟踪后，才从胡同绕到了琉璃厂外。

看看表上的时间，原来只需要顺着路朝前走，十几分钟就能到的琉璃厂，现在却绕了个大弯子，用了好几个小时。为了把事情办成办好，绕再多的弯子也行。

杜行在街边的排椅上坐了下来，又看了看表上的时间。

时间快到了。

对面是高楼，楼下的门前摆着两排大花篮，几个人站在大厅前迎接陆续而来的客人。有的客人却不进楼内，聚在外面聊天，像是在等什么人。

高楼上飘着几个大气球，最大的气球飘得最低，气球下缀着一红色条幅，条幅上有“汲古阁开业大喜”几个字。

有几个从琉璃厂出来的人经过，驻足观望，小声议论。

“又有古玩店从琉璃厂搬出来了？”

“肯定是，瞧这名字就是古玩店的名字。”

“瞧人家这生意，做大了，琉璃厂都容不下了。”

“不懂了吧你们，知道为啥搬出来吗？”

“为啥？”

“古玩店搬进写字楼，私下拍卖古玩，现在流行这样搞。”

“为啥要私下拍卖呢，注册拍卖公司光明正大地拍卖不好吗？”

“注册拍卖公司，又是要求资质又是要求资本什么的，很麻烦，再说古玩店和拍卖公司是俩性质……”

几个人在杜行旁边嘀咕着。

杜行回头望了一眼。那几人见排椅上坐着的是个年轻人，便没了顾忌，兀自小声议论着。

杜行垂着肩，耷拉着脑袋，靠在椅子上，怔怔望着街对面，心乱如麻。

他觉得自己被人玩弄了。

那件青铜觥上的铭文原本是个中字，那是自己亲手写的。那是春天，杨树刚准备抽芽的时候，他折下一截树枝，将树枝通体轻轻拧动，再猛一抽，滑溜溜的树枝就从树皮里抽了出来。他将树皮剪成手指般长短，一端捏扁，边捏边用指甲刮去树皮外绿色的皮，只刮一厘米左右即可，然后将刮过皮的一端含在嘴里，轻轻一吹，就能吹出哨声。这是小孩子春天玩的玩具，两天后，树皮哨子变干，不出声了，就会被扔掉。自己的哨子却没被扔掉，他将用剪刀修剪扁平的一端剪得尖尖的，像是笔尖，把笔尖放进嘴里，含湿，探入盛着泥浆的陶盆中，蘸满泥浆，在陶质的模范上写下了这个中字，再将陶艺放在太阳下晒干，然后蘸着泥浆，在刚才晒干的中字上边再写一遍，晒干，再写，如此反复，一遍一遍，一层一层，直至陶范上出现一个凸起的中字。当然，那个写在陶范上的中字是反过来的。

可现在却变成了“胶鬲”两个字，而时间却仅仅只有三天。青铜觥在这三天时间里，大部分的时间都待在湖门村。留给梅雪茗和朱子固的时间只有不到一天。

这是怎么办到的？

难道是照着这件青铜觥的模样重新铸造了一件铭文不一样的青铜觥？

古玩仿制，速度最快的，当数青铜器，电脑扫描，电脑制模，然后将融化的青铜水注入模型即可，整个过程只需要一个下午。并不是所有的青铜器都适合这样仿制，这种情况只适合表面的铜锈已经被剥除干净的青铜器，但制作青铜器表面的包浆，却需要数年时间。

若是想要仿制表面布满了铜锈的青铜器，电脑扫描就不管用了，扫描完后不知道该怎么计算铜锈的厚度，这个完全没有规律可言，只能凭经验。

况且，电脑扫描制造青铜器的3D模型，对于先秦时期的青铜器仿制来说，一点都不实用。那时候的青铜器全部是手工制范，可以肯定地说，绝对找不出两件完全一致的青铜器来。就像中国古书画一样，即便是同一个人的作品，细节上都不会完全一致。所以，电脑扫描被古玩仿制业淘汰后，又被古玩鉴定拾了起来，应用在古玩鉴定上。

绝对不会有人能在两三天的时间内仿制出一件布满铜锈的青铜器来，并且能让原先持有青铜器的人看不出破绽。肯定不是现仿制出来的。更不可能是被人调包的。

若是较为常见的鼎、鬲之类的青铜器，恰好遇到了尺寸造型基本一致的同器形，纹饰也恰好相同，表面的铜锈分布和颜色也恰好差不多，那还有可能调包，只是调包后立刻就会被认出来，更别说这件青铜觥了。青铜觥本来就不多见，压根就没有被调包的可能。况且，你怕别人调包，别人还怕你调包呢。

能在这么短的时间内，剥开青铜觥表面的铜锈，用火刻把一个中字变成胶鬲两个字，似乎只有梁瑞秋能办到。

梁瑞秋精于火刻，擅长除锈、挂锈、贴锈、染锈，再也没有谁比他更适合做这件事情了。但是，能办到并不等于就是他。

自己可以像信任自己的父亲、大伯那样信任梁瑞秋，梁瑞秋决计不会干这样的事情。那会是谁呢？

难道是梅雪茗？

梅雪茗拿到了青铜觥，跑到建筑工地上把自己喊来时，自己本来准备了很多说辞，那些精挑细选的理由可以保证让梅雪茗领着自己去土地庙，但是那些话还没来得及说出一句，梅雪茗就主动让自己跟着她去土地庙。到了土地庙，那口装着青铜觥的木箱子，球童连里面装的是什么都没问，直接就搬进房间了。当时没觉得有什么不妥，现在想一想，似乎有点不正常……不是有点不正常，是很不合常理。那土地庙里陈设有青铜器，也有供拍卖的青铜器，土地庙里的鉴定师们也知道坏锈会传染，按理说，他们应该有所防范，不会允许客人将未知的东西带入土地庙里的，为什么梅雪茗带去的箱子就没人查看呢？不只是木箱子，就连自己，也没人盘问。

虽说土地庙欢迎他们的客人领着朋友一起去，但那都需要事先通知土地庙，土地庙的人做一番摸底调查，但是自己就那样大摇大摆地跟着梅雪茗进去了。

进去之后，梅雪茗在大庭广众之下质问朱子固，说有盗墓者在她拍下来的地盘上盗墓，这很是合自己的意思，若梅雪茗不说，自己也会找机会大声说出来的。但是，效果却意想不到的糟糕，梅雪茗的每一句话都被朱子固轻描淡写地化解，梅雪茗的话反而变成了替土地庙宣传的软文。最令人绝望的是，青铜觥上的铭文居然变成了胶鬲。大家都清清楚楚地看到了，大家都认为梅雪茗和自己是在无理取闹。

可就是这个梅雪茗，偏偏说自己是文保会的人。

怎么都觉得她不像。倒像是和朱子固唱双簧的搭档。

杜行呆呆地望着街对面。

对面的人越聚越多了，差不多有二三十人，松松散散地聚在对面的大门前。

人群中有人朝这边走了过来，跟站在排椅旁边的几个人打招呼："这边的汲古阁开业呢，咱过来捧捧场。"

"开业就开业呗，你们站在外面干吗呢？"

"等人家十点整开业，还要等人……你们猜等谁？"

"你就别卖关子了，我们哪里知道等谁呢。"

"等汲古阁的老板杨言……"

"汲古阁的老板不是霍宗明吗？杨言是谁呀？"

"呵呵，几个月前霍宗明就把汲古阁盘出去了，据说是过了两道手，才到了杨言的手上。现在的汲古阁姓杨了。杨言嫌琉璃厂地头小，施展不开拳脚，这才找了间大房子，搬出来想要大干一场。"

"好端端的，老霍干吗要把汲古阁卖掉呢？"

"我说兄弟，你咋犯糊涂了，自古以来，有多少家古玩店能干得长久呢？别瞧古玩店跟别的店铺一样，日出开门，天黑打烊，那都是熬时间，熬得时间换机会。只要熬来了机会，赚了大钱，这古玩店就关门了，揣着钱改行，不想折腾就找个好地方养老。老早以前，古玩店就是三年不开张，开张吃三年的买卖，要是交了好运做成一笔大买卖，赚够了儿子孙子花销的钱，那就洗手不干了。现在也是这样，不过现在的交好运和以前不一样了，以前交好运，大部分是捡漏了。现在撞大运，大部分是假货蒙对人了。不关门，难道等着人家来找麻烦不成。"

"也不全是这样。古玩店分三种，一种是真喜欢这个行业，不管赔还是赚，古玩店都会一直开下去，这样的古玩店并不少，琉璃厂里好多家呢；另外一种纯粹是为了赚钱，为了钱，什么东西都敢卖；第三种古玩店，介于这两者之间，数量最多，也是真心喜欢古玩，假货赝品也卖，但是有道德底线，知道什么东西不能碰，知道做事不能太过分。其实，不只是古玩店，每个行业，都是这种情况，国内如此，国外更是如此……"

"可老霍怎么着也不该把这汲古阁卖给杨言这种人啊，杨言是什么来历，谁不知道啊，千万别跟前年的白玉堂一样，把店卖给了一个以前搞过传销，后来卖假药起家的人，那种人也混到了琉璃厂，那不是来祸害人吗，唉……”

“话也不能这么说，不是说这汲古阁过了两道手吗，那就由不得老霍了。再说，古玩行当自古以来就是鱼龙混杂的行当，经营古玩店的老板素质也都良莠不齐，有实在的，也有黑心的，多一个杨言不多，少一个杨言不少。”

“不是开业吗，你们怎么都在外面等着？”

“是开业没错，可杨言还没来呢，亲戚朋友在这里支应着，说是杨言去请几位古玩鉴定专家来助兴，一会儿，专家们免费为大家鉴定古玩，评估价值，还能免费给大家的藏品写鉴定证书。大家都等着专家呢。”

几个人在杜行身后小声交谈着。

杜行还没有拿定主意，他觉得自己把事情搞砸了。像钓鱼的人被拖下了水，但却看不到那条鱼。

忽然，杜行看到一个人，那人站在对面的人群外围，腋下夹着个锦盒，脸上贴着手机，不停地说话，边打电话边左顾右盼。

那……那不是唐正吗？

再仔细看过去，没错，是唐正。

刚才杜涌在电话里说，唐正会来。

果然来了。

第五章　唐正

杜行知道唐正这个人是在半年前。

那天，杜行独自一人驾着车，顺着公路漫无目的地行驶了半个小时，路两边的山悄无声息地朝公路欺近了许多，路面也变得时陡时缓，宛转曲折。

行至一处丁字路口时，杜行放缓车速，驶入了旁边的这条岔路。这条小路径直通向不远处的山顶。

几丝白云有气无力地从日头下匍匐爬过，投下来的阴影还没来得及洒在田间干黄卷曲的庄稼叶梢上，就被炙热的阳光烤得不见了踪影。

还未到正午，却已经不适合在山间游玩散心，连土路上的灰尘都静静趴在路面上，懒得动弹。可那一刻灰尘却扬了起来，被杜行驾驶着的越野车惊了起来，聚集成一条土黄色的龙游浮在土路上，张牙舞爪地向越野车发泄着它的不满。

越野车越行越慢，拐了个弯，驶出小路，在路边的庄稼地里悄无声息地停了下来。路边的山坡上斜斜立着几棵老槐树。

杜行从车里走了下来，走到老槐树下，背靠着树干坐在了树荫里。

杜行知道自己需要放松。

等待了数年，终于等到了机会，等待是牵挂，也是积蓄，是把一丝丝牵肠挂肚作茧般绕在心上等着释放的那一刻。

不只是杜行，每一位收藏者的心里都塞满了等待。

譬如你看中一件商后期的单柱爵，长流短尾，颈腹饰以龙纹，单柱顶端饰有囧纹，品相上乘，有心入手，开口询价，卖家要价70万元，你知道这价格肯定高得太离谱了，软磨硬泡、死缠烂打地跟卖家砍价，卖家最后要价60万元，不肯松口了。没办法，你只好想方设法托朋友找关系，找到了卖家的朋友去说情，卖家给了面子，最后要价45万元，再也不肯松口了。你知道这价格还是很高，生活中用的青铜爵只能算是青铜小件，而礼器所用的青铜爵在礼器中的地位排行是最低微的，虽然最近一两年价格有所上扬，但还不至于卖到这个价钱，十几、二十万元还差不多，尚能勉强接受，谁让自己喜欢来着。可要45万元就有点蒙人的意思了，这个卖家手杀得太狠。

这时候能做的，就是等待！尽量去等待。说不定卖家碰多了钉子后价格就能落下来，说不定你能在另外一家古玩店里看到一件品相做工更好，价格更低的青铜爵，说不定你到外地出差时朋友的朋友正想着把他收藏的一件青铜爵转手让出去，说不定……

很多人认为把自己中意的古玩或是艺术品买回家把玩欣赏，这就叫收藏。其实不然，收藏的定义远不止于此。

未学收藏，先学等待！

等待着在一个不起眼的角落里遇到让自己魂牵梦绕多年的古玩，漫不经心地用合理的价钱入手，心慌慌手颤颤还要扮出一副平静安稳的面容，留给卖家一个微笑，抚平自己多年的等待。哪怕是等待了一生，都没能等到心神向往的古玩喊出合理的价格，那也没关系，在等待的时光中，这件古玩早已藏在了心底的最深处，只需闭上眼睛，它就会从心底跃出，浮现在自己面前。

就像许多收藏家会将他们的藏品捐献给社会一样，难道是收藏家不喜欢这些藏品？还是这些藏品不值钱？抑或是收藏家在作秀？不，不是这些原因。捐献出来的私人藏品虽然会被摆放在全国各地的博物馆里，可对于收藏家来说，这些藏品仍然藏在他们的心里。

就像杜行面前的这一脉山坡上屹立着的棵棵壮树，从一粒不起眼的小种子就开始了等待……杜行忽然看到对面山坡的顶端有两个人，那两个人恰好背对着自己，悠闲自在地趴在山坡顶的几丛酸枣枝里。好生奇怪，已是午时，大热的天，下地干农活的人都不挑这个时辰，这个季节他们都是一大清早沾着露水和下午歇晌起来等日头发黄后才下地干活，正晌午下田间做农活会中暑。这两个人肯定不是耕作劳累后趴在地头休息的农民，杜行依稀看到那两个人的中间架着一个白色的单筒望远镜，距离太远，杜行有些看不清楚，不能确定那两个人中间架着的究竟是望远镜还是单反相机的超长焦镜头。也许这是两个摄影发烧友，正在用大炮打鸟，山坡下跳来跳去的鸟，或是其他什么野生动物都是他们捕捉的对象。他们也许已经在山坡上趴了一上午，静静地等待着，就是为了捕捉到一张能震撼人心的画面。他们也在等待。

杜行从车里拿出一本书坐回到老槐树下，深呼吸几口，尽量让自己静下心来，细细翻看捧在手中的书。

等待的过程也是一种学习的过程。若是你等待着入手收藏一枚汉代铜镜，你肯定会刻意地去了解很多关于铜镜的知识。

杜行亦如此。杜行需要提高自己鉴定青铜器的知识。

收藏就是这样，你可以口若悬河地在朋友面前吹嘘自己的鉴定眼力有多高，你可以唬得住古玩商贩，甚至你可以蒙骗其他所有人，但你永远骗不了自己。你知道自己懂多少。

杜行捧在手中翻看的这本书名叫《鉴彝考心》，手抄本，软皮封生宣页，书中内容和封面上的“鉴彝考心”四个字全部为杜行的大伯杜承序亲笔所书，书中所载内容乃杜承序自年轻时开始学习鉴赏青铜器，一直到现在感悟积累出来的鉴定青铜器心得。书内前边的页面里几乎页页有批注，越往后批注越少，书中后半至末尾部分，批注已经绝迹不见。这是因为书的前半部是杜承序年轻时鉴赏青铜器的经验心得，等杜承序年岁渐大，鉴定经验日臻成熟后再翻看以前的鉴定心得时，发觉其中不足之处颇多，感慨万千之余，却没有勾抹掉以前的心得另著，而是在以前错误的鉴定心得旁边用朱墨写下正确的鉴定手法及心得作为批注。书内的朱墨批注为行书，笔势清劲英爽。正文为小楷，工整匀称，丰腴秀丽，隶意十足，用笔明显是在临摹唐代书法家国诠。这种楷书中透着隶书味道的笔体，曾被他的朋友们戏称为“凯莉”。

翻开书，书中写道：

宋代鉴赏家赵希鹄所著《洞天清禄集》中云，青铜器被土掩埋数千年后，器物表面会生出一层锈，锈色青翠如云端竹林。青铜器的青翠锈色在上午时较为浅淡；到了中午，青铜器的锈色则变得翠艳欲滴，极为惹眼；过了中午，青铜器的锈色慢慢变淡，恢复如初。若是青铜器在水里浸泡了数千年之久（埋藏青铜器的地下浸入地下水，年长日久形成水坑），其表面的锈色会呈现纯绿色，莹润如玉，若是青铜器入水时间不甚久远，未足千年，则器具表面的锈色绿而不莹，燥而不润。

注：壮年时闻赵希鹄曰彝器锈色午变，心神向往，遂发奋寻觅，寐以求得色幻之器，然，老夫眼珠子都盼得翠艳欲滴了，也未见未闻天下有此神器，此乃赵希鹄故意将彝器锈色描写得神乎其神，呵，老夫当年居然信以为真。至于铜锈入土千年色青翠，入水千年则纯绿，更是故弄玄虚，铜锈之颜色五彩斑斓，绿、青、蓝、红、黑、紫等，其中各种色系又不尽相同，或同一器表共发多色，青铜器生锈后会产

生什么颜色完全取决于青铜器的铜锡比例，埋藏环境的干燥湿润，以及青铜器埋藏时所接触的物体等。赵希鹄《洞天清禄集》为天下首册有针对性的鉴定书籍，却集天下彝器仅分两色，不解其用意何在。误人匪浅！可叹至今仍有大量收藏者将赵某此段之言奉为金科玉律，偶有劝之仍执迷不悟，不离不弃，似追星粉丝般病入膏肓，难以自拔。唯有碰得头破血流，散尽家财，方能自悟。

看着书，杜行忍俊不禁，笑出声来。杜承序平日里待晚辈们，嘘寒问暖时如同心细的慈母，督促学习时便如同严厉的父亲，不论是慈母还是严父，向来都是不苟言笑。杜行小时候，杜永曾给他讲的就多是些悬梁刺股、卧薪尝胆之类的故事。没承想猛然间在一行行工整规矩的小楷里看到秀劲清新的朱红行书批阅，凝重严谨里竟然还有诙谐嬉笑之言。

望着远处逐渐拔高的山坡，杜行不由得感叹，原以为大伯是如同高山一般凝厚的仁者，没想到这高山上一直有鸟在欢唱，有泉水在奔淌，有山歌在回响……杜行又看到了趴在对面山坡的那两个人，趴在左边的那个人侧身卧了起来，探头凑在望远镜前朝远处探视，右边的那个人也凑到望远镜旁边，不过却没挤到望远镜前观看，而是低着头，侧着耳朵，一只手捧着个记事本之类的东西，另一只手握着笔，往本上写着什么。想必是用望远镜观察的人看到了什么情况后及时告知，另一个人负责把看到的景物随时记录下来。这两人难道不是摄影迷？那这两人是干什么的？

转回头来，杜行继续看书：

世人认为凡是具备这样锈色的青铜器，或捧或抱，以手感轻盈，感觉入手的实际重量不像是青铜铸制，倒像是硬木雕琢而成的，便是真正出土的青铜器。非也，殊不知青铜器器形较大，器壁较厚者，铜性未能完全氧化腐蚀，其重量为原来重量的三分之二，或一半；器形瘦小而器壁较薄者，铜性经过常年水浸土蚀，所剩无几，观其破损处，看不见丝毫铜色，整件青铜器像是完全用铜锈做成一样；或者仅能从铜器断面的锈层中看到一丝残铜，色红如丹，像一缕红线埋在青翠色的锈层中，扣指轻轻叩击，发出的声音虽然残败，但还是能从中听出铜器的声响。

注：此言极真，屡试皆验。

又注：近日得见有人购入伪器，硬铝做骨肉，青铜做皮囊，绿锈为毛发，入手轻盈，近铜性去半之古器。扣指敲弹，音脆且短促，细辨则断音拍耳，高低参差，似乐队重唱。此器较难辨认，众人皆剔锈露铜则止，耳钝者又不识其音，极易蒙混过关。耳钝者，非真钝也，乃不知古彝辨声之重要也，更有甚者传言古彝器乃铜锡合金，故音质必定清脆，此乃谣言，误人不浅，老夫另写有《听音辨器》心得，正欲发放于市，以警耳钝之人。另曰，幸而此类铝骨铜皮之器眼下为数尚少，日后必滥充于市，祸害无穷。

传世青铜器则不受水土侵蚀，通体呈现出紫褐色，有些青铜器的表面还长着暗红色的朱砂斑，犹如胎记，更有甚者，器表的朱砂斑微微凸起，闭目抚摸能清晰感觉到器表的朱砂斑，将铜器置入大铁锅内，注满水后煮沸，青铜器表面的朱砂斑越来越明显。若是作伪者用朱砂和漆调制后刷敷于器具表面，经沸水几滚，伪斑色变，边缘起翘，时久剥落。

注：传世彝器非紫褐一色，如同偶有彝器出土而器表光亮如新铸一般。器表朱砂斑也非所有器物均现。作伪者朱砂调漆刷于器表，沸汤即去之。此话非原文，乃老夫当年抄录此文时另行更正如此。器表以漆代锈，民国时期风最甚，如今伪漆配方屡屡推陈出新，却依旧被人轻易识破，手艺高超作伪者近年来几乎已将此法弃之不用，偶有用者，必是漆匠转行，有漆不刷则手痒，藏者不惧此法，建议作伪者转

行家装市场平面效果视觉广告发展，或有建树。

商、周和战国时期的青铜器没有异味，唯有刚出土后不久的青铜器能闻到一股土腥味，出土后的时间越久，这股土腥味就越淡，直至消失。而经过作伪的青铜器则有异味，双手相互摩擦至火热难耐后在伪青铜器上用手掌用力擦拭器具表面，再细闻手掌，能闻到很明显的铜腥味。

注：三代彝器无异味，传世古无异味，现代新制铜器放置年长日久后亦无异味。刚出土的铜器土味浓厚不假，但万万不可单依凭土味断真伪。老夫年少时家境贫寒，代人挖渠挑壕换得微薄钱粮借以果腹，时常赤足裸腿伏于沟渠屋基之下，汗流浃背日日劳作，入夜后方能站置院内天井，清水两盆擦洗身躯，轻嗅之下，双腿双臂徐徐散发淡淡土味，不得不增水三盆，弃肥皂换猪胰，土味渐淡，渐去。老夫当年手足夹裹土味，竟也是刚出土的不成？现如今作伪者多将伪器入土腐蚀，数月掘出后伪器也有土味，更有甚者，伪器入土前先施一层泥料严实包裹，泥料中添入的腐料或多或少，或酸或碱，因人因器因环境而异，器表皆有土味。

双手摩擦生热后敷于伪器后能嗅觉铜腥味，必是伪器入土腐蚀年数不够，如青番茄离藤喷施催熟剂一般，徒具外表而食之无味。伪器入土三年复出，无铜腥味。今人多浮躁，作伪者更甚，区区寒暑三载尚且按捺不住，伪器难精。然，另有作伪者反其道行之，伪器入土三载后方始出，另加琢磨三载后出售。上海攀古堂店主崔健明，数年前以350万元另加清吴昌硕篱菊图轴一幅，易得河南郑州一物流公司老板李某的龙首凤翔圆樽，此樽高七十厘米有余，重九十斤开外。敞口斜肩，浅腹高足，肩有三凤鸟振翅作飞翔状，凤翅饰羽纹，纹路细腻逼真，凤眼镶嵌碧色松石，极传神；肩下腹上饰三龙首，龙首浮雕探出，大耳，栩栩如生，宛若樽内有三条真龙探首出来一般，令人生畏不敢直视。高足饰雷纹，腹至足有三条锯齿棱脊，似为龙身。首次去郑州，崔健明惊叹重器，不敢独自断真伪，遂返回上海约专家三人复又赶往郑州，崔健明与专家三人皆摩拳擦掌至手心灼热后敷于樽上，细闻手心，未得腥气，只嗅得淡淡一缕柿子青味，四人不解，李某称下乡得到樽时，樽内盛满了涩柿子，樽口沿还压有红砂石盖。崔健明出价 100 万元，李某不允，几番加价数次酒宴后才以 350 万元现金另加清代吴昌硕图轴一幅勉强谈成，临别时李某兀自委屈，郁郁不乐。此樽后被鉴定为伪品……

看到此处，杜行不由得想起了几年前在古玩圈里的一段传闻，朋友们相聚闲聊时，话题大部分都跟古玩有关，哪家古玩店高价卖出了一件古玩，哪位收藏者低价购入了一件古玩，哪位大藏家打了眼买到了赝品等，聊得多了，大家就能从中得到些关于买卖古玩和鉴定古玩的经验。有人说上海有位藏家以几百万元的价格购入了一件青铜樽，此樽非一般的樽，甚是高大威猛，足足有八十多厘米高，六七十公斤重，肩上有三只凤鸟，肩下有三只龙首，做工极其精美。此言刚出，众人立刻惊呼，那还了得，几百万元购入此樽那就是捡漏了。大家都知道，樽有圆方两大类，除此之外还有各种动物造型的牺樽等。樽为盛酒器或礼器，器形高大做工考究精美的樽几乎全为祭祀时用的礼器，但是这样高大的樽为国内罕见，以前有出土过七十多厘米的圆樽，大家就觉得很了不起了，而世人皆知的四羊方樽不到六十厘米高，不过那是方樽，而这个是圆樽。众人的嘴还没有合拢，那人又接着说，后来这件樽却被鉴定为赝品，当时上海的这位大藏家去购买这件樽的时候，很是小心谨慎，生怕看走眼，特意邀约了三个关系不错的专家一起前去购买，听说他们四人还摩掌搓樽，可惜最后还是看走了眼。回来后不久便被鉴定出来是赝品了。这件事传了出去，跟这位藏家不和的人听说后，在全国各地散布消息，说上海的某某某，还有他的三个朋友，四个人一起去郑州，在一个青铜樽上搓麻将，搓呀搓，结果四个人全都输了，谁都没赢……

杜行忽然又想起来了什么，合上书起身跑回车内，放好书，掀开车后座露出了下面的一个储物箱，搬出箱子来一阵查找，杜行记得自己有个望远镜就放在车后座下面的这个储物箱里，可现在却找不到了，也许是自己记错了。

跑到车外，锁好车门，杜行站在老槐树旁朝对面的山坡眺望。

对面山坡顶端，有一处凹低塌陷之地，里边长满了青草野花，地之边缘则长满了一圈不低不矮的酸枣灌木丛，酸枣丛内正是那两个趴在地上的人。

杜行不是好奇他们在看什么，而是模模糊糊地明白这两个人在看什么。虽然不能确定，但杜行有种强烈的预感——自己猜测的没错。

那两个人背对着杜行趴在地上朝远处观看，地势低矮，若不是杜行身处之处地势较高，很难发现酸枣丛中有两个人。而杜行刚才开车过来的土路地势也比较低，土路和那两个人中间又有山坡作为屏障，来往的路人更是不能发觉这两个人。

顺着他们观看的方向望去，不远处依旧是一座小山，山势较缓，那座山与这二人所处的山坡被一道山谷隔开。手搭凉棚，瞪着眼睛仔细看了大半天，杜行也看不出个所以然来。远处的那座山上植满了绿树，站在这里望过去只能看到一团绿色。

杜行沿着土路朝对面山坡走去。暗黄色的土路歪歪地扭向山坡顶端，贴着山坡搭下去，再弯弯曲曲地爬绕上远处的山腰，铺向远方，不见了尽头。

这里距离山坡顶大约有一里多的路程，不大一会儿，杜行便沿着土路走到了山坡上。

山坡下是宽阔平整的山沟，一群人正从山沟的另一端朝这边走来，大约有十几个人，都戴着草帽，背着水壶，肩膀上扛着一根又长又直的棍子。棍子的顶端像是金属，随着人行走时的节奏，一闪一闪地反射着阳光。

那群人很快走了过来，土路边停着一辆加长农用车，先过来的人打开农用车的马槽，把肩膀上扛着的棍子扔上车，然后踩着轮胎跃上了农用车，站在车上接过后赶过来的人递上去的木棍，随手扔在车上，再探身朝车下伸出手，车下的人握住伸过去的手，脚蹬着轮胎跃上农用车。等人都上了农用车的车斗，司机和车斗里的人边说笑边关上马槽后，钻进驾驶室，开着农用车朝杜行这边颠簸地行驶过来。

若是土路边的田地里种着茂密高大，能容人藏身的玉米或是高粱，杜行肯定会一头钻进庄稼地藏起来。可脚下的土路两边全都是夏麦收割后赶种的黄豆秧，比杜行的膝盖高不了多少，即便是趴在黄豆秧里，也会被高高地坐在农用车斗里的人看到。

杜行索性在路边坐了下来，看着农用车晃晃悠悠地朝这边开过来，农用车经过自己身边时，杜行仰着头，一眼不眨地和司机、坐在车斗里的人对视着。车上的人身上沾满了泥土，善意地注视着杜行。

农用车离去了，尾部喷出的阵阵黑烟激起土路上的黄尘，将杜行包裹在一团散发着柴油味的土云中。

杜行知道自己没猜错，农用车上的这些人是野外考古勘察队的，杜行刚才看到他们每个人肩膀上扛着的木棍都套着洛阳铲，洛阳铲已被磨得铿光瓦亮。在城市里，有土木工程兴建施工之前，要先上报文物主管部门，然后文物部门就会派一队人员在施工地进行一次勘探，确定地下没有历史遗迹墓葬后，施工方才能施工。荒郊野外出现十几个肩扛洛阳铲的人，那就意味着这里要修建高速公路了。对，只能是修公路。若是发现了历史遗迹或是墓葬群，负责勘探的则会是文物部门的考古队，路边停放的车辆最差也会是几辆中巴车，而不是这么几个人和一辆农用车。一条路会修很长，文物勘探的工作量很大，考古队的人吃不消，所以就会雇用一帮吃苦耐劳的人帮考古队做文物勘探工作。

农用车刚开过去不久，杜行赶紧起身朝山坡下跑去，行至半坡停了下来，闪进旁边的大豆地里伏了下去，注视着前方的山坡顶端。

果然，刚才搂着望远镜趴在酸枣丛里的两个人站了起来，用棍子挑开酸枣丛，沿着山坡走到了平坦的山沟底，两人朝着山沟的另一端走了一阵，停了下来，弯腰下去从地上捡起一些东西细细看。

杜行知道这两个人从地上捡起来的东西是刚才那些勘探的人用洛阳铲从地下掏上来的土，那些埋藏在地下深处的土被勘探人员用洛阳铲强行掏离上地面后，会形成一截截的土棍或是土块，通过观察这些土块，就能辨别出地下是否有历史遗迹或是墓葬。

没错，这两个是“拾谷茬”的人。“拾谷茬”指的是盗墓的一种形式。

杜行少年时期跟着大伯杜承序学习书法，有一天临摹王羲之的丧乱帖，写了几十张，挑选其中一张自认为临摹得最好的拿给杜承序看，杜承序看过后不做点评，只是跟杜行说，你今天照着临摹的王羲之丧乱帖，并非王羲之亲笔手札，而是唐代摹本，现藏日本。王羲之挥写丧乱帖之时，正值战乱，王羲之举家南下避祸，北方老家的祖坟却在战乱中被掘，悲愤心情如帖中所写“痛贯心肝，痛当奈何奈何”，丧乱帖就是王羲之在这种心情下写给朋友的信。没有经历过这种悲愤的人很难了解王羲之当时的心情，也就很难临摹出这样的字。现在收藏在日本皇室的这件丧乱帖，是唐代双勾填墨摹本。摹本在书画当中的地位极其特殊，很是微妙。特别是像这样的双勾填墨摹本，其效果相当于复印机印出来一般。若是丧乱帖真迹尚存于世，若是这摹本上没有日本皇室的三枚延历印章，其价值便会一泻千丈。而现存于世的并非只有这一个丧乱帖摹本。

这是杜行最早听说关于盗墓的传闻，杜行当时年少，以为王羲之的祖坟战乱中被毁就是被盗。长大后自然明白了其中的不同。后来遇到了一个朋友，闲聊中从朋友口中得知，在土地承包责任制实施以前，盗墓者邀伙伴外出盗墓时，称去“拾谷茬”。那时候粮食很缺，庄稼收获后，农民还会提着竹篮去别人家或是别的村里的庄稼地里转几圈，田里偶尔有秋收时遗落在地上的一个玉米，几个谷穗，几颗毛豆都会被当作宝贝一样拾起来放进竹篮带回家，这样就能多吃几顿饭，这样的行为被老百姓称为“拾谷茬”。而盗墓者去外边踩点时，总是等到秋收后，提着竹篮装作“拾谷茬”的人在田间山头转悠。时间一长，“拾谷茬”变成了盗墓者出去盗墓踩点的行话。当然，这是盗墓者内部流通的行话，外人很少得知。

实行土地承包责任制以后，粮食不缺了。盗墓者“拾谷茬”的借口行不通了，慢慢也就不用了。就在大家早已淡忘了“拾谷茬”时，这句行话又悄然出现，不过多了一层含义。

文物部门雇用的勘探人员在野外作业时，凡是勘探出遗迹墓葬，除了要详细记录遗迹墓葬的地理方位、面积大小外，有时还要保留用洛阳铲掏出来的探孔，为了做出标记和防止土块掉入探孔，通常会用木楔插在探孔里，上面留出一截以便考古队员赶来后辨认。可周围村落里不知情的村民有时候会拔掉这些木楔回家当柴烧，再则所需木楔数量甚多，不方便在田野携带。后来有些勘探人员索性就地取材，在田地里找几个玉米茬倒置插入探孔，玉米茬上的根须既能挡住周围的土不掉入探孔，又能做出标记。虽然这样做不符合文物部门的规定，但为了防止村民拔掉木楔，防止木楔招来盗墓者，更为了不请人工看守现场以节省经费，很多地方的文物部门都睁一只眼闭一只眼地默许了这一做法。

有些盗墓者不需要漫无边际地寻找古墓，而是专门盯梢尾随勘探人员，伏在勘探地点不远处的高地，等勘探人员离去后，迅速奔向勘探地点，拔出倒插在探孔内的玉米茬，用自带的工具探一下探孔，或是通过地上遗留的土块便能确定地下的墓葬有没有价值。这些盗墓者的行为被其他的盗墓者称为“拾谷茬”，意思是专门在地里翻拾考古人员留下的玉米茬。

杜行第一眼望见这两个人趴在地上时，还以为是玩摄影的，也就没在意，第二次看到他们，心里隐隐起疑，总觉得很奇怪，可杜行没有跟盗墓者打过交道，虽然以前就听说过“拾谷茬”，但现在在田间遇见，一时之间还真的没往盗墓那方面去想。直到冷不丁地想了起来，立刻恍然大悟，这才急忙翻过山坡趴在大豆秧里远远观望。恰值午时，天气酷热难耐，正好遇见勘探人员收工回营吃饭休息。

那两人距离此处还是有些远，杜行看得不是很清楚。

杜行忽然有些冲动。两个“拾谷茬”的人朝山沟里走去的时候，没看到他们手里提着望远镜。对，刚才架在他们两人中间的那个单筒望远镜，一定还在山坡顶端的酸枣丛中，自己只需要背着山坡绕过去，神不知鬼不觉地溜到他们刚才趴的那个地方，就能用望远镜看到他俩的一举一动了。

杜行没有迟疑，从豆秧田里翻身起来快速朝目的地跑了过去。一鼓作气跑到那块架着望远镜的酸枣丛中时，杜行已是累得气喘吁吁，双腿发软。

杜行贴近望远镜朝山沟望去，见那两个人正站在草地上商量着什么，不，看他们的表情不是在商量，而是在争执。左边的那个人留着一头长发，脸上还长着一颗痣，穿着一件石板灰色衬衣，背上背着一个长条形的小背包。

那人一只手里握着一截从地上捡起来的土块，另一只手在土块的边缘指点比画几下，又指着脚下的土地来回比画几下，嘴里朝另外一个人不停地说话，看表情很是激动。另一个人是个身材魁梧的胖子，戴着顶麦秸草帽，光着臂膀，赤裸着上身，虽然只穿着一件大裤衩，却掩不住一脸的富态相。杜行转头看看望远镜旁边，放着一件竖条纹真丝衬衫，想必是那胖子留下来的。

胖子微微低着头看着对面握在手里的土块，半天不说一句话，像是一个正在被领导训斥的下属。脸上有颗痣的人见他不说话，反而越发地激动，双手来回比画着对胖子吼了起来。

他们在争执什么呢？难道是通过手里的土块判断出了什么？他们站立之处的地下埋着的是古墓？灰坑？祭祀坑？遗迹？他们对地下所埋之物的价值有不同的判断？该挖，还是不该挖？除了这些，杜行想不出来他们为什么争执。

杜行听人说过，“拾谷茬”跟一般的盗墓不一样，如果非要将“拾谷茬”和一般的盗墓做个比较，那么“拾谷茬”就是欧洲杯，一般盗墓则是中国足球超级联赛，两者的性质不言而喻。勘探人员用洛阳铲勘探出地下埋有古墓，做出标记后，“拾谷茬”的人通过地上遗留的一些土块就能分辨出地下埋藏的古墓是什么年代，古墓主人大概的身份地位，古墓内大概会有什么随葬品，古墓有没有被古盗过，等等。而一般的盗墓者却对这些一无所知，仅能知道古墓的大小而已。没有金刚钻，不揽瓷器活，能一起搭伴出来“拾谷茬”的人，是不会在技术上有较大的分歧的。

那么这两个人为何争执？

杜行正伏在望远镜上纳闷时，那个胖子终于开口说话了，脸上有痣的人听到胖子说话，立刻停止了吼叫，脸上的神色也变得高兴了起来。

那个胖子笑呵呵地走近脸上有痣的那人，伸手拍了拍他的肩膀，又不知开口说了句什么话，那人便点着头把背在身上的长条状小背包摘了下来，放在地上，拉开背包上的拉链，从中取出两根乌黑发亮一尺多长带有螺丝卡扣的铁棍，将两根铁棍对接旋拧在一起后，又从背包内取出一枚洛阳铲头，旋拧在了铁棍之上，一眨眼工夫，一个将近一米长，大拇指粗细的洛阳铲跃然出现。那人手持着洛阳铲尾端，将旋有洛阳铲头的一端递向了那个胖子，胖子伸双手握紧，两人各持一端，互用反力，将洛阳铲的各个接口旋拧至紧。

按理说，这个近一米长的洛阳铲上总共只有三处螺丝接口，加上洛阳铲头也才四个接口，凭一人之力完全能将它拧紧。可是现在有两个人，就必须要两个人同心协力一起再将这个洛阳铲拧一遍，若是在场的有五个人，十个人，一百个人，也会自觉主动地分成两拨，各握一端将之拧紧，哪怕是洛阳铲上容不下这么多的手掌，那也要做做样子，也得把手搭到同伴的手背上去。这是盗墓的行规，其意在于众人合力于一，不生二心。

象征性地来回拧了几下后，两个人各执着洛阳铲的一端停了下来，胖子开口对那人说了句什么，那人急忙转头向远处的山头观望，就在这时，胖子忽然用力将手中的洛阳铲使劲朝那人插了过去，洛阳铲的尾端从那人的双手里急速滑了出去，斜斜地插向了那人的脖子里。

乌漆漆的铁棍瞬间穿透了那人的脖子，两寸多长的铁棍从那人的脖子后面捅了出来，那人想要把头转过来，可脑袋晃了一下却又弹了回去，脖子里和脑袋下方的骨头被铁棍卡住了。

杜行觉得自己能听到那人脖子里的软骨奋力摩擦着铁棍的声音。

胖子松开一只手，伸进裤衩兜里掏出手帕抖开，挡在他那看上去很富态的脸前面，侧转身体，另一只手握着洛阳铲头，轻轻地朝上晃动朝下撬压着，像是生怕对面的那人感觉到疼痛似的。

两条血柱分别从那人的脖子前后哗地喷射出来。杜行这时候才意识到发生了什么事情，心狂跳不止，脑子一片空白，只感觉那人的血从望远镜里射了出来喷在自己脸上一般，脸上热乎乎的一股血腥味，说不出来的难受。

那人脖子前的血柱朝外不规则地激射出去，胖子早就侧转身体避开了，偶尔有少量血溅在了胖子挡在脸前的手帕上。

很快，血不再激射，变成如泉涌一般潺潺涌出。那人的身子晃了几下，直直地向后倒了下去，起伏扭动的脖子上插着一根洛阳铲，明晃晃的洛阳铲斜斜地指向天空，上下颤动着，他的双手还扶握着铲柄，像是要在天上掏个洞出来似的。

胖子蹲下身去，捡起地上的背包，用背包带在那人的肩膀脖子上绕了两圈，然后像拉犁一样拖着那人往这边的地头走，走到地头，胖子松开背包，将那人扔在地上，朝山坡上走来。

杜行急忙躲到了旁边的草丛里，猛地又从草丛里跑了回来，抓起叠放在望远镜旁边的衬衫，他捏了捏衬衫口袋，感觉里面鼓鼓的硬硬的，也不管是什么，就伸手进去一把将里面的东西全都抓了出来塞到自己的口袋里，然后放下衬衣，又躲回了草丛里。

那胖子爬上山坡，走到望远镜前，俯身收拾地上的东西。地上其实没什么东西，除了几个用来装饲料的黄色编织袋，就只有这台望远镜和衬衣。胖子穿好衬衣，将望远镜装回背包并背在肩上，又捡起地上的编织袋，朝山下走去。

杜行猫着腰，探头朝山下望去，见那胖子已经走下山坡，从编织袋里抖出一卷塑料膜，在地上铺展开，将地上的死人拽到塑料膜里，紧紧裹住，又用封口胶带严严实实地封一遍，才把编织袋套到外边。扎紧口后，胖子转身跑到对面的庄稼地里，折了几根叶子宽大的玉米秆，扎成一捆，拖着玉米秆子在他走动过的地方扫了一遍，有血迹的地方扫了两三遍，然后拖着玉米秆子又走到地头，拆散玉米秆，边顺着地头上的垄道往外走，边把玉米秆子一根一根地扔到了不同的地方。随后，胖子走出很远，钻进了一片玉米地，不大一会儿，推着一辆摩托车又钻了出来，返回来，把装着死尸的编织袋抱到了后座上，绑好，然后骑着摩托车走了。

杜行站起来，边往外走，边仰头朝小路上望，见那摩托车划起一条土雾，已经远去，似乎没有看到杜行的越野车。这也难怪，停车时杜行就特意避开了小路，毕竟小路很窄，若是有来往车辆经过，还得给人家挪开让道，停在路边庄稼地里的垄道上最好。

杜行开车沿着小路驶入大路，加速疾驰，追了很远，都没有看到那辆摩托车。

也许那胖子骑着摩托车朝相反的方向去了。

杜行拿出从衬衫里掏出来的东西翻看，驾驶证和身份证上都写着唐正，北京人。

这是半年前发生的事。那一年，杜行的身边发生了三件事，这件事跟那三件事情比起来，根本不算件事。

杜行只是记住了唐正这个名字，记住了胖子富态的相貌。任何一个人遇到这样的事情，只要没得失忆症，都很难在几年之内将它忘记。

那段时间，杜行尤为关注盗墓者，对盗墓有比较客观的认识。盗墓分两种，一种是盗新墓，逝者下葬后几天至几十年这段时间内墓被盗。严格来说，只要一座墓葬还有后人扫墓祭拜，哪怕这座墓葬历经数百甚至上千年，那也不是古墓。古代的律法严惩盗墓者，指的就是这样类型的盗墓。另一种是盗古墓，岁月变迁，改朝换代，迁徙，人丁不旺，遗忘等各种原因，积淀在地下的古墓数量惊人。现在大家所说的盗墓，指的就是盗挖古墓，性质跟盗挖新墓截然不同，从法律观点来说，盗古墓侵犯的是国家人民的财产，跟私挖滥采矿产资源的性质一样。而盗新墓侵犯的是个人、家族的财产，挑战的是伦理道德观。

杜行关注盗墓者，是因为杜行家的祖坟被盗了。

一年前，杜行正在广州，忽然接到他父亲的电话，说家里出事了，让他赶紧回家。杜行问出什么事了，他父亲说，家里的祖坟被盗了。杜行以为自己听错了，又问了一遍，却被父亲劈头盖脸地训了一通。杜行赶紧订机票赶回家，跑到坟地前，老远就看见，他爷爷的坟，他老爷爷的坟，还有他太爷爷的坟，祖孙三代三座坟顶上笔直地冒着淡淡的三柱白烟。他父亲、叔叔、伯伯和接到电话赶回来的堂哥、堂弟坐在坟前，正在商量怎么修缮坟墓。他伯伯杜承序认为，动静小点，工程少些，尽量别惊扰到下面的亲人，把盗洞填埋起来加固一遍就行。他父亲杜承义和叔叔杜承礼认为，坟墓被打开，穴气外泄，已经被惊扰了，不如找来风水先生看看，最好是能将坟墓重修一遍。

堂哥堂弟们都铁青着脸，不说话。自家的祖坟让别人给刨了，不论是谁，都不会容忍这样的奇耻大辱，但又不能像个泼妇那样站在坟前破口大骂，那是骂给围观的人看的。也不能跪在坟前号啕哭诉自己不孝，那不是哭给墓穴里的亲人听，而是做样子给面前长辈看。兄弟几个从来都不干表面的事情。

兄弟几个憋着一口恶气，发誓一定要捉住这盗掘坟墓的人。杜行的父亲和叔叔也瞪红了眼说一定要捉住那该遭天杀的盗墓贼。

杜行的大伯杜承序坐在杜行爷爷的坟前，看着幽幽深的盗洞，不言语。过了许久，杜承序的胳膊动了动，抬手去摸自己的衣兜，两个衣兜都摸了一遍，却什么也没有拿出来。杜行的叔叔杜承礼走上前，掏出手机递了过去。杜承序伸出手，摆了摆，摇了摇头，叹了声气。

杜承序手撑着地站了起来，跟众人说道：“把洞口堵严实，把挖出来的土填回去，上炷香，磕个头，这件事就算完了，别去追究了。”

大家一愣，以为杜承序是伤心过度之余故意说的反话。杜行的堂哥杜涌立刻说道，等祖坟修缮完后，不论花多少精力多少钱财，一定要捉住盗掘之人，押他来祖坟守孝三年护坟五载以慰祖先在天之灵。

杜承序原本消沉不振，听到儿子杜涌这番话，忽然神情大变，立刻吼道：“我说别追究了就是别追究了，你们听不明白是吗？要不找人修坟，要不自己动手，总之修缮好后，都该干吗干吗去，谁也别再过问此事。”

杜承序吼完，睁大眼睛瞪着杜涌，直把杜涌瞪得低下了头后，又瞪着众人，直到大家都垂下头不说话，杜承序才朝杜行望过来。

杜行没低头，望着他大伯杜承序，眼里全是疑惑，不明白为什么不许过问此事。

杜承序皱了皱眉头，瞪了杜行一眼，回头望了望祖坟上的盗洞，转身离开了。

大家面面相觑，不知道杜承序为何这样发脾气。自从杜行的爷爷去世后，杜承序便成为这个家族唯一的权威。但他从来不会像今天这样独断专行，他喜欢倾听大家的意见，也会告诉大家他处理事情的理由。

静默了很长时间，大家才开始说话，大家不明白为什么这件事情就不能追究。

杜行的父亲杜承义和叔叔杜承礼认为，这件事情有点不对劲儿，或许应该查一查。

杜行和杜涌几乎同时说道，认识一个人，此人叫钱丽声，憨厚可爱，少年拜师盗墓，后从良，现在一家博物馆工作，离此处不是很远，一个多小时的路程，或许应该让他来看看。

杜承义和杜承礼点头赞同。

两个小时后，钱丽声驱车赶来。绕着三座坟墓挨个看了一遍，又趴在盗洞口看了一会儿，捻开堆在旁边的土瞅了瞅，说："干这事的人，用的是北京犁。洛阳铲，北京犁。大家都知道洛阳铲是用来找墓的，可这北京犁却是用来挖墓的，下面三个精铁犁铧，上面一截枣木，两个人像推磨一样推转，犁就猛劲儿往地下钻，入土太深就再加一截枣木，这就是北京犁。别看不起眼，却很是实用，是清末民初时期专门用来盗挖明清墓葬的工具，只在北京那片流传使用过，别的地方都没有。任凭墓葬顶端券了多少层砖，砖缝里灌了多少铁水，哪怕是皇陵，都挡不住两个人推着的北京犁。但北京犁却怕石墓，只要墓顶有石块护顶，这北京犁就毫无办法。看来盗墓的人知道这三座墓的墓顶是青砖券起来的，估计事先在村子里踩点打听过。"

钱丽声说完，从旁边拖过绳子，一头绑在自己腰上，另一头绑在别人腰上，也不管别人有没有答应，拿着手电筒就钻到了墓下面。没多大工夫，就在下面又是拽绳子又是大声喊叫，让下去几个人看看。

长辈们要下去，却被小辈们拦下，小辈们都知道，他们岁数已大，体力倒还是其次，关键是让两个上了年纪的人爬到几米深的坟墓里，总觉得有点怪怪的。

杜行和堂兄弟们挨个钻到坟下，点亮灯，都愣了。

墓室有差不多一间屋子大小，四面的墙壁上被凿出很多小孔，地面铺设的青方砖也被掀了起来，方砖下的土地上嵌满了小孔，棺椁没有被打开，还被厚厚的棺漆完好无损地封着，但却被移到一旁，棺椁下的净土地面也布满了小孔，整个坟墓，除了墓顶，到处都是小指粗细的小孔，密密麻麻，跟马蜂窝似的。

钱丽声跟大伙说，从来没有见过这般景象，这看上去不像是在盗墓，倒像是在找东西。钱丽声蹲在地上，伸出指头钻进地上的小孔里，拔出来，再钻进去，才站起来说道："这是钢质的探条留下来的探孔，这种探条一般用来寻找土地下的砖石墓穴、地下室或者密室。这很明显，前来盗墓的人并没有在墓室里发现他们想要得到的东西，可又不死心，生怕墓室的下面或是周围有隐藏的耳室或是密室，所以才在墓室里留下这么多的探孔。他们要找的东西肯定很大，棺椁里放不下，如果能放得进去，他们肯定会打开棺椁。或者，他们要找的东西根本就不能放进棺椁里。"

跟着钱丽声爬上地面，又下到另外两座墓穴，里面的情形完全一样。棺椁未开，墓室里布满了探条留下的探孔。

钱丽声坐在土堆上，双手插在土里，肩膀像大猩猩那样高耸，脑袋陷在肩膀里，来回晃动着说："我敢打保票，这件事情绝对不是一般人干的。别说一般人，就是现在的盗墓老手，也不知道北京犁。北京犁只是在清末民初流行过一段时间，现在还知道这玩意儿的都是拜过老师傅的，干的都是大买卖，从二品以下的官员的坟墓那都不稀罕去挖。您家的祖坟，说句大不敬的话，用北京犁的看不上您家的祖坟，更何况坟前还摆着香炉祭果呢……可他们却愣是挖开了，下去后，没开棺椁，只是用探条在找东西……找什么呢他们？"

众人皆皱眉不语。

杜行指着盗洞道:“刚才你也下去看过了，下面除了棺椁，就几个破引灵罐子、五谷罐子，什么都没有，说实话，让你看见我家祖坟里面这般寒酸，我们都有点不好意思。里面有什么东西值得这样找?”

钱丽声点头:“就是呀，我也在纳闷呢，找什么呢这是。”

“依你看，这会是什么人干的?”

钱丽声皱皱眉头说道:“这要换作其他地方，肯定知道是哪帮人干的，可你们这里我还真的说不大准确，你们这儿离安阳市区很远了，都到安阳境边儿了，往北是河北，往西是山西，据说这里原本是郝老四的地盘，后来忽然小和尚也插手了安阳这一带……”

“郝老四是谁?小和尚又是谁?”

“郝老四姓郝，排行老四，所以叫郝老四，是个盗墓帮派的头儿;小和尚是一个人的绰号，也是一个盗墓帮派的头儿。两人什么模样，别人都没见过，不过听他们的绰号就知道大概的外表……我估计这件事情不是郝老四干的就是小和尚干的。”

祖坟修缮好后，杜行全家都瞒着杜承序在暗地里打听郝老四和小和尚这两个人。却得知郝老四几年前就出国了，家里人又不放心，托了海关的人查了好几遍，最终确定郝老四大前年就已经移民法国了。后来又探听出安阳周边几个村子被小和尚卖给了一个叫梅仲伦的人。

但是，不管是小和尚还是梅仲伦，他们在找什么呢?

杜行的叔叔认为，他们在找配方，给青铜器做锈的配方。

从清代开始，杜行的家里就靠仿制青铜器谋生，一直到了杜行这一代，还在干这行。这是祖传的手艺。不只是杜行他家，附近的村子里也有仿制青铜器的人家，但仿制的技艺，尤以杜行家为精为妙。

在收藏者和文物保护者眼里，一件裹满了坏锈的青铜器，坏锈必须剔除，剔除下来的坏锈还得妥善处理，挖个深坑和掺着朱砂的生石灰粉一起埋掉。但在杜行和他的家人眼里，坏锈却是好东西，就跟炒菜必须用的油，中药药剂必须用的药引子一样重要。

一件长着坏锈的青铜器和一大堆新仿制出来的青铜器，头挨着头脚搭着脚地一起掩埋在地下，过几个月，新仿制的青铜器上就会长出铜锈。而这种被传染的铜锈，跟用酸碱溶液刷出来的铜锈相比，有着天壤之别。酸碱溶液激出来的铜锈很虚浮，用刀篾就能刮除掉，露出一眼就能识别的新仿青铜器的表面。传染的铜锈，则更是如此，只需轻轻一吹，便有飞絮飘扬。不是天壤之别吗，怎么又一样了呢？这只是最初的几个月，在接下来的几年内，被传染的铜锈会越来越结实，紧紧贴在青铜器表面，朝铜内渗透，像从青铜器里长出来的一样，甭管你用水洗还是酒精洗，那锈就是不掉，若是你没经验，用小刀的刀尖去挑，刀尖肯定被挑断。

当然，过程也没这么简单，在把新仿制的青铜器放到地下时，会在青铜器的表面薄薄地涂抹一层药膏。

杜行的叔叔认为，盗墓的人是在找这种药膏的配方。

听人说，庙会的小和尚有一种叫观音露的东西，可以遏制坏锈在青铜器之间蔓延。若真的是小和尚指使人来盗墓，那恐怕是为了这药膏而来。这好像矛与盾之间的关系。

若不是打听到这里是小和尚的地盘，杜行的叔叔也不会这样认为。毕竟，祖传了好几代仿制古玩的手艺，秘方有很多，比如给青铜器做锈，让青铜器的重量变轻，让瓷器釉面下的气泡或是冰裂纹里和玉器的缝隙里渗满土沁、石灰沁、血沁、水银沁等，让各种应该有包浆的古玩上快速包裹上一层厚厚的、自然的包浆……

杜行的叔叔打了个比方，说一个作案累累的罪犯，忽然有交警来向他问话，那肯定是他开车违章了；若是治安科的警察来询问，那肯定是打架斗殴的事被人举报了；若是刑警队的人来了……一样的道理，小和尚指使人挖墓，那肯定是跟他的观音露有关。

杜行的父亲和叔叔背着杜承序跟晚辈在一起商量这件事情该怎么办，过了没多久，杜行的父亲和叔叔忽然交代小一辈的年轻人，说这件事情要从长计议，暂时放一放。

杜行的父亲和叔叔还说，在不知道小和尚是谁之前，谁也不能轻举妄动。

晚辈们都不同意，祖坟被刨了，这就是不共戴天之仇，那就要跟小和尚“真刀真枪”地干，不管小和尚刨坟的理由，不管小和尚是谁。并且大家心里都明白，那个什么小和尚绝不是在找什么秘方。秘方通常都是写在纸上揣在胸口前，可祖坟里的棺材却完好无损。就连祖坟里装有五谷杂粮的粗瓷罐子的盖子都没有被掀开。

这就让杜行和他的堂兄弟们摸不着头脑了，感觉长辈们有事儿瞒着大家。

几位专家来了。

站在杜行身后闲聊的几个人也朝街对面跑了过去，跟在人群后，拥簇着专家进了楼。

杜行站起身来，朝街对面走了过去，盯着唐正，跟着他进了楼，想要挤进大厅。

可杜行却忘了自己没有请柬。杜行被维持秩序的保安揪了出来。保安说，看热闹别来这儿。

杜行说自己是来看专家鉴定的。保安说，起哄是不，睁眼看看，别人都拿着藏品来鉴定，你咋空手呢。杜行说，也有人没有拿着藏品，也是空着手。保安摊开双手，耸耸肩说，空着手的都是来交流的，交流古玩知识、收藏故事。

杜行缓缓点头，转身欲走，就听人群里一人喊道：“刘总是我哥们儿，跟我一起来的。”

那中年男子手里抱着个明黄色锦盒，从人群里走了过来。

听到喊话声，一直站在门口的副经理也朝杜行走了过来，挥手示意保安走开。

中年男子走了过来，把手里的锦盒递给经理。那经理手臂动了动，却没敢接。

“你帮我拿着点……”那人把锦盒硬塞进经理手内，腾出双手来，拽拽杜行的衣角，又掸了掸自已衣服上的灰，点头哈腰地冲杜行说：“刘总，我还以为您今天要陪他们视察完工地才有空，所以就没等您……我说你也真是敢小瞧人，我们刘总从工地上跑来给你们捧场，衣服都没来得及换。”

没等那人说完，经理就连连鞠躬道歉，又在前面领路，把二人领进大厅，在最前边靠近几位专家的地方安排二人坐下，把手里的锦盒交还给那人后，又低声道歉几句后才离开。

那经理也算是见多识广的人，虽然那人嘴里称呼杜行为刘总，但瞧杜行的外表和神情，决计不是什么搞房地产的总经理，可还是得道歉，有人出来替他说话，哪怕他是街上乞讨要饭的叫花子，那也得给人家道歉，这样才能不得罪人，生意才能做得长久。

杜行转头看着那人，正准备说话，那人微笑，冲杜行低语：“莫怪本人自作主张，也莫怪经理势利，什么都别说，用心看你想看的便是……”

杜行再转头看看身边，已经坐满了人，有些话已经不方便说了，再回头望望，唐正手里抱着锦盒，坐在靠墙壁的角落里。

收藏者们已经开始捧抱着藏品走到专家面前求鉴定。大都是些瓷器、玉器、木雕和其他杂项，字画很少，有真有假。不论真假，专家都会点评一番，并且传授一些鉴别要点。

又看了几件藏品后，杜行身边的男子站起来，朝台上走去。

那中年男子双鬓已稍稍泛白，他走到鉴定台前，打开锦盒，捧到专家面前一件瓷壶。一件通体施有黑釉，色泽黑、润，如墨玉雕琢而成的瓷壶。若是一般的壶，专家肯定会手握壶口，或朝外或朝内将壶身倾斜，缓缓旋转，以方便查看。可这件瓷壶的壶口是盘子形状，俗称盘口，盘口下的壶颈修长，中收下宽，若是只把瓷壶上的壶颈和盘口切割下来放在桌上，看上去很像是一盏油灯。瓷壶的肩上有四个对称的绳系，俗称四系，四系内饰有凸起的弦纹。

专家们提起四系壶看，露出底足的褐色瓷胎。

“你这件藏品呢，是件开门见山的真品，是德清窑的四系盘口壶，年代应该是晋朝……西晋末东晋初的这样一个东西……东西还不错……市场价格估计在十五万至二十万元的样子，建议你好好保存……”专家的手紧紧抓着四系壶的盘口，看几眼，说几句。

“二十万元？为什么价格这么低呢？”那中年男人问道。

“这个怎么说呢……第一，你这件瓷壶呢，它是地下文物，有悖于国家文物法的精神；第二，从这件瓷壶的艺术形态来说，不论是造型、做工还是审美，都比明清的瓷器要差几个档次。还有瓷器的釉色、瓷胎等因素；第三，现在的市场就是这样，作为专家组成员，我们也希望你的这件藏品能卖三百万,五百万，甚至几千万元，但是现在的市场很现实，也很残酷。”

“你依据什么说我这件瓷器是地下文物呢？”中年男子微笑着问道。

“看上去你像是从事文化工作的人，晋朝距离现在多少年了，我想你也应该知道。可以肯定地说，没有任何一个人能从自己家里承袭到晋朝的东西。当然，这是我个人的意见，鉴别一件文物是否为出土文物，文物局有专门的部门负责。比如你的这件四系壶，底足裸露出来的瓷胎里，釉面开片的缝隙里都有被土沁过的痕迹。这些都是鉴定是否出土文物的依据。”

“被土沁过就是出土文物？这话不对。”

“怎么不对了？”

“我老家有套房子，房子的墙壁内有夹层，夹层里全是土，这件瓷壶就埋在墙壁夹层的土里。你知道，古时候有些人家的习惯是把家里的宝贝藏起来，这件瓷壶是我爷爷的爷爷放进墙壁里去的。据我所知，文物法规定，地下出土的文物都是人民的公共财产，什么叫地下，房子地基以下就是地下，地基往上则反之。我的这件瓷壶是地上出土的，我依法享有房子和房子内一切东西的继承权。你怎么能说这件瓷器是地下文物呢？”

杜行听那中年男人如此说话，倒有点像是专门做文物开襟的人的言语一般。出土的文物想要光明正大地流通，就必须开襟。开襟的意思跟洗黑钱差不多。开襟也分硬开和软开两种，所谓硬开，其实就是把文物上的出土痕迹用做旧的手段消除或是隐藏，让人以为出土文物是流传且把玩了几十年的传世品；软开则完全不理会文物上的出土迹象，而是在文物的来源方面做文章，更有甚者，将出土的文物走私到国外，打了火漆再从海关运进国内，这样一来，文物部门就不好处理，因为软开襟跟走私文物的性质完全不同。

“墙壁里的土跟一般意义上掩埋文物的土是有区别的。墙壁里的土干燥并且干净，而掩埋文物的土大部分情况下都是那种坟墓里的土。”专家皱着眉头又说道。

“我不管什么土，我只知道我的瓷器是从我家房子墙壁夹层的土里拿出来的。如果你说土也有区别，那么，我只能跟你说，或许我爷爷当年往墙壁夹层填埋土的时候，恰好用的就是坟墓里的土。文物法里没有规定不能用坟墓的土来填灌墙壁吧？”

“你跟我们说不管用……有本事你跟警察这样说去，那我就服你。”

“好，那我跟你们说一些有用的。你说这件瓷器的艺术形态比明清的瓷器差很多，请问，你们以什么标准来评判呢？”

一听这话，在场的很多人都替台上的几位专家捏了把汗。这话着实不好应答。艺术这玩意儿，就跟娶媳妇嫁老公一样，每个人都有自己的标准，你说这姑娘比那姑娘差，那只是你个人的标准，不见得这姑娘就没人喜欢嫁不出去了。

几位专家交头接耳商量了一下后说道："关于艺术，我想我们可以私下沟通探讨。"

"我不想私下聊，就想让你们当着众人的面说清楚。因为你刚才给我的这件瓷器评估了价格，十五万至二十万元，这个价格大家都听到了，如果我的这件瓷器想要出手，你们评估出来的价格可能会是买家的一个重要参考因素。"

"我在中央美院工作，关于艺术，我想我还多少知道一点。"那个中年男人又补充了一句。

"哦，您在中央美院？我跟李教授、潘主任他们都挺熟的，您代哪个系？"坐在最左边的一位专家点头示好。

"我没代课。我在中央美院看门房。这并不影响我对艺术品的理解。明清的瓷器，特别是官窑瓷器，做工精美，造型端庄，这个大家都知道。但是，你若是把明清瓷器跟唐宋年代的高古瓷器放在一起比较二者的艺术形态，我想很多人会不认同你刚才的观点。明清瓷器已经丧失了高古瓷器古朴自然的内在风格，转而以华丽繁缛的装饰博人眼球。明清时期，官窑一直都在仿制古瓷器，这也许能客观反映出它们在艺术形态上孰高孰低。所以，你们鉴定真伪，那是大家尊重你们的经验和眼力，但要评估艺术，我们就不答应了。可你们非要多此一举来评估艺术，并且将你们评估出来的艺术价值作为藏品的经济价值参考因素之一，这损害了我的权益。举例来说，我的这件德清窑盘口壶，你们给出的价格是二十万元人民币，而来此之前，我咨询比对过国外的古玩价格，我的瓷器至少可以卖出三十万美元……"

"你不能跟国外比呀，国外经济发达，收入也高……在国外，这些古玩是允许公开买卖的，而在咱们国内，法律不允许，就算你的瓷器是传世品，市场反应也不行，就这样的价格。还有很多因素……”

“国外经济发达收入高能说明什么？难道能说明国外的购买者都是傻老帽不成？咱们国内的法律不允许买卖这样的高古瓷器，更不是价格低迷的原因。任何东西，只要法律规定不允许私人买卖交易，其价格只会暴涨，不会下跌，这是最基本的投资常识。至于你说的市场反应不行，这倒是真的，但为什么国内的市场反应不好，价格低迷而在国外却异常抢手，价格火爆呢？究其根本，就又返回到了艺术。国外买古玩或是艺术品，其艺术性占了价格的很大一部分因素。而国内，市场前景是否可观则是主要因素。说白了，国外以收藏为主，国内以投资为主。并不是说投资不好，古玩和艺术品本身就是投资品。但是，国内大多数的投资者都会被市场价格和专家建议所左右。话不多说，点到为止，希望你们好自为之……”那中年男人见有人准备上来劝阻他，便抱起桌上的瓷器，摇摇头，转身离去。

几位专家被那人抢白一通，甚觉无辜，幸好有人捧着藏品上来鉴定，算是打了个圆场。

几件藏品鉴定过后，喊号的喊了一声，坐在墙角的唐正抱着锦盒走了过来。

唐正走到台前，微微朝前欠了欠身子，说了声“各位老师好”后才把锦盒放在台案上，从中取出一件青花瓷盘轻轻摆在桌上说：“这是学生的一件藏品，请各位老师多多指点。”

专家手握盘沿持在面前观看，见盘内绘有游鱼、莲花、荷叶、浮萍、水草，画意生动，青花发色蓝中透紫，釉色光润，白中闪青，典型的明代特征。绕着盘外看了一遍，盘外饰有一圈鱼藻纹，盘外没款，轻轻翻转青花盘，果然，底足内落有青花楷书“大明隆庆年制”六字款。

手持青花盘的专家转头跟旁边的专家低声商量着，旁边的专家都把脑袋探过来，一会儿看看青花的发色，一会儿看看盘底的款式，不停地商量。

杜行虽然坐在台下，却也能看到青花盘在灯光照射下泛出来的光泽。那青花盘的白釉隐隐透出一股朦胧的青色。

白中闪青，这是元代和明代青花瓷的典型特征。台上几位专家的注意力还集中在青花的发色和底足的款式上，好像这白中闪青的釉色在他们的眼里已经过关通过了，没有疑问。可杜行却瞧出了端倪。

小时候，杜行淘气，和他的堂哥堂弟们一样淘气。姐姐妹妹们乖乖在家里睡午觉的时候，兄弟几个偷偷溜到河边摸鱼。说是摸鱼，其实一条都摸不到，最好的战绩是一条被摸的鱼从杜行的弟弟手掌边游走。然后就抓虾。一人挪开河边的石头，其余人的手全都在石头下乱抓，虾没抓到，抓到了别人的手。然后就顺着小河往下游走，到水没到肚脐眼的河里游泳。等他们在河里扑腾得筋疲力尽光着屁股走上岸时，已是下午。急急往家赶，半路上被寻来的大伯逮了个正着。被领回家，问去哪儿了。那条河越往下游水越深，淹死过好几个人，大人们每年一到初夏就反复交代，不让他们去河里玩耍。兄弟几个不敢承认去河里玩，一口咬定说是在山上玩。大伯就用手在他们的胳膊、腿上轻轻挠，一挠一条白痕。杜行的大伯指着他们身上的白痕说，他小时候也偷偷地去河里玩，回来被大人逮住，也撒了同样的谎。但是，撒谎的目的是要骗过别人，而不是骗自己。就说这白痕，去河里游完泳，只要用指甲一挠，就会出现这样的白痕，没有去河里游泳，就不会出现这样的白痕，用家里的井水洗澡，也不会有这样的白痕。撒谎之前，最好先自己推敲推敲，琢磨一下有没有破绽。杜行的大伯说完，就罚他们兄弟几个去写字，写完字后去掸瓶子。

平时他们就写字，“大明宣德年制”“大明成化年制”“正德年制”“大明嘉靖年制”“大清康熙年制”“大清乾隆年制”“大清雍正年制”等，写来写去都是这些字款，不同的是每天只写一款。被罚的时候，这些字都要掺杂着写，每款字都要写出摹本原有的风格，并且一写就是几百遍，兄弟几个经常写着写着就睡着了。

写完字后，兄弟几个还得去掸瓶子。西屋放着七八个半人多高的大花瓶，挨着墙根放了差不多有一年了。掸子比平时家用的要大，用的是白净的乌鸡毛，且上面的乌鸡毛异常浓密，拿在手里沉甸甸的。他们得先用掸子在花瓶上掸几遍，然后换掸子，在掸子上涂抹梁漆土调制成的土膏，再用掸子把土膏涂抹在花瓶上，然后不停地掸，直到花瓶表面不粘手为止。小时候他们不知道为什么要那样去做，后来才晓得，那是上包浆，经常涂抹梁漆土，会使瓷器表面透出一层青色。虽然仿制花瓶的釉色已经泛青，但还是需要这样做，这样看上去釉色中透出来的青色很自然，若是上一层一般的包浆，白釉泛出来的青色会很硬，看上去像是被阻断包裹在包浆之内。

台上几位专家手里捧着的青花盘，那种发色看上去很像是被梁漆土包浆处理过。

杜行的大伯曾经说过，如果想学习文物鉴定，那就要先学习古玩仿制；如果想学古玩仿制，那就应该学习古玩鉴定。不同的是，一个经验丰富的古玩鉴定家可以同时鉴定字画玉器、瓷器和青铜器，而古玩仿制者却只能终身仿制一种古玩。

对此，杜行深有感悟。

古玩鉴定和古玩仿制，就跟捉迷藏游戏一样。藏着的人知道自己藏在哪里，并且能听到寻找的人的脚步声，或是故作声张的叫喊声。仿制和鉴定也是这个道理，仿制的人知道自己的破绽和不足在哪里，而鉴定的人却要一点一点地去寻找其中的破绽，一旦找不到，便会宣布该藏品为真品。若是鉴定专家和收藏者能熟知古玩仿制的手段，鉴定起来便会事半功倍，甚至轻而易举。事实上，一直以来，鉴定专家和收藏者们都特别注重研究古玩仿制的手段。

但是，大家并不能完全得知古玩仿制的技术，所能知晓的仿制手段，多是些已经过时的、耳熟能详的手段。就连真正的古玩仿制者，也不能完全得知古玩仿制技术。

古玩仿制，不是一个人的活儿。

譬如说杜行和他的堂兄弟们，小时候就经常练习写“大明成化年制”之类的款识，但这并不是说他们兄弟几个长大后会在瓷胎上写这样的年款。经常听有些人说，某件赝品的官款写得不对。任何人，只要他想写好官款，不管有没有书法功底，不管是篆书还是楷书，不管是用几元钱的劣质兔毫还是用数百元的礼品狼毫，每天坚持练习两个小时，最多一年，肯定能写好官款，写得让专家分辨不出来真伪。写官款，真的不是技术活儿。但在古玩仿制中，却不是谁都能去写，得有专门的人写。即便你写得跟他一模一样，并且你不收钱，也不会让你写。

再譬如说，台上几位专家手里的青花盘，釉色白中泛青，杜行就不知道釉料的配方，而对方也不知道杜行用来上包浆的梁漆土膏配方。这就跟商业机密或是核心技术一样。

古玩仿制者之间尚且如此，更别提专家和收藏者了。他们很难知道仿制者赖以生财的秘方，或是刚应用不久后的秘方。

眼前这件刚抱到台上的青花盘，看上去很像是被梁漆土包浆处理过。所谓的梁漆土，其实就是那种很老的老房子大梁上积累下的尘土，异常得细密。当太阳光射进老房子的阁楼时，就能看到细小的尘土在光线中飞舞，就是这些尘土，被调和后涂抹在瓷器表面，多日摩擦，可以杀掉新仿瓷器表面的浮光，让瓷器看上去有种自然的沧桑感。事实上，几乎所有的传世瓷器都受到过这种尘土的侵袭，越是民窑，年代的痕迹就越明显。只不过现在这种技术，通常用于元明两代青花瓷器的仿制做旧，或用于清代的民窑瓷器，高古瓷器则万万用不得。这种用梁漆土做出来的包浆，有个不甚明显的缺点，就是不能入水。比如这件青花盘，若是放在水盆里，隔水观看，釉面就会有点发混的感觉，看得时间久一些，甚至有点发胀的感觉，而真品则全无变化。

这就是仿制者所独有的优势，知道破绽在哪里。

几位专家将青花盘翻来覆去看了几遍后，问唐正道："你这盘子怎么得来的？"

唐正笑呵呵说道："拍卖会上拍来的。"

"哦，哪年拍的呀，花了多少钱？"

"差不多七年半了。当时花了二十五万元。各位老师，我想知道，这件青花盘现在的市场价格大概是多少。"

"嗯，你这件青花盘，是明代隆庆年间烧制的器物，造型端庄，纹饰精美，做工精细，具有当时的典型特征。隆庆年间的瓷器传世较少，现在的市场价格，大概在八十万……"说话的专家觉着腿部被坐在旁边的专家捅了几下，便又继续说道："至一百二十万元之间……为什么中间相差这么多呢，因为明代隆庆年间的东西见仁见智，有的人非常非常地喜欢，而有的人就不是很喜欢了，所以，八十万元是保底价，不会低于这个价格，一百二十万元呢，也不能说是最高价，只能算是个正常的参考价，并且还有一定的升值空间。"说话的专家暗自喘了口气，心知刚才评估的八十万元的价格有些低了，幸亏旁边的同伴暗地里提醒，只好把差价拉高了很多。

唐正听完，笑呵呵地向专家们鞠躬道谢，将青花盘收入锦盒之内，又谢了一遍，才返回座位，将锦盒放回背包里，背起背包朝外走去。

杜行也站起来，跟着唐正走出了大厅。一出门口，就见唐正站在一张桌子前，问坐在桌子后的人，鉴定证书什么时候能写，桌后的人说今天没安排鉴定证书，若是想要鉴定证书，可以过几天来看看，或是多来这里走动走动，以后这里会经常有鉴定专家来，证书什么的都好说。

唐正点头致谢，背着背包朝外走去。

杜行也跟了出去，见唐正朝不远处的停车场里走去。显然，唐正是去开车了。

杜行便开始拦出租车，他的车停得离这边有段距离，现在跑去开车过来那肯定误事。

幸好，在唐正还没有开车从停车场里出来时，杜行拦下了一辆出租车，靠在路边停下来，等着唐正开车出来后，尾随其行。

这时候，下雨了。

第六章　图穷匕见

一大清早，天就阴起了脸，阴沉沉地伏在北京上空，临近中午，天色憋得铁青，也没有一滴雨水掉落下来，却把大兴区捂得闷热异常。

行人稀疏，街道两边门脸比较小的商铺的老板们已经开始盘算着要不要早点关门睡午觉，顾客们都在自己家里穿着裤衩背心躺在凉席上吹冷气，盼着这雨快点下，快点停，然后就能趿拉着凉拖鞋去逛水淋淋的街。

雨还没下，天压得更低了，站在聚古堂的门前抬头望去，天就像是一床乌青色的被子捂了下来，若不是被市区高高耸立着的大楼给支住，肯定会压在聚古堂大门前的一对石狮子身上，将这对石狮子压扁，压碎。

若真的能压碎这对石狮子，聚古堂的老板姜百熙就会谢天谢地了。他早就后悔在大门前置放了这对石狮子。十几年前，姜百熙的聚古堂开设在琉璃厂的古玩市场里，他人缘好，路子广，生意越做越红火，红火得别人咬牙切齿地眼红。过了没几年，原先的古玩市场外建了个古玩城，姜百熙在古玩城里买了两个面积最大的相邻的商铺，打通合并后继续红火，差不多每天都有各个省市的人慕名前来易换古玩。同行是冤家，古玩城里有几个店主由眼馋变成嫉妒，继而恼怒，暗地里变着法子给聚古堂使阴招，给公安局、文化局、税务局、工商局挨个地打匿名电话举报，挑唆街痞混混们恐吓勒索前去聚古堂淘货的外地人。姜百熙也不是省油的灯，暗地里以牙还牙回以颜色教训了那些人之后，索性跑来大兴区较为僻静的地段购买了一个小院子，把家和古玩店都搬进了这个院子里，院子门前横悬着以前的牌匾“聚古堂”，并且在院子门前安放了一对石狮子。古玩店搬迁后，原来在生意上有来往的人寻址而来，到处窜货的人也慕名前来，小小的聚古堂依旧那样红火。古玩城里的店主们羡慕之余陡生敬佩，趁着夜幕时分来到聚古堂前，用红布条系在石狮子脖子上，希望能沾点聚古堂的好运气。姜百熙见状后不禁哑然失笑，做古玩生意靠的是不断培养扩大自己的人脉和货源，一缕红布条就能带给他们这些吗？可石狮子的脖子上除了红布条，竟然还出现了白布条，这种白色的粗布条通常只会出现在葬礼上，很明显是妒恨聚古堂的人缚上去的，扯了，还会出现，直到姜百熙在大门上装了一个摄像头，才发现白布条居然是古玩城里一个专门卖景泰蓝工艺品的人干的。一个做的是古玩生意，一个做的是景泰蓝工艺品生意，风马牛不相及。

姜百熙没有理会那家卖景泰蓝的，要真想出气，卖景泰蓝的老板怕是会倾家荡产，穷到这辈子都买不起一件完整的景泰蓝。但自从那一次之后，姜百熙萌生退意，再干几年，这古玩生意就不做了，做到什么时候算到头呢，钱已经赚得够多了，等把店里的古玩都处理完了后，满世界走走，讨个清闲。说起来容易，做起来难，自从有了这个念头开始到现在，已经两三年了，店里的古玩进进出出，旧的去，新的来，生意比以前更红火。

古玩这一行，不是想罢手就能关门大吉一走了之的。即便是姜百熙忽然甩手弃聚古堂而去，他以前的朋友，仍会惦记着他，打电话给他，到处寻找他，躲也躲不掉，并且这些朋友当中，有一些是绝对不能避而不见的主。

就像今天要接待的这位客人，姜百熙说什么都不敢怠慢。

这位客人姓唐名正，白白净净的圆胖脸，一脸富态相。唐正据说是上海人氏，说话时嗓音纤细柔甜，手拈兰花指指点点，可口音却不像上海话音，倒像是闽南人，不说话的时候就瞪圆了一对小丹凤眼盯着你痴痴地笑，好半天才眨巴一下眼。

跟唐正合作了几年，姜百熙只知道他叫唐正，除此以外一无所知。

数月前，唐正托姜百熙找一些青铜器，年代最好是商代，最晚不能迟于西周中期，器形不限，鼎簋钟豆，鼓盘鬲鉴，有什么要什么，但是，必须要素器，也就是外表没有花纹、内里没有铭文的青铜器。至于价格，好说。

姜百熙做了这么多年的古玩生意，替人留心寻找过很多古玩，还真没遇到过唐正这样的要求。世人皆知，青铜器的造型、纹饰和铭文直接代表了青铜器的价值和价格，纹饰精美，做工考究，铭文长且记录了历史重大事件的青铜器才是抢手货，没有花纹和铭文的青铜器价格相比之下要相差数倍乃至上百倍。

可是唐正为何偏偏择购素面青铜器呢？难道他会把这些素面青铜器买回去重新加工一番，在青铜器上雕刻一些花纹和铭文，然后再高价转让出手牟利？这是姜百熙能想到的唯一解释，这念头刚浮上来，姜百熙便立刻否决了，他有足够的理由认为唐正绝对不会这样做。

在古玩店里买一件古玩和托古玩店的老板替自己留心并购买一件古玩是两码事儿，若是在古玩店里买古玩，物件就在店里摆着呢，看好看准货后，就剩下价格高低的事儿了，双方谈拢价钱后一手交钱一手拿货，就这么简单。可你要让古玩店的老板替你留心寻找某种古玩，那价格可就成倍往上翻了。

比如一个 IT 行业的人，想托古玩店的老板给他找一套骨筹，最好是汉代的。筹是算盘的前身，古人先发明筹，用以日常生活，天文、日历的计算，也用做占卜工具。制作材质上分为骨筹、牙筹、竹木筹等，金属制成的筹数量较少，青铜制成的筹更是稀少，几乎没有。但这并不意味着古人对筹不重视，换句话说，这并不是古人对科技不重视。在青铜时代，青铜的用途只能是打仗，祭祀天地先祖神庙，即所谓的国之大事在祀与戎，还有就是王公贵族生活所用。而用象牙、兽骨雕刻而成的筹，古人则认为通灵效果比青铜之类的好。比如说甲骨文全部出现于龟甲兽骨之上，青铜器上反而见不到一个甲骨文字，这绝对不能说古人轻龟甲兽骨而偏厚爱于青铜，舍不得把青铜器上的金文换成甲骨文，真要打起仗来，几千几万斤青铜箭镞嗖嗖嗖地一会儿就射完了，谁还在乎用来占卜祭祀的那几斤、几十斤青铜呢，古人只是认为青铜难以达到龟甲牙骨之类材质的通灵效果而已。

古玩店的老板一听想要找一套骨筹，立刻就会开始讲：这骨筹可是好东西呀，特别是汉代的骨筹，制作工艺和骨筹独有的逻辑性堪称完美，你点名要汉代的骨筹，一听就知道你是行家，一听就知道你有骨气，想要托骨筹的灵气来振兴咱们国家的科技。可还是要替你补充一点，虽然大家称其为骨筹，但实际上这种叫法是民间对象牙筹和兽骨筹的统称，通常大家能看到的骨筹，绝大部分是用象牙雕制而成。这种东西数量极其稀少，成套的、不缺失的骨筹更加少见，只有官方大规模考古发掘时才能偶尔得到一套。

只要你去古玩店托店主寻找骨筹，十有八九会听到这些话，只有这样说，才会让你觉得骨筹这玩意儿确实不好找，这样说才会让你掏更多的钱。事实上却不是如此，骨筹官方出土的数量较为稀少，反倒是倒腾土货的人手里有很多成套的骨筹。真要给这些骨筹定个市场上流通的价码，一套也就几百元不到一千元，还是汉代的，品相上等的，很不值钱。因为这玩意儿现在没落了，没人玩了。至汉以后的文人雅士们关于筹的诗词流传至今，能清晰地看到筹的用途已经由计算、占卜、天文、历法等逐渐沦落为喝酒时行令助兴的小玩意。

古玩店的店主可不管筹的兴衰，他们只会琢磨怎么才能把一套几百元的东西卖出几万元的价格。

古玩怎么卖，这是一门学问，比鉴定还要水深的学问。

姜百熙认为唐正托自己替他购置素面青铜器不是用来加刻花纹后牟利。这几个月的时间，姜百熙总共买来了12件青铜器，其中鼎三个；樽一对，一方一圆；豆一对；甗、匜、卣、簋、鬲各一个。十二件青铜器全部素面，通体无一花纹。这些青铜器分别从五个人手中购得，这五个人都是做古玩生意的。当然，这十二件青铜器并不是姜百熙傻愣愣地全都买来后才等着交给唐正。在买之前，姜百熙会用电话把看到的青铜器的年代、造型、品相还有价格告诉唐正，唐正点头答应后，姜百熙才会掏钱买下青铜器，搬回自己的聚古堂藏起来，等唐正有时间来北京后拿走。姜百熙敢垫钱买下十几件青铜器，绝对不是因为唐正的富态面相。他认识唐正有七八年了，生意来往过好多次，唐正从来说话算数，绝无悔言。况且这十几件青铜器姜百熙窜货的价格比较低，即便是唐正不要了，也不愁卖不出去。更重要的是，姜百熙很好奇唐正买这些素面青铜器做什么用。

雨终于开始下了起来。豆大的雨点凿进闷热的空气，狠劲抽在干燥的地面上，裂出一瓣瓣如梅花似的斑点贴在地面，迅速渗透。雨点越来越多，还没来得及看清散缀在地面上的梅花斑，地面就变成湿漉漉的一片了。声音也越来越大，无数条灰色的雨箭射了下来，射出无数个像箭靶似的涟漪，激起一个个急速游走的水泡和一束束混浊的水花。

天地间已是灰蒙蒙一色。

姜百熙离开了门口，掸了掸溅射在身上的细密密的小雨珠，坐到了桌子前，拧开了台灯，把算盘取过来放在了台灯下，慢慢拨弄着。

这十二件青铜器总共花了七十一万元，其中的两个圆鼎用去了二十万元，这两个鼎都不大，只有十七八厘米高，不到一公斤重，直口折沿，双立耳，圆底深腹，三个中空圆锥足。

这是姜百熙在一个跑土货的熟人那里窜来的货，开价二十万元，那人没多要，二十万的价格是交情价，交情浅的价格则会变成三十万，普通人要买，价格另谈。

姜百熙把照片传给唐正后，报的价格是八十万，说这是货主开出的价格。唐正说五十万，能行就要，不能行就拉倒。

成交！

这一对鼎在这十二件青铜器中，体积最小，重量最轻，价格却最高。这对鼎是商代早期的鼎。深腹、空锥足是这个时期鼎的典型特征。这么小的一对素面鼎能在窜货时以二十万元的交情价窜出，只是因为这对鼎的年份是商早期。这就像有些单位里的员工，职位高薪水多，全是因为熬的年头多。

其余的十件青铜器都是商代后期和周代的，有大有小，有重有轻，造型各异，但价格却相差不大，基本上每件青铜器的价格在五万元左右。

商后期和周代的青铜器每件五万元，令人不可思议。可这确实是古玩店的店主们拿货的价格。虽然便宜，但这种素面青铜器相对来说还是比较滞销，没人愿意花钱买件通体光溜溜的器物收藏。这令古玩商们极为犯愁，手中只要有素面青铜器，往往会低价售出。

买这种素面青铜器的通常有两种人，第一种是刚开始收藏青铜器的人，先用较少的资金试水涨经验，当然，这些收藏者也不可能用上面的价格买到素面青铜器，入手的价格通常会翻几倍。第二种人则专门购置受人冷落的素面青铜器，通常他们都有自己购买素面青铜器的渠道，不用找人代购。用低价购入后，他们找人在青铜器表面雕刻出繁杂的纹饰和铭文，或者拼加上去一些奇异的造型，加工完成后高价卖出。

但是这个高价有个限度，比如这对商代小鼎，用二十万元的价格购入，再花十万元请人重新加工和做旧，成本就变成了三十万元，卖出去的价格通常在六七十万元，成倍的利润。这样做的好处是很容易出手，六七十万元的价格要比真正有工的商前期小鼎低出二三十万，作伪者知道自己是在作伪，不会理直气壮地当成真品来要价。再则是麻烦少，即便购买者日后发现这对鼎是后做工的，也不会像买到了彻头彻尾的伪货那样找来纠缠不清，毕竟小鼎的鼎身还是真的，权当花了高价钱买了。

如果唐正用五十万元的价格买到这对商代小鼎，再花十几万元加工一遍，成本就要六十多万元，他至少要卖到上百万元才合算。这个价格几乎没人买。并且，商代前期的青铜器相较来说做工大都简朴粗拙，加工得越精致，就越容易让别人知道是假的。商前期青铜器古朴的造型上极少会出现精美纹饰，若唐正卖不出去，六十多万元就打水漂了。

这个道理谁都知道，唐正这么精明的人自然更知道。那他为何还要花这么多的钱买这批素面青铜器呢？姜百熙也不知道。但姜百熙扒拉着算盘不止一次地替唐正算过账，这些素面青铜器肯定不能用于重新做工，否则只会赔钱。

唐正除了在姜百熙这里买东西，还卖东西。但唐正只在这里寄卖过瓷器。

这种情况很常见。几乎任何一家古玩店都可以给收藏者提供这样的服务，收藏者把藏品放在古玩店里代卖，藏品售出后古玩店的老板抽去自己的佣金，将剩余的钱交给收藏者。通常情况下，拿到古玩店代卖的藏品，价值都不会很高，至少收藏者是这样认为的。多是些几百几千元的古玩，上万元的古玩比较少见。上万元的古玩若要寄卖，也是拿到拍卖公司去拍卖，而不是古玩店。

但唐正拿来聚古堂寄卖的古玩，价值高得令人咋舌。

姜百熙还记得唐正第一次拿来的藏品。对，是第一次，姜百熙永远也忘不掉。

那时候，姜百熙刚刚搬来大兴区不久，唐正来过一两次，姜百熙对他的印象还只是个很富态的白胖子。直到唐正从行李箱里拿出来一个瓷瓶摆在桌上，说要放在这里寄卖。姜百熙看着桌上的瓷瓶，眼珠子都快瞪出来了。那件瓷瓶约有一尺多高，通体红釉……是红釉，姜百熙使劲眨了眨眼，不是矾红、抹红、珊瑚红、胭脂水这些低温红釉，而是郎窑红。

红釉有很多种，姜百熙和很多收藏者都认为，只有钧红才算是红釉的正统，其他红釉皆为庶出旁支。明代的祭红，清代的郎窑红，都是钧红的延续。只有钧红、祭红、郎窑红才能称得上是中国红。这不只是颜色的问题，还有红釉烧制时不屈不挠的精神。钧红是最早出现的高温铜红釉，烧制难度极大，成品率极低，最初的钧红因为釉料配置没能完全定型，所以烧出来的色泽红中泛紫、泛蓝，后配方失传。到了明代永乐年间，出现了祭红，色泽已纯正，深厚稳重，用作皇家祭拜典礼所用之礼器，故名祭红，后配方失传。清康熙年间，复又烧制出了郎窑红，色泽较祭红略显鲜艳，后配方失传。红釉就在这屡次配方失传，屡次试烧失败，屡次成功创新中轮回，其中艰辛难以言喻。但很多刚入门的收藏者却不注意红釉的区分，红釉中的低温红釉，诸如矾红、珊瑚红、胭脂水之类，其价值远远低于高温红釉，存世量则高于高温红釉。还有的收藏者喜欢颜色鲜艳、多变的桃花片，桃花片虽然也是高温红釉，同样难以烧制，但其釉色千变万化……事实上，姜百熙不同意用千变万化来形容桃花片，姜百熙更愿意用“随机”这个词来形容桃花片。桃花片是好几种红釉的统称，其中，颜色较为浅淡的叫粉红，比粉红稍稍深一些的叫豇豆红，比粉红更鲜艳的叫美人醉。桃花片并不纯净，釉色中时常夹杂着绿色、浅褐色、深红色斑或色晕，以及聚集成片的细小斑点。这些夹杂在红釉中的色斑是烧制红釉瓷时釉料配比和温度控制失败导致的，还有的斑点形成的原因，是在试烧过程中，往釉料里添加了一些宝石粉末。官窑向来对烧制出来的成品要求极其严格，甚至苛刻，稍有瑕疵，就会被砸碎重新烧制。但是，红釉烧制在当时太难了，又很珍贵，即便是烧制出来的红釉瓷器有瑕疵，也不舍得砸碎。桃花片呈现出来的多种色泽，其实是因为温度和釉料配比没有掌控好而导致的。虽不完美，但依旧珍贵。就像齐白石因不满意而扔掉的画，照样比某些大师的作品珍贵。

那时候的姜百熙只是在博物馆里见过真正的郎窑红瓷器，从未亲手抚摩过一件郎窑红釉真品，他的手在郎窑红釉瓶散出来的宝石红光泽中颤颤发抖，他被这耀眼夺目的光泽烤得口干舌燥。底足内没款，被削修过，瓶内施白釉，瓶口微微外撇，瓶口瓶底皆呈现出淡淡的绿色白釉……这是真的吗？仿制的郎窑红釉瓶大街上到处都是，看上去跟这个大不一样……

姜百熙的眼睛拴在了郎窑红釉瓶上，他低着头问唐正，这东西想卖多少钱？

唐正笑眯眯答道："8000万元。按规矩，你可以抽取百分之十的佣金，你可以得到800万。"

姜百熙把眼神从郎窑红釉瓶里抽了出来，看着唐正，不住地摇头说，我想要那800万的佣金，谁也不嫌钱多扎手，我不只想要800万，我还想要8000万呢，可这东西，说实话，卖不出这个价来。

唐正笑眯眯的不言语。

姜百熙就继续说："现在的瓷器，还是青花吃香，元青花，明永宣成弘正青花，清康雍乾青花，这些青花很抢手，价格也高。其他青花次之，别的瓷器没青花值钱，郎窑红也不行，卖不出这么多钱去。标价太高了，会把人吓跑。"

唐正缓缓说："8000万，不还价，我放你这里代卖，有人要就卖，没人要就搁着。空袋子装米的事，你还犹豫什么？你写收条吧。"

姜百熙心底下立刻盘算起来，还得写收条，收条上怎么写？写真的郎窑红还是假的郎窑红，还是未鉴定真假的郎窑红？写假的郎窑红，人家肯定不答应，只要收条上没写假的，指不定会给自己惹来什么麻烦。再说，这郎窑红釉瓶如果是真的，谁放心搁在古玩店里代卖呢？古玩店代卖值钱的古玩时，都是几张照片拿过来放在店里，哪里有直接就把这么贵重的东西放在古玩店里的？刚才看着像是真的，现在再琢磨，有点不保险，算了，自己还是小心点，宁肯少赚点钱，也要求个安稳。

姜百熙婉言拒绝了，说自己的店小，镇不住这样值钱的宝贝。

唐正也不急，笑呵呵地看着屋外。正好，姜百熙上小学的女儿放学回家，在院子里逗狗玩，唐正站起来，拎起桌上的郎窑红釉瓶，扔在了地上，“啪”的一声脆响，郎窑红釉瓶裂成许多碎片散在了地上。

姜百熙脑子嗡的一声，看着地上的红白碎瓷片，愣住了。

唐正蹲下去，翘着兰花指，捏起一枚碎瓷片，走到院子里，蹲在姜百熙女儿面前。唐正举起碎瓷片，将边缘锋利异常，闪着血红光泽的碎瓷片举到姜百熙的女儿面前，笑嘻嘻地说：“这颜色好看不？”

姜百熙在屋子里望去，就见唐正蹲在他女儿面前，手指夹着碎瓷片，在孩子柔嫩的脸蛋和脖子前来回比画晃动，那瓷片在阳光的照射下，就像一把刀刃淌血的尖刀。女儿还小，啥都不知道，笑嘻嘻地看着面前的瓷片，还伸出小手触摸瓷片。

姜百熙吓坏了，跑到院子里，一把将女儿抱进厢房，反锁好门，走到唐正面前，正要开口说话，却见唐正在院子里拿了笤帚簸箕走进屋子，蹲在地上，将地上的碎瓷片扫到簸箕里，然后把簸箕放到桌子上，笑眯眯地看着姜百熙，问，这一簸箕碎瓷片怎么办？

姜百熙明白了，这人是来讹诈自己的，抱了个假的郎窑红釉瓶来耍无赖。以姜百熙的秉性，肯定不会服软，会撸起袖子抡着棍子将这人赶出去，可一想起刚才那锋利的瓷片在女儿脸前比画来比画去的情形，姜百熙胳膊便软了，只剩下了颤抖的劲儿。

“你想怎样？”姜百熙努力挤出一丝笑容，朝满脸微笑的唐正说道。

唐正翘起手指，从一堆碎瓷片中小心地捏出一枚来，放在桌上，打开桌上原来放置郎窑红釉瓶的锦盒，拎起铁簸箕，斜斜地把簸箕里的瓷片倒进锦盒内，合上锦盒盖，低头慢慢将锦盒上的象牙扣锁好，把锦盒放回背包里。最后，唐正抽出手帕来擦了擦手，又捏起桌上的那枚瓷片，凑到嘴边，呵了口气，用手帕将之里里外外仔细擦了一遍，放回桌上，说："这个给你，算是咱们正式合作的见面礼。"

姜百熙能清楚地感觉到自己的心随着嘴角抽搐了两下，说不出话来，实在搞不懂这唐正究竟在搞什么名堂。

唐正背起背包，走到门口，回头笑着跟姜百熙说："下次，别再把东西弄碎了。"说完，出门离开了聚古堂。

留在桌子上的那枚瓷片，姜百熙找人去鉴定，行家找了不少，有的说是真的，有的说是假的；鉴定仪器也试了好几台，检验结果居然也是有真有假。姜百熙傻眼了，这样的鉴定结果对于一件古玩来说，意味着能轻易出手，至少不困难。

那唐正为啥要故意摔碎那件郎窑红釉瓶，他疯了吗？

直到又跟唐正打过几次交道后，姜百熙才明白，对，唐正疯了，他是个十足的、彻头彻尾的疯子。

之后，唐正又带来两件古玩，价格开得很高，高到能把聚古堂前边的小巷子买下来。古玩这行，向来是漫天要价，就地还钱，价格高开几倍甚至十几倍那是常有的事儿，买家想要入手，可以还价，大家有来有往，拉锯一番，那才长经验。可唐正带来的古玩却不让人还价，说多少就是多少。特别是其中的一件清康熙脱胎粉彩蝶戏花盘，上绘有蝴蝶在月季、玉兰、梅花三花枝中嬉戏飞舞，底足落款为大清康熙年制。差不多二十厘米大的盘子，拿在手里如若无物，花盘晶莹剔透，凝目细看，会以为自己手执花束引来彩蝶。唐正开价两亿元人民币。

有位经常来聚古堂的玩家见到这个瓷盘，知道自己买不起，却舍不得走，痴痴地坐在聚古堂，守坐在那件康熙脱釉粉彩盘前两步外盯着看，不敢大声喘息。这样的瓷盘，别说有钱买不到，有钱都看不到。那人看了个把钟头，才走到门口打电话让一个香港朋友带支票马上飞过来，然后又跟姜百熙商量暂时闭门歇业，香港的朋友过来之前，别让其他人进来了。等香港朋友来了，立刻跟姜百熙商量这盘子的价格，姜百熙说，就是这价格，两亿元人民币，不还价。买家死缠硬泡着砍价，姜百熙苦笑着给人家道歉说，这盘子不是自己的，自己不当家，人家交代过，少一分一厘也不出手。买家继续赔着笑脸报价，一千万元行不？一千三百万！……最后出价到六千万，买家哭着说真的是没钱了……

姜百熙就给唐正打电话，唐正说，少一分都不行。

俗话说，货不怕正。只要东西好，根本不愁卖。香港人走后的几天里，又有几个玩家想要入手这件脱釉粉彩盘，价格最高出到九千万。

姜百熙硬着头皮又给唐正打电话，说九千万的价格可以算是天价了，脱釉瓷器虽然存世量少，较为少见，但价格一般也就几百上千万元，上大拍卖会运气好的话能多个一两千万元，运气不好那就还是原来的价。九千万元的价格能出手了……

唐正在电话里呵呵轻笑，说，不还价。

过了几天，唐正来到聚古堂，笑呵呵地拿起那件脱釉粉彩盘，说，这盘子，它就值两亿，九千万，宁肯砸了也不卖。

话音刚落，唐正的手就松开了，脱釉粉彩盘啪的一下摔到了地上……

盘子碎了，碎裂的釉片像玻璃碴一样溅起来射在姜百熙的小腿上，姜百熙没觉得疼，只觉得腿肚子发软，自己的脑子好像变成了一个瓷盘，啪的一下让人给摔烂了……姜百熙瘫坐在了地上，手压在碎瓷片上，流血了，却不觉得疼。

等姜百熙不再流着泪喃喃自语，清醒一些，从地上爬起来后，唐正已经走了，只留下散落一地的碎瓷片。

这一切还没完。

从唐正在聚古堂摔碎了第一件郎窑红开始，到今天，细细数来，这个疯子在这里总共摔了二十六件瓷器，那些曾经价值连城的宝贝都变成了碎片，一半被姜百熙捐给了几家瓷器样本数据库，一半锁在阁楼上的樟木箱里。

疯子的行为往往令常人费解和痛苦，但疯子的行为也是有动机支持的。

唐正的动机是什么？他为啥一而再，再而三地摔掉那些收藏者梦寐以求的宝贝呢？

姜百熙想破脑袋也想不出来。姜百熙知道，再这样下去，自己会被唐正折磨成疯子，或许，自己已经被其传染，变成了个疯子。

几个月前，就在唐正托姜百熙找几件素面青铜器之前，姜百熙从专门跑农村收古玩旧货的人手里，买了一堆杂乱旧货，其中有从明代建筑上抠下来的砖雕和木雕；几枚1949年前在革命根据地发行的苏维埃银币；一个紫檀木首饰盒；两个拳头大小的粉彩瓷盒，盒下款识为“江西瓷业公司”，瓷盒盖上绘有松鹤图，盒身环饰一圈红蝙蝠，瓷盒曾被密封，内装有当时被称为福寿膏的鸦片；一柄五六式冲锋枪上的折叠式三棱刺刀；三个五六式弹夹，有子弹，7.62mm钢芯弹，三十发。

当然，姜百熙买下这堆旧货时，肯定不知道子弹是什么型号的，他拿了几枚去问一个当过兵的朋友，想知道这子弹是不是臭弹，还能不能发射，朋友说底火还在，弹头和弹壳中间的密封漆和底火上防潮漆都还在，估计不是臭弹，这东西放家里危险，要不交给公安局，要不就扔了……扔了也不妥，还是交给公安局为好。姜百熙就说，扔了、缴了多可惜，不如找个地方发射了吧，活了大半辈子，没当过兵，没开过枪，多遗憾。朋友说：“没枪怎么发射？再说，你想开枪，去射击俱乐部玩啊，昌平那边不是有一家吗，北方国际射击场，一百元能打十发，我领你去玩。”

姜百熙没辙，跟着朋友去单位开了介绍信，去射击场玩了两小时，匆匆回到家，就开始研究枪械，研究子弹发射原理，琢磨了一晚上，觉得挺容易的，弄根钢管，尾端弄个撞针用弹簧绷起来，把子弹塞进钢管里，放弹簧，撞针撞击子弹上的底火，弹头就飞出去了，唐正那个疯子就死了。

姜百熙开始找合适的钢管，找技工加工安装撞针，又到字画装裱店里买了根木轴，让木工掏空，回来后自己塞进去钢管，一头装上藏着撞针的木轴头，发射口那端的木轴头挖空，用封口胶带挡住，外面喷漆完工后，姜百熙又跑到郊区的画家村，花二百元买了一幅做旧过的摹古画，将木轴装到画下，等唐正来了，就给他看这幅画。古时候有图穷匕见，现在就要来一个图穷弹见。

除了杀掉唐正，别无选择。告他毁坏文物，他进了监狱，会有出来的那一天，那时候报复自己倒无所谓，就怕他报复自己的家人。说不定他等不到出狱那天就从监狱里带出口信来，指使他的马仔报复自己。

姜百熙什么都不怕，就怕连累家人。

画轴弄好没几天，唐正就打电话过来，托姜百熙找素面青铜器。姜百熙满口答应，努力去找，每找到一件，就打电话发照片给唐正，只问他找到的青铜器中意不中意，不问他什么时候来取。不惊动他，像往常一样等着他自己上门。

姜百熙转头，望了望放在书柜旁边的青花瓷缸，两尺多高，里面竖放着十几幅卷起来的书画。中间那幅用朱红丝带系缚着的画，就是自己亲手打造的杀人器具，自己后来还在画轴前裹了一截泡沫塑料，不奢求效果跟消音器一模一样，只求不惊动周围的邻居。姜百熙还把子弹头在鞋底上磨了十几遍，又在板砖上把弹尖磨平，想把这枚子弹弄成炸子，射进唐正的体内后，能炸开。

电话响了，唐正就要来了。

雨越下越大。

唐正驾着车驶入了前边的巷子里。

出租车司机转头问杜行，要不要也跟着进去。

杜行说不要，车停在巷子口就行。

杜行摇下车窗，冰凉的细碎雨点迎面袭来，透过灰蒙蒙的雨墙，依稀看到唐正的车在一个四合院前停下了，车门打开，唐正从车里跳了出来，来到院门前的房檐下。显然，唐正要进那座四合院。

司机转过头来说，要是平时，这里肯定不让这样一直停着车等，现在不一样，这么大的雨，交警和协管员都不会过来。

杜行点了点头，没说话，望着车窗外。

唐正的那辆火红色奥迪 Q7，静静地停在远处，一动不动。

唐正，这个盗墓者，杀人犯，自己家的祖坟是不是被他盗挖的？

那次在野外撞见唐正杀人后，杜行急急赶回家，跟堂兄弟们说起这件事，第二天，兄弟几个都骑着自行车，揣着望远镜、DV 机在田间地头乱逛，每个人负责一片区域或是一个方向，希望能看到唐正。果然，真的发现了唐正。他一个人在野外行走，戴了顶草帽，兜里揣着个 GPS 定位器，不时掏出来查看，还用电子笔在上面写写画画的。他总是沿着山脉的棱脊最高处走，走一圈后，再沿着最低处走一圈，边走边朝四周看，从来没有看过脚下的路。唐正肩膀上背着个背包，到了中午，就会盘着腿坐在地上，从背包里拿出豆沙包吃，一次吃四个，喝一瓶矿泉水，空瓶子也不乱扔，还塞回背包里。他走动的范围，从来没有离开杜行家祖坟方圆七公里，并且越走越近，走了十几天，吃了好几十个豆沙包，终于走到了杜行家祖坟附近。

他站在土崖上，腿脚陷在乱草丛里，掩在横七竖八的酸枣树后，静静地看着杜行家的祖坟，看了足足有个把钟头，忽然微笑，仰起头来，对着天空笑，伸手抹了一把脸，转身离去，没回头。

兄弟几个轮流跟着他，从安阳跟到郑州，又从郑州跟到了杭州。

他再也没来过安阳。

虽然不能确定祖坟被盗是不是他干的，但他跟祖坟被盗肯定有什么关联。兄弟几个决定选个人出来，接近他，希望能打听出点什么来。

最终，大家决定让杜涌去接近唐正。兄弟几个当中，数杜涌最机灵。

半年过去了，杜涌却什么都没打探出来。而刚才，杜涌来电话，除了告诉杜行唐正来了北京，要去琉璃厂外一家新开业的古玩行外，还说他跟其他兄弟几个商量过了，查了大半年，什么都查不到，正经事儿倒是耽误了不少，大家都不想再追查此事了，家里的长辈们也交代过很多次了，不要再追查此事。所以，如果杜行想接着查下去，兄弟几个保证不会跟长辈们告密，但是，也不会帮他……

不帮就不帮吧，杜行觉得这些事情自己可以做。

对，杜行知道自己的演技很蹩脚，就像梅雪茗说的那样。在此之前，他从未装模作样地骗过人，但他必须这样做。

杜行觉得自己没有做错，自己只是想知道自家祖坟被谁挖开，那人在祖坟里找什么。不论是谁家的祖坟被挖开，都会有这样的想法，而自己为什么就不可以这样去做呢。大伯、父亲、叔叔都不让追查，兄弟几个只能偷偷追查。现在，兄弟们也不理会此事了，只剩下了自己。

车窗外，雨还是那么大，路边补栽的小树被暴雨砸得左右摇曳，找不到躲避的地方，看不到期盼的阳光，只有冰凉的雨滴四处袭来，砸在身上，生疼。

杜行决定还是要继续下去，追查这件事情是正确的，没理由放弃。

没理由放弃就是不能放弃。

夏天的雨，说停就停了，阴沉沉憋了半天的雨，疯狂地倾泻了几十分钟后，忽然就停了，出租车前的雨刷器还在不停地来回刮着车玻璃，这雨停得连雨刷感应器都没有反应过来，太阳已经跳了出来，火辣辣的驱赶着街道上的积雨四处逃散。

杜行付钱，下车，朝小巷子里走去，

暴雨砸得玻璃窗噼啪作响，姜百熙隐约听见门铃响了。

唐正来了。

姜百熙拿了油纸伞，摁开院门，朝院子跑去。

唐正反手合上院门，跑进伞里来，伸手握住伞柄。他比姜百熙高一头。

唐正跑进屋，掸着身上的水珠，接过姜百熙递过来的毛巾。

“好几年没下过这样大的雨了。”姜百熙沏了杯茶端过来。

唐正探头望望外面，笑了笑。

姜百熙走到书柜旁，拽出来个木箱子，拽到窗户下的花梨木桌旁，打开箱子，一件件地取出里面的素面青铜器，他把自认为好点的就放在桌上，普通的顺手放在地上。

“总共十二件……”姜百熙端了两个小马扎过来放在地上，自己坐下，边摆弄着地上的青铜器，边问道，“我知道，有些事情能问，有些事情不能问，不光是开古玩店的要明白这事理，哪一行都得遵守这规则，可我实在是纳闷，您要这些青铜器干吗呢？您要是乐意，就说两句让我长点见识，不乐意就当我啥也没说。”

唐正笑道：“你见我平时玩过青铜器吗，这不是图个稀罕玩嘛。”

姜百熙一愣，心想也是，这唐正不论是在聚古堂买古玩还是卖古玩，全部都是瓷器，字画、玉器、铜器、金银杂件一律没碰过，自己怎么把这茬给忘记了，不行，得想个法子吊起他的胃口，让他主动求着自己去看那幅画。

古玩店的老板、艺术品经纪人干这种事情最拿手，明明想卖给收藏者东西，却不直说，先编个故事讲给收藏者听，那东西怎么得来不易，怎么一波三折，跟别的东西有啥不一样，净说这个，说着说着，收藏者就会开口央求古玩店的老板，把那东西拿出来瞅瞅，开开眼。这是卖古玩的技巧，主动介绍给收藏者的古玩，永远没有收藏者自己想看的古玩好。

但面前的是唐正，这人可不是一般的收藏者，不能来那一套，况且唐正每次来聚古堂，很少聊天，这冷不丁地扯个故事给他听，肯定不妥。

姜百熙站起来，边朝放着画的瓷缸走去，边说道："前几天买了一幅古画，不知道谁画的，没落款，可这古画后面有王羲之的题跋，怎么看都不像是假的，您给掌掌眼，看有没有值得推敲的地方。"

姜百熙开古玩店这么多年，自然知晓说什么话能立刻引起客人的兴趣，平时打死他也不会说有王羲之的题跋，若是假的，那会有损聚古堂一贯只卖真品的形象；若是真的，那就更不能说了。可现在要跟唐正说，唐正他只对瓷器感兴趣，想要让他对瓷缸里的古画感兴趣，只能搬出圣人来助阵，本想说是顾恺之的画，又怕唐正不知道，想了想还是王羲之这个名字比较顺口，也家喻户晓。

果然，唐正的眼睛立刻亮了，眼巴巴地望着姜百熙走到书柜旁的龙纹瓷缸前，从中抽出一卷画轴来。唐正站了起来，等着姜百熙把画放在桌上摊开，可桌上摆了几件青铜器，姜百熙解开画卷上的红丝带，缓缓展开半尺左右后，将画卷前边的吊轴朝唐正递了过去。

唐正想都没想，伸手小心握住画，睁大双目看着眼前的画卷一点一点地亮出来。

看了两眼，就觉得有点不对劲，画的装裱虽然是古黄褐色，可纸张很硬，折裂纹太琐碎，看上去像是和面似的揉过几遍，难道这幅画是民国或是清代装裱过的？再看画作，纸张的质地暂且不说，露出来的竹枝和瘦石，那画风就连自己这个大外行看着也不像是晋代，倒像是近代……

正自疑惑间，唐正就看到姜百熙将画卷横了过来，原本画卷二人各执一端，斜竖着观看，姜百熙猛地将他手中的画轴横了过来，已经打开的画纸不吃力，立刻从中裂开。

唐正大惊，朝姜百熙瞪眼过去，却见姜百熙手执画轴对准了自己的胸口，双目紧盯着自己，兴奋到炙热的目光中，闪着些许慌乱，却丝毫不关心古画有没有撕裂。

唐正立刻明白将要发生什么事情，手里握着的吊轴立刻挥了出去，砸在了姜百熙所持的画轴上，左手顺势探了过去，想要抓住姜百熙手里的画轴。

姜百熙右手握着的画轴头旋了一下，立刻觉得手臂剧震，手里所持的画轴滑过自己的双手，重重地击在自己的肩膀上，手掌被震得软软麻麻不听使唤，连松开画轴的力气都没了。

唐正探出去的左手本来就要抓住画轴了，却眼睁睁地看着画轴迅速向后弹了回去，又听到闷闷的一声砰响，立刻就觉得自己的左肩像被一辆急速行驶来的车撞上了，又听到身后的博古架上哗啦啦地响了起来，脚下一个趔趄朝后退了两步，转头朝后瞟了一眼，见原先摆在博古架上的一个龙泉窑莲花盘和一个将军罐摔在了地上，伸手摸摸左肩，手上全是血，左肩左臂火辣辣麻嗖嗖的，像被扔进了重庆红油火锅里煮了一遍，却一点也不疼。

唐正朝姜百熙扑了过去。姜百熙想跑，腿脚却不听使唤，使劲拧着腰，刚挪了一步，唐正已经扑到了面前，手里多了一柄短刀。

刀刃不过三寸长，像弯弯的月牙儿，抵在姜百熙的脖子上，刀尖刺破皮肤，刺进去不到一厘米，停下了，血流了出来，顺着刀刃呼呼往外淌，刀刃挂不住血，血变成血珠子一粒一粒往下掉。

这柄短刀不是用来刺的，是用来割的，现在，只需刀刃顺势一划，姜百熙的血管就会被划开，血会喷射不止。

唐正看着姜百熙，看着那双越来越惊恐，越来越绝望的眼。

唐正笑着问姜百熙："你至于这样吗？想杀我，你直接弄支枪射我啊，往茶水里下毒也行呀，你至于这样处心积虑吗？你累不累？你害怕吗？"

姜百熙喘着粗气，喉咙里发出一丝混浊的声音。

"害怕阻止不了死亡，不会给你任何帮助，只会让你更痛苦，你应该闭上眼……慢慢地，闭上眼……想想你这即将结束的一生中，真正让你快乐的事……你抛弃快乐多久了？……闭上眼……对……去找回你的快乐……若你不能快乐地活着，那就快乐地死去……”

姜百熙闭上了眼。

短刀轻轻地离开了姜百熙的脖子，在空中挥抖了几下，刀刃上的血被甩了出去，甩得干干净净，没剩下一丝血迹。刀刃折叠了回去，插回了唐正腰间的刀鞘里。

唐正看了看左臂，肩膀上涌出来的血已经顺着胳膊淌了下来，他抬抬胳膊，握握手掌，还好，还听自己使唤。应该包扎一下。

唐正转眼望望姜百熙，他还靠在墙壁上，仰着头，闭着眼。

唐正走到桌边，右手伸进两件商代早期的小圆鼎里，捏着两个圆鼎的内壁提了起来，朝外走去。

第七章　杜行的爷爷

开了院门走出去，正好遇到在屋檐下的杜行。

杜行猛一见唐正的胳膊鲜血淋漓，衬衣袖子都被血浸透了，血还顺着袖口往下滴，不由得一惊。

唐正愣了一下，说道："刚被玻璃划破了，你帮我拿一下，我得包扎一下。"说着，也不管杜行答没答应，将两个鼎硬塞到了杜行怀里。

杜行只好伸出双手将两个小圆鼎抱在胸前，杜行低头看了一眼两个鼎，再抬起头来时，一柄短刀也递了过来，抵在了杜行脖子边。

"上车，什么都别问，否则杀了你。"

杜行被唐正的刀逼着上了唐正的车。

"你来开车，别告诉我你不会开车。"

"去哪里？"杜行发动车，边回头看着外面往巷子外倒车，边问道。

"甭问那么多，让你往左你就往左，让你往右你就往右，出了这条巷子，往左拐。"说到往左，唐正这才低头细看了一眼自己的左肩膀，上边裂着个大口子，皮肉像嘴唇似的朝外翻卷着，血还在潺潺往外淌。想必是刚才子弹擦着肩膀飞了过去，幸好没有伤到骨头。

得赶紧包扎一下。唐正挪了挪身子，尽量侧着坐在副驾驶座椅上，怕迎面而来的人看到自己的胳膊在淌血，同时右手握着刀，抵在杜行的肋下。

这没法儿包扎。要包扎就得用右手，那劫持的这个小伙子不就乘机溜掉了吗？再坚持一会儿，到了住处再说。或者等一会儿找个偏僻之处。唐正在心里盘算着。

唐正从车门边拽过来一条毛巾，抖开搭在左肩上，不能止血，但最起码迎面过来的行人看不到他肩膀上的血。这样比侧身坐着好受些。

转出小巷子，沿着街一直往北走，路上的车越来越多，车速慢了下来，最后终于跟在车流后，停三停，走一走。

唐正见杜行望着车外，怕他一时冲动挣扎着跳车，便把右手的短刀交到左手，伸出右手在几张CD里挑选。

“你喜欢古玩吧？”

“是的……你怎么知道？”杜行问道。

“去姜百熙家的人，十有八九是喜欢古玩的，不管是收藏的还是买卖的。”唐正挑出一张CD，塞进了CD播放机里，车里顿时被一首充满浓厚的异域风情的音乐萦绕包裹了起来。“你可能听过伊朗歌手阿拉士风靡全球的Boro Boro，但你可能却没听过阿拉士唱的这首塔赫里尔风格的歌曲，这是波斯音乐的独特唱法，真假声交替并存。”

唐正笑了笑，左手的刀交还到右手里，继续说道：“就像古玩一样，真假共存。”

杜行低头，看着自己肋边的短刀。

那柄刀牙白色，光泽柔润内敛。那是柄瓷刀。

杜行知道这种瓷刀，刀刃特别锋利，特制的瓷刀甚至比手术刀还要锋利，以至于有些手术会用瓷刀取代传统的手术刀。缺点是刀刃容易崩口，刀身容易折断，所以，用来防身或是厨房用的瓷刀都不能用力击、刺、砍、劈，只能划削。现在，只要唐正的手往前轻轻一划，自己肋下就会多出个大口子，肠子内脏就会从那个大口子里流出来。

“这是瓷刀，很锋利，你小心点。”杜行提醒唐正。

唐正笑了，笑着问：“为什么是我小心点？到底咱俩谁劫持了谁？”

“我不反抗你，我会照着你说的去做，你别伤害我。”

“你还知道是瓷刀？那你不妨说说你对瓷刀的看法。”唐正笑着说话，他知道，需要安抚被劫持人的情绪，放首歌听，说说话，可以避免对方铤而走险干傻事。事实就是这样，被劫持的人通常都不会知道，劫持者更担心危险。

“中国，china，瓷器，每个中国人都会将瓷器引以为荣。但是现在，看看你手里的瓷刀，在1908年的时候，国外就制造出了这种比钢刀还锋利的瓷刀。后来，国外的陶瓷不断研究创新，陶瓷先后应用在了工业、航空、医疗领域，甚至连装甲车上的防护甲用的都是陶瓷片，比防弹钢板都厉害。国内现在的特种陶瓷技术，又有哪项是自己在老祖宗的业绩上创新研发的呢？”

唐正晃了晃手里的瓷刀，摇头说道：“此瓷非彼瓷，这种瓷叫特种陶瓷，或高精密高技术陶瓷，与传统瓷器的制造工艺截然不同……”唐正看着手里的瓷刀，犹豫了一下，又望了一眼杜行，叹了口气，摇头说道：“刚才的话都是骗人的套话，其实，在明代，咱们中国也曾烧制出来过这种瓷器，它属于祭红瓷的一种，祭红瓷停止烧制，就是因为烧制出来了这种瓷器……”

唐正忽然住口不语，他看到杜行的眼睛里充满了好奇，他有点后悔自己话多了。

见唐正闭口不语，没接着说下去，杜行也就没开口追问，祭红烧制于明代，在明代，发生任何事情，都不惊奇。

车又停了。杜行低头，侧眼望着唐正脚边的两个小圆鼎。

通常，大家见到这种商代早期的青铜器，都会先看青铜器的外形是否古拙，再看做工是否粗犷，然后看范线是否原始……这是标准的鉴定程序。而杜行却不是这样，杜行要先看青铜器的发色。商代早期的青铜器，由于冶炼技术的原因，青铜的质地看上去有些晦暗，若是青铜器表面有锈，锈色也会显得惨淡晦暗，没有后来青铜器上的锈色纯，若是青铜器表面的铜锈已经被剔除掉了，并且已经被把玩了很久，成了熟坑货，那也跟后来的青铜器不一样，看上去没有后来青铜器的包浆滑润，总觉得青铜器由内至外散发着一股晦暗。当然，若是青铜器表面被处理过，打蜡上油了，或者做过特殊养护，那就要另当别论。杜行认为，商代早期和夏代的青铜器，不能先看造型和做工，因为造型和做工是完全可以模仿出来的。有时候，先看什么和后看什么尤为重要。相当数量的收藏者都会有先入为主的潜意识，若是一件被仿制出来的青铜器，造型和做工被收藏者认可了，那接下来的铜质就很容易被忽视。

不过，商代早期的青铜鼎数量较为稀少，并且器形较小，造型古拙，文物历史价值极高，经济价值和艺术价值却完全相反，卖不了多少钱。

前面的车动起来了，杜行开着车跟着往前慢吞吞地移动，杜行伸手在导航仪面板上按了几下，找到几家医院，看着唐正脚下的血说："我们应该去医院，你的血流得太多了。"

"不，我们不去医院。车里有急救箱，等一会儿找个没人的地方包扎一下就行。"唐正担心医生会认出这是子弹留下的创伤，然后指使护士去报警。

"前边路口，向北走。"唐正挪了挪屁股，座椅上热乎乎的，血大部分都流到了座椅上，脚下的那点血，根本不算什么。

终于，车被唐正指挥上了高速，速度快了很多。杜行问唐正，去哪里，唐正说，你走就是了，到了路口我告诉你。

向北走了很长时间，杜行又问，去哪里？

"还没到……快到了……"

杜行瞥了旁边的唐正一眼，他的头侧靠在椅背上，眼睛朝着车外半睁着，看上去他很困，像是想睡觉。

“还有多远？……你不能睡觉，喂，你不能睡觉！”

“……我没睡……”唐正转过头来抵在座椅上笑着说。声音软绵绵的，像他的脖子一样软到已经快要支撑不住头部了。

杜行加快车速，吼道：“你不能睡，我送你去医院。”

“别去医院，前边路口下去，去香山。”唐正打了个激灵，眼睛睁大了些。

“前边有个医院，去里面包扎一下吧……要不找个人少的地方，我给你包扎一下，就在车里包扎。”

唐正忽然抬起左手的瓷刀，架在杜行的脖子上，吼道：“前面路口转出去，去香山。”

杜行不说话了。

“我只是皮肉伤，没伤到血管，流血是正常的，因为流血而感到疲倦也是正常的，但绝不会因失血过多而死。”

唐正还没说完，杜行歪着脖子猛地踩了一脚刹车，唐正立刻被惯性摔了出去，头撞在了风挡玻璃上，一阵晕眩中，又觉得自己的左手腕被人捉住，手指被掰开，瓷刀被抢走了。

唐正坐回座椅上。

“我不想伤害你，现在我送你去医院，你需要及时止血。”杜行看着唐正，将手里的瓷刀递给了唐正。

“我不去医院。”

“我也不去香山。”

“你下车走吧，我自己去。”

杜行推开车门，跳下了车。

看着唐正朝驾驶座上挪着身子，软绵绵的，像条肥硕的毛毛虫在车上爬，又看着他坐好，抬了五六遍左臂，最后右手托着左手放在方向盘上。

杜行心里一遍遍地告诉自己，别心软，别去香山。

杜行有两个地方不能去，香山是其中之一。梁克己的父亲梁瑞秋住的村子——湖门村则是另外一处，否则杜行便不会绕着大弯子把那件青铜觥交给梁克己，再让梁克己转交给梁瑞秋了。湖门村不能去，是因为梁瑞秋住在那里，要是梁瑞秋从湖门村搬了出来，住到奥运村，那就不能去奥运村了。而这香山，从民国开始，杜行家族的人就被禁止去了。

杜行告诫自己，若是违背祖训去了香山，那自己的罪过可真就大了。

杜行转身，往回走，刚一转身，就听到哐当一声，转头望去，唐正的车撞到了隔离带的钢板上。

杜行急忙跑了过去，拉开车门，却见唐正在微笑，笑得一点也不尴尬。

杜行上车，扶着唐正把他移到副驾驶座上，自己重新坐回驾驶座，握着方向盘，朝前驶去。

到了香山附近，顺着唐正的指引，车来到了一处别墅区。

唐正伸手拽开储物箱，从里面翻出遥控钥匙握在手里，车开到一栋别墅前，唐正说到了，边说边摁了摁手里的遥控钥匙，车库门徐徐升起，车开了进去。

杜行半扶半背地把唐正搀出车库，扶入屋内。进了屋，正要把唐正往沙发上搀扶，唐正却抬手指着墙角的木楼梯，说要去楼上。

杜行只好又把唐正的胳膊搭到自己的肩膀上，双手抱着唐正的腰，一步步小心往楼上走。这唐正的个头差不多有一米九，又是个大胖子，将他搀到楼上，又扶他到架子床上躺下后，杜行已是累得气喘吁吁，满头大汗。

杜行又下楼去车里拿来了急救包上来，用剪刀剪开唐正的衬衣，先消毒再缝合，最后敷药包扎，杜行手忙脚乱地看着急救箱里的急救指南，忙乱了一个多小时，才算把唐正肩膀上的伤口包扎好。

再瞅瞅唐正，已是双目紧闭，鼾声微起。

杜行收拾起床边剪下来的血迹斑斑的衬衣，和消毒棉球裹成一团，下楼，扔到了院子的垃圾箱里。又在院子里的水龙头下洗手洗脸，复又返回楼上后，却听到唐正躺在架子床上喃喃自语。

杜行凑了过去，却听不清他在说什么。伸手摸了摸唐正的额头，滚烫异常，唐正不知什么时候开始发烧了。杜行打开急救箱，找出退烧药，撬开唐正的嘴巴喂了下去。

杜行又拿了毛巾跑到厨房，在冰箱里包了些冰块，正要上楼时，电话响了，是杜行的伯父。

他在电话里问杜行："今晚家里要在祠堂里开会，你来不来，你要来，就给你留着座位。"

杜行抬头望了望楼上，犹豫了一下，说现在有点事儿，怕是过不去。

电话那端沉默了一会儿，后又缓缓说道："现在就动身赶回家，迟到了没关系，只要你往家里赶。"

杜行没说话，他有点担心现在离开，唐正说不定会死。

杜行的伯父继续说："我知道你现在还在调查祖坟被挖的事，你父亲、你叔叔、你的哥哥和弟弟们都回来了，都不再追查此事，你还要坚持吗？那件事情背后没什么秘密……今晚，在祠堂里，当着列祖列宗的面，会选出一个当家人，来主持家里的事务。我不希望任何一个杜家的后人缺席，那不公平。所以，你若是告诉我你能动身赶来，大家会替你留下属于你的位置……大家说是不是……"

电话里，传来了堂兄弟们的呼喊声，大家都让杜行赶回来，还能听到杜行的父亲斥骂杜行的声音：

"如果你不回来，意味着你自己放弃了，放弃了这个能成为当家人的机会。我和你的叔伯、你的兄弟姐妹们等着你回答，来或是不来……若你现在不肯回来，那以后就再也别回来了，从此你不再姓杜……”

电话里又传来堂兄弟们让自己回去的声音，堂弟的声音甚至像是在央求自己回去。声音很清晰，显然电话打开免提了。

“我现在不能回去。”杜行答道。

电话又沉寂了，然后是电话断线的嘟嘟声。

杜行握着电话，望着窗外的天空，他不明白，祖坟被挖了可以置之不理，选当家人为什么还非要在祠堂里当着列祖列宗的面呢。不羞愧吗？

但杜行却明白当家人意味着什么。

杜行的族人世代仿制古玩。族谱上记着，杜行的祖上原先是皇宫里的御匠，被特赦出宫，在江南领了一座二进院的宅子。几十亩良田，佣丁丫鬟，耕牛家具，绢布细软，皆由江南官库置办。祖先娶妻纳妾，生了六个儿子，三个女儿。六个儿子皆习得祖上的技艺。吴三桂引清兵入关，攻破江南，六子去四，仅长子次子幸存于世，二子携家人避居乡野。次年，长子被清兵掳走，次子携家人辗转流落至河北邯郸，埋名隐姓，以仿制古玩为生。直到抗日战争的时候，杜行的爷爷领着家人和徒弟，迁移到了山西夏县。1949年后，杜行的爷爷又领着家人迁移到了河南安阳周边，即现在的住处。

族谱上记着，只要是杜家的人，就得听从当家人。

杜家的当家人跟别人家里的当家人不一样。杜家世代做的是仿制古玩的生意，仿制古玩肯定不是闲着没事干，仿制出来的古玩都会被卖出去，换得钱粮来养家糊口。既然卖的是仿制的古玩，那肯定就会有风险，有时候会被眼光刁钻毒辣的行家识破，遇上守古玩行规的收藏家，不会说什么，一笑了事。遇上专门买卖古玩以牟利的人，那就麻烦了，轻则被奚落斥骂羞辱一通，重则被暴打一顿。这算是好的，这是未交易前被识破的处境。若是仿制的古玩已经卖了出去，买家找人鉴定后发觉自己上当受骗了，便会想方设法找到卖家退钱，更有甚者，不仅会索要多于原来货款几倍的钱，还会变态似的折磨卖家，出掉心中的一口恶气。

大家都听说过这样的话：古玩这一行，考验的是收藏者的眼力，若不幸买到了假货，那不能怨天也不能怨地，只能怪自己的眼力不行，经验不足，花的钱就只能当作交学费了。这是行规。

若一个收藏者内心也认可这样的行规，那只能说明这个收藏者太天真，还没有迈入收藏的门槛。

这条行规本身就是贩卖古玩的商贩制定出来的规则。或者说，这个行规是最大的谎言，是被无数古玩商贩、艺术品经纪人、想转让自己藏品的收藏者们杜撰出来的行规。百分之九十九染指古玩的人，包括吃亏上当的收藏者，都想从这个谎言上得到利益。这条行规是个大家都不想戳破的肥皂泡。

既然是规则，那就肯定有不遵守规则的人，还有规则下的潜规则。

杜行见多了因为贩卖赝品被追得无处躲藏的人，除了返还给人家钱，还得额外付出利息、差旅费、专家鉴定费、精神损失费、信息费，等等。遇上心狠手辣的，还得剁几根手指头，挑断手筋脚筋……

有人因为买假古玩倾家荡产，同样，也有人因为卖假古玩而家破人亡。

按照族谱上记载，杜行家族最繁盛的时候，是在清朝康雍乾三代。旧时候买古玩的人，通常都是些朝廷大员、巨贾豪绅和一些文人墨客。问题是，卖出去的假古玩，辗转几道手后，不知道最终会到了谁的手上，摆进三希堂，摆在皇帝的书案上也不是不可能的事情。杜行家族最繁盛时期，有五十多人直接制造古玩赝品。家族里选出来的当家人，负责对外兜售这些古玩。若是被人识破，当家人负责处理危机，不论是赔礼道歉、赔钱，还是挨顿暴打乃至丧命，全部由当家人一人担当。为了不暴露，不连累族人，当家人经常背井离乡改名换姓地在外交易。杜行爷爷的爷爷，就是当家人，客死他乡，尸骨无还，他的坟是衣冠冢，里面放置了一口空棺椁。

但每个族人都希望能成为家族的当家人。为了保护家人而死，是最大的荣耀，是最无私的真情。

杜行知道，自己刚才说回不去，不仅意味着失去了保护家人的机会，还会被家人当作自私懦弱的胆小鬼，会被逐出家门。事实上，从现在起，自己已经被逐出了家门。

杜行将电话装回兜里，拿着毛巾，上了楼，把毛巾敷在唐正的额头上。

过了一会儿再摸摸唐正的额头，好像烧退了一点。杜行又撬开唐正的嘴巴，喂他喝了半杯水。

唐正睡着了。看上去好像不会有什么危险。

坐在架子床边，杜行怔怔看着唐正这个大胖子，杜行问自己，真的是因为担心这个胖子没人照顾会死去，自己才不回去的吗？

是，但不是全部。

自己想从这个胖子身上知道是谁盗挖了自家的祖坟。祖坟很寒酸，连钱丽声当着自己和堂兄弟们的面都敢这样直言不讳，可见是真的很寒酸，里面什么值钱的东西都没有。那么，挖开祖坟的人在找什么呢？此乃其一。

其二，杜行知道，其实是自己的内心对伯父杜承序有意见。不是因为他不让大家追究祖坟被挖这件事情，他这样做，想必自有他的道理，或是有难言之隐。而是因为自己对当家人的责任的看法跟他的不一样。

一年前，二年前，三年前，甚至杜行还是小孩子的时候，就跟杜承序说过，当家人不能靠隐藏家人的方法来保护家人，那不是重点，重点在于如何将古玩仿制的技术提高。如果制造出来的古玩没人能挑出毛病，没人说是赝品，那才算得上是真正的安全。杜行的伯父却说，听上去很美好，但没办法实现，像是乌托邦。赝品就是赝品，真品就是真品，就如同豆腐渣工程一样，即便能顺利通过质量验收，早晚还是会露馅的，几年后或十几年后，早晚会有麻烦。只要是赝品，就会有破绽。

杜行却深不以为然，祖上原为皇宫御匠，出宫后在家烧制宣德炉，所需配料与宫内宣德炉完全一样，一味不少，毫铜不增，铸造工艺也是完全一致。杜行的祖上原来就在宫里复烧宣德炉，只不过挪了个地方在家里烧制而已。烧制出来的宣德炉跟宫里宣德年间的宣德炉没什么区别。而后辈们，一代一代都谨遵祖训，或铜或瓷，皆循古方。那怎么会是假的呢？

古玩仿制和古玩鉴定不是矛和盾的关系，而是互为老师。想要让一件仿制出来的古玩不被鉴定出破绽，就一定要学习鉴定知识；而要鉴定一件古玩是不是后仿，则务必要了解仿制的技术。这个道理大家早就明白，每一个鉴定家都知道很多关于古玩仿制的技术，大学或是研究院里的文博专业，甚至有专门的课程教大家如何仿制文物。

杜行不去想这些不愉快的事情了，他站起来，环目四顾，打量着房间。

房间布置异常简洁，除几件日常家具外，屋子里没有陈设一件古玩。

绝大多数收藏者的家中都陈设有古玩，供自己和朋友们赏玩。还有一些收藏家的客厅或是客房里陈设的古玩虽然比较雅致或是少见，但经济价值和文物价值却不高，那是因为人家不露富，好东西都在书房或是别处安全的地方妥善保存着呢。像唐正这样经常跟古玩打交道，家里却一件古玩都没有陈设的人，在收藏界极其稀少，但不是绝对没有，比如杜行的家里，也是这样，一件古玩都没有。

况且，这座别墅看上去不像是经常有人住，像唐正这样的人，或者说大部分的有钱人，都有好几套住宅，若这里不是唐正经常住的别墅，也没人看管，那肯定不会在这里摆放古玩。

房间的装修像是清代风格，脚下是青色方砖，天花板是厚厚的木板铺就，窗户都是对开雕花窗。靠西的墙壁上却挂满了镜框，里面有照片，像是现在的照片展示墙。照片竖立排列，有长有短，坐在架子床边望去，像是墙壁上竖写了一首诗词，倒是与其屋内风格有点搭调。

杜行走过去看看，立刻愣住了。

一个小镜框里，有一张泛黄的老照片，照片是三个人的合影，三人身后是一座工厂的大门，门上写着“上海冶炼厂”五个大繁体字。三人中最左边穿着中山装的那个人，杜行认识，那是杜行的爷爷。另两个人，一位身穿长衫，双手叉腰，面目威严。另一位身穿西服，戴着鸭舌帽，容貌俊秀。

杜行家的祠堂里有杜行爷爷的照片，小时候犯错，会被罚在祠堂里长跪。杜行对他爷爷的容貌太熟悉了。因为祠堂里有十几个牌位，除了杜行的爷爷牌位上是照片，其余的都是画像。

唐正怎么会有自己爷爷的照片呢？另外两个人是谁？

杜行仔细辨认另外二人，看了半天，没有丝毫印象。

杜行又转头望望床上的唐正，闭着眼睡着呢。

唐正的房间里怎么会有自己爷爷的照片呢？并且还是在上海冶炼厂门前的合影。

这上海冶炼厂，在别人眼里可能觉得没什么，不就是一座工厂嘛。可在古玩圈里，上海冶炼厂可谓是赫赫有名。二十世纪五十年代至七十年代，文物管理人员和冶炼厂的工人们，陆陆续续在冶炼厂的废铜堆里挑拣出三万多件青铜器来，总重量超过了三十吨。其中不仅仅有大鼎、贤簋、太宰簋、梁其钟、三羊首乳钉雷纹瓿、凤纹牺觥、鄂叔簋、达莫父卣、龙耳尊等精美的青铜器，更有夏代的青铜器，诸如云纹鼎、束腰爵、管流爵、乳钉纹斝等，另有众多商代早期、中期的青铜器。

这些青铜器或藏于上海博物馆，或分藏于全国各地多家博物馆。这些都是有档案记载可以供收藏者查阅的。但是没有档案记录的青铜器更多。

上海冶炼厂建于1912年，当时是华东地区最大的冶炼厂。内陆省份直到1949年前后，都没有冶炼厂。所以，全国各地的废铜要想重新回炉冶炼，就要送到上海冶炼厂。直到重庆冶炼厂、昆明冶炼厂和沈阳冶炼厂先后建厂后，这种把全国各地的废铜运送到上海进行集中冶炼的情况才略有缓解。

若你问一个青铜器收藏者最想穿越回到历史上的哪一个时期和哪一个地方，你听到的回答肯定是解散前的上海冶炼厂。找到冶炼厂的保管员，用等量的废铜就能从冶炼厂里换出青铜器。

杜行揣测，他的爷爷去上海冶炼厂，肯定不是恰好路过，也不是观光旅游，十有八九是去冶炼厂找青铜器了。

再往旁边看，旁边几个镜框里的照片，都是杜行的爷爷与别人的合影，不同的是，照片旁有笔墨记录了合影时间和地点。

有一幅照片是杜行的爷爷跟一位身着军装的军官的合影，照片外的空白处有钢笔写道："民国"十二年九月三日，河南新郑，与靳云鹗。

靳云鹗？听上去很是熟悉，仔细思索，杜行顿时想起，这靳云鹗曾经是国民党陆军第十四师的师长，驻扎在河南郑州。

依常理，杜行脑子再好使，记忆力再好，也不可能去记住一个国民党军官。可杜行偏偏就记得，这是因为，1949年，古玩界和考古界发生过很多大事，这些事情在茶余饭后经常被古玩界和考古界的人提起。

说的就是靳云鹗的事。

当时，河南新郑县住着个退伍的军官，叫李锐，这个李锐在自家的院子旁边挖井，结果就挖出了青铜器来，第一天挖了四件，第二天又挖了十件。李锐从中挑了三件青铜鼎卖了。有的说卖了八百五十个银圆，有的说卖了八十五根金条，有的说卖了八百五十两黄金，反正就是卖了很多钱。事情传了出去，县政府听说了，就去李锐家跟他商议，说县政府想在你院子边挖出青铜器的地方进行挖掘。李锐就不答应了，说我的院子边，凭什么让你们挖掘呢，老子自己不会挖呀。李锐虽然是退伍的军官，可他以前的部下现在好几个都是军官，县政府掂量了一下，惹不起人家，他爱干吗干吗去吧，反正县政府该说的话都说到了，万一日后上边有人问起此事，县政府也有了说辞。这事儿就这么算了。

没过几天，驻扎在郑州的靳云鹗师长忽然来了，他一进县政府，身后的警卫连齐刷刷地在外列队站岗。县政府的人见靳云鹗绷着脸，不知出了啥事，吓得都不知道该说什么，低着头站在屋子里等着训话。却听靳云鹗吩咐警卫，去把李锐请来。不一会儿，警卫开车把李锐拉来了。靳云鹗就跟李锐讲，樽鼎簋彝乃国之重器，是中华文化所寄之型……文绉绉地说了一番大道理。李锐明白，这是奔着青铜器来的，只好点头答应。靳云鹗就派人跟李锐回家去取已经挖出来的青铜器。

李锐只是有点奇怪，跟着自己回家的几人中，除了身穿军服的警卫之外，还有一个身着中山装的男子，不知是什么来历。回到家后，李锐一狠心，将挖出来的东西一并交了上去，不是原来传闻的十四件，细细清点，共有八十多件，除去破碎的铜片和玉器，还有近三十余件完整的青铜器。

随后，靳云鹗又派人和县政府的官绅一起在李锐院边进行挖掘，现场主持挖掘的人便是那身穿中山服的清秀男子。几天后，总共在李锐家边发掘出近百件青铜器，破碎青铜片六七百片。

靳云鹗又找到几天前买走李锐三件青铜器的人，自掏腰包将三件青铜器原价赎回，和发掘出来的这批青铜器一起送到了位于开封的河南文物保存所。

杜行想起这事儿，再看看照片边写的合影日期，正是靳云鹗在河南新郑主持发掘李锐家边古墓的时候。

杜行心想，难道自己的爷爷也参与了发掘？还是凑巧路过又凑巧认识靳云鹗而合影留念？

再往旁边继续看，就见一组照片排成两列竖了下来，从屋顶一直排到地面。这组照片全部是杜行的爷爷在国外时的留影，身后的背景有美国、英国、法国、加拿大、瑞典、德国、日本等众多国家，身上的着装也换成了西服，头发一丝不乱地朝后分梳，手里拿着礼帽，面容依旧清秀，却没有一丝笑容，眉宇之间似乎多了一些愁痛。照片的日期从一九二四年开始，直至一九三五年。日期旁还写着出国的原因，细细辨看，竟然全部都是为了追讨流失国外的文物才出国。

众所周知，从清朝末期开始，就不断有外国人来中国买古玩，当时甚至出现了专门给外国人采办古玩的古玩铺。慢慢地，外国人不再满足于采办回来的古玩，而是亲自在全国各地跑，其中最臭名昭著的是加拿大人W.C.White，因其名字开头便是W.C.，故现在的古玩圈里直接称其为WC。此人原本在上海，后去了河南，在洛阳住了三年，回国后出了一本书，书里罗列的全部是其在洛阳盗挖的青铜器，共有五百件之多。直到他的书出版发行后大家才知道WC为何在洛阳一待就是三年。

当时，在洛阳，并不是只有这WC一个人在盗挖中国文物，据文档记载和诸多回忆录所载，最猖獗时，在同一时期内至少有十七个外国人组织的盗挖团伙在洛阳犯案。其中包括后来被古玩圈里称为“美元孙子”的日本人梅原宋治，英国人威廉姆斯，法国人王涅克。其中法国人王涅克是因为一九二四年在法国购买了瑞典人Qscar Karlbeck从中国盗挖得来的青铜器后，特意赶来组织盗挖，而英国人威廉姆斯则是经常在山西、河南往返奔波……此番惨剧甚多，不一一列数。

顺着照片再看，又见杜行的爷爷跟别人的合影，其中有的人杜行认识，有的人杜行不认识，这些照片旁边大都有毛笔字注明哪年哪月哪日与某某合影，其中既有一些政治家、军事家，也有郭宝钧这样的考古学家、金石家。

越往下看，杜行就越觉得两眼放光，嗓子眼发干，心怦怦乱跳。家里只有祠堂上有爷爷的一张照片，自己的父亲、伯父、叔叔们也都很少提起他，小时候杜行偶尔问及爷爷的事儿，往往都是三言两语地就草草带过，只说也是仿制古玩的，从来没有说过别的。这猛然间在别人的屋子里见到自己亲人的照片，本来心里就热乎乎的了，何况亲人还跟那么多大人物合影留念，一时间，杜行差点激动得哭出来。

好容易等心情平缓了一些，杜行又琢磨，从照片上推断，自己的爷爷一直在做着跟文物有关系的工作，并且肯定不是什么见不得光的事情，否则不会跟那么多大人物合影留念，也不会频繁出国追讨文物，极有可能是保护文物之类的工作，对，肯定是这样，绝对错不了。可为啥家里人很少提起他呢？不提也就罢了，可问题是，他的坟被人给盗挖糟蹋了，还不让追究，也不让声张，这也太对不起他老人家了吧。

说也奇怪，他的坟墓里究竟藏着什么呢？

杜行在墙壁前边看边想，时间久了，就觉得脖子有些酸软，便伸手来回揉了几下，扭了几扭。冷不丁地就瞅见架子床上的唐正好像醒了，转头细看过去，就见唐正睁着大眼，直直地盯着自己看。

"你醒了啊。"杜行边说边朝唐正走了过去。

"你怎么还没走？"唐正问道。

"你刚才昏迷不醒，后来又发烧……"杜行犹豫了一下，接着说道，"还说了一通胡话，我就留下来了，怕你出事。"杜行心想，我爷爷的坟被盗，很可能跟这个人有关系，反正不是他就是土地庙小和尚的人，眼下他躺在床上，我总得从他嘴里问出来点什么吧，电影里不都是这样演的嘛，发烧了就要说胡话，管他呢，一会儿我若是问起他什么来，只要他一起疑心，我就说是听了他刚才说的胡话。

唐正叹了口气说："我要是出了什么事，也是你放水淹的。"说着，抬起右手，将手里攥着的毛巾朝杜行扔了过来。

接住毛巾，杜行就觉手中湿漉漉的，毛巾里包裹着的冰块早就化了，再瞅瞅唐正，枕头上湿淋淋的一大片，想必刚才冰块化成水后顺着额头都流到了枕头上。

杜行急忙道歉，跑到床边打开衣橱一阵乱翻，找出一个荞麦皮枕头过来，扶起唐正，给他换了枕头。

杜行望一眼窗外，太阳西斜。就问唐正饿不饿，想吃什么。

唐正避而不答，却问杜行刚才在照片前看什么。

杜行就又说："不是说了嘛，刚才怕你出事，我不敢走，就留在屋子里守着你，闲着没事儿，就溜达到照片前看了看。"顿了顿，杜行问道："照片上是你祖父？"

唐正犹豫着还没开口，杜行就又问道："看年纪，倒像是你曾祖父。"杜行心想，我先占你点便宜再说，我祖父是你曾祖父，那我就是长你一辈，这样心理上比较有优势。

"不是，只是些旧照片。"唐正漠然答道。

"你也喜欢收集旧照片？那你可得注意了，现在有人专门PS了旧照片去古玩市场卖，像什么阮玲玉的写真照，希特勒接见黄金荣的照片……反正什么都有，随便拿一张出来就能引起轰动。"

"哦？旧照片也有假的？"唐正显得有些意外。

"当然有了，旧照片做起来可比假字画容易多了，只要PS的技术过关，洗印出来后的假照片，泛潮后再泛潮就差不多了，一张照片几百元，收藏者的戒心不是很大，很容易上当。"

"你也喜欢收藏老照片？"

"不，我不收藏老照片，我只是听朋友说起过。"杜行答道。杜行此言的确属实，照片作假确实是听一位朋友说起。当时还惊叹，连照片都有假的了。朋友却笑道，虽然一张照片几十元几百元，但禁不住全国各地都在卖，做假照片的利润比开个大影楼还好呢。

"那你喜欢收藏什么？"唐正问道。

"我刚喜欢上收藏没多久，没啥特别喜欢的，也没啥讨厌的，自己觉得好看就行。"杜行答道。

唐正沉默了片刻，缓缓说道："现在流通的古玩当中，假货比例最大的当属字画，其次是玉器，接下来是钱币，再接下来是家具、陶瓷，假青铜器的流通反而要排到陶瓷之后。你要是新手，务必要先将这些搞清楚。”

“我以前好像听说青铜器和瓷器是古玩中很容易仿制的类别，怎么反倒排得很靠后？难道假货排行榜也有潜规则？”杜行明知故问。

“假货制造和假货流通是两码事儿。假货为何造出来？不就是为了流通嘛。能不能如造假者所愿在市场里流通，那可就不是一厢情愿的事儿了。不错，青铜器最易仿制，你随便找个铸造厂请几个翻砂铸造工人来，丢给他们一张春秋战国鼎的图纸，几天后他们就能为你铸造出一个春秋战国鼎来，然后你再找个做旧的师傅给鼎披上一身锈，完了你就能提拉到古玩市场上去叫卖了。到了古玩市场你就会发现，市场上像这样的鼎到处都是，大小不等，工饰不一，风格迥异，依然有人买，价格二三百元至六七百元不等。大家知道这些鼎都是新货，满工的，工饰较为精细的，镶嵌的，错金银嵌宝石的价格会相应地多出一二百元来，若是那锈色抢眼的，价钱还会再多出一二百元。严格来说，这个价位的假货并不能算是在古玩市场里流通，大家买来充其量也就图一乐，没指望着能转手让出去，只是当作工艺品摆在家里而已。花几十万，几百万元买来的仿制战国鼎，还能轻易将之脱手增值，那才叫在古玩市场上流通，那是花了古玩的价格当作古玩买来的。这种青铜器往往铸造工艺极其精湛逼真，你在琉璃厂、潘家园里逛几年也见不到一个。

“书画的流通率最高，那是因为作伪的门槛高。你总不能找个画糖人的来替你作伪吧，也不能从美术学院随便招几个印象派或是作画风格飘忽不定的学生来作伪，更不能去中关村买台扫描复印一体机来作伪，至少要找一个或是多个有经验的专门描绘古画的技师来作伪。想画沈周的画？那就需要明代的纸墨，文徵明或傅翰等人的题跋，朱之赤、顾文彬或是清内府的藏章。看似一幅画，实则牵涉众多，无十足把握不敢轻易试墨，不作则已，若这画一旦作出来，那就保证能上拍，受众人强追热捧。至于地摊上几十元就能买来的茶叶水浸染过的所谓古画，你以后绕着走，别看，看了长针眼。

“玉器排名第二，那是因为鉴赏的门槛高。普通收藏者没有十年八年的鉴赏老玉经验，最好不要染指古玉。即便是玉器专家，也会经常打眼失手，概率远远高出其他的古玩类别。明清时期的玉件不说，高古玉件也不说，咱们说说新石器时期的玉件，良渚文化的礼天玉璧、礼地玉琮；红山文化的猪、龙、鸟、兽玉佩。很多人认为这个时期的玉件不仅令人着迷，还不易作伪，玉件上手后凭着感觉就能判定玉件表层的堆积物、钙皮、沁色是否自然。这种感觉是多年赏玩古玉积累下来的经验，而作伪者恰恰能源源不断地给你这种感觉。更别听人跟你讲什么砣工。还是那句话，经验就是陈世美，关键时候抛弃你。

“钱币排名第三，那是因为购入的价格低。满满几大坛子的窖藏古钱币倒出来堆在地上，锈结粘连在一起，需要用竹片将其剔下来，再用竹片针尖剔落钱币表面的锈层才能依稀看清钱币的年代和品种。剔出中意的钱币后你都不用拿给摊主看，直接给钱就行，在钱币堆旁蹲下来之前，摊主就告诉过你，不论年代，不论品种，所有钱币一律五元。什么叫捡漏，这就是最典型的捡漏心理，哪怕只剩下了一小撮乾隆时期的钱币，都想花五元钱剔出来个乾隆雕母钱呢。不就五元钱嘛，五十元也无所谓。至于高档点儿的三足布，铲布什么的，当然不会让你在小摊上这样剔，会把你请进店里，端来内衬着天鹅绒的橡木匣子，匣子里的钱币大都有令你放心的皮壳。即便是收藏价值很高的稀有钱币，跟别的古玩类别比较起来，价格也低得令人咋舌。”

唐正说着话，咳嗽了两声，侧过身来躺着继续说道：“接下来是古家具。作伪的古家具为何卖得多，那是因为大家认为家具有实用价值，摆在家里很有面子，比意大利真皮沙发要高档好多，家具的木料也值钱，只要认准了木料，即便是买到新货，赔也赔不了多少。还有一点，家具做旧在古玩做旧当中属于最容易的，家具表层的包浆和磨损相较而言最易形成，只要你每天有半个小时的耐心，持续花半年的工夫，你就能把一张从仿古家具厂里买来的梨花木圈椅打造出康熙时期的包浆和磨痕来，能不能卖到康熙时期圈椅的价格，那就要看你圈椅的做工了，反正包浆和磨损是肯定没问题，肯定到代。有人喜欢把邮票和古钱币归为一个档次，其实邮票和古家具才是一个档次的货色，什么原因你自己去琢磨吧。”

一口气说完这么多话，受伤后的唐正看上去一点都不累，反而比刚才有精神多了。

“你看我做什么？这都是收藏新手必须知道的知识，我都一一告诉了你，免得你走弯路花冤枉钱。这也算是我报答你出手相救。你回去吧，日后再见之时，咱们喝两盅。”唐正看着杜行说道。

杜行心想，这就要赶我走？好不容易才黏上你，岂能让你几句话就把我给撵走，我走了我去哪里打听我爷爷的事儿。

杜行就笑了，边笑边摇头。

“你笑什么？”唐正问道。

杜行笑道：“你这么大个的人，胖乎乎的，还开好车，住别墅，就这点出息？我不救你，你也得进牢里待着吧，什么肩膀被玻璃给划破了，骗谁呢，即便是被玻璃划破了，你还拿刀绑架我呢，早知道你是这样一个人，当时我抢了你的刀的时候就该捅你几个大明窟窿，我这好歹也算是救了你一命，你就这样打发我？跟个老师似的板着脸背一段话，然后就让我走啊？敢情我还得反过来领你的情是不？”

唐正就愣了一下，说道：“你，你想要什么？”话音有点结巴。

“你看着办吧，有什么拿得出手的宝贝，随便给几件。”杜行环望屋子一圈，心想这里啥都没有，先挤对着他拖延一下再说吧，等一会儿看情况想办法套问他祖坟被盗的事儿。

唐正松了口气，缓缓说道：“我车里有两个小鼎，素面的，没工，你也看到了，值不了几个钱，车后排还有一个明隆庆瓷盘，可惜是个假的。你看我屋子里，什么都没有，给不了你什么，要不你把院子里的车开走吧。”

杜行心想，这唐正倒也实在，那隆庆瓷盘连几个专家都分辨不出来，他反倒跟自己说实话。心里是这样想，嘴里却跟唐正说道：“你当我傻呀，我开你的车走，走没多远你报警抓我呀？那俩小鼎难看死了，不要。”

唐正愣愣地看着杜行，看了足足有几分钟后，才转过头去，看着挂满照片的墙壁，想了一会儿后，右手在身上一阵摸索，从后裤兜里掏出来一枚小东西，看上去跟汽车上的遥控器差不多，只是稍微大了一点点。

“衣橱里的衬衣下有个盒子，里面是袖扣，你帮我拿过来。”唐正说道。

打开衣橱，撩开一排衬衣，拿着皮质盒子过来递给了唐正，又扶着唐正的肩膀让他半坐起来。

唐正把盒子放在胸口上，打开，里面有几枚看上去一模一样的金属袖扣，从中拿了一枚出来，将袖扣拆开插进那个看上去像是遥控器的东西里。然后摁了几下。

架子床缓缓动了起来，徐徐移开，空出来的砖面墙壁轻轻响了一声，慢慢向外伸出来一个跟架子床差不多大的玻璃柜子，上面还有液晶显示屏，显示着柜子里的温度、湿度。

柜子里的灯缓缓亮了起来，现在能看得更清楚，里面摆满了青铜器。

“这是我收藏的青铜器，你看中哪件，就拿去好了。你是我的救命恩人，我想你应该不会跟我客气。”

杜行连连点头，答应了一声，打开柜门，边蹲下来打量着里面的青铜器，边问了一声：“才一件？多拿几件行不行？”

唐正不语。

杜行扫了一眼，见柜子里放着十几件青铜器，除了一件青铜爵外，其余的青铜器个头都不是很大，却也不算小。除了那件青铜爵外，其余的青铜器从商代一直到汉代，几乎每个朝代都有几件。器型都精致考究，汉代的和战国时期的青铜鼎、青铜方壶，通体错金错银，华丽富贵；周代的和商代的青铜器，则端庄沉稳，静谧严肃。

只需扫一眼，杜行就能断定，这些青铜器全部都是真的。

坊间通传，鉴定一件青铜器，先看外形，再看纹饰、铭文、范线、垫片，由此可见，青铜器的外形极为重要。而在杜行的眼里，则恰恰相反，杜行认为，若是鉴定一件青铜器，外形是应该放在最后才去考虑的。

现在青铜器仿制的技术越来越高明，越来越专业，铸造每一件青铜器，都需要事先参考青铜器真品去绘制图纸，甚至直接电脑扫描，修整后再制范，浇铸出来的青铜器，不论是整体造型还是细小的纹路、范线都跟真的完全一致。大家如果指着一件青铜器说它造型呆板、无神、做作等，那可能是你花了几百元几千元买的。若花了几十万上百万得到了一件假青铜器，至少不会有外形上的破绽。有时候，说外形呆板，往往是在其他地方发现了疑点和破绽，确认是赝品之后，返回来再看外形，怎么看怎么别扭，这完全就是心理作用了。

鉴定一件青铜器要先看外形，这是很久以前的鉴定经验。以前，绝大多数的古玩仿制出来，就是一锤子买卖，蒙一个算一个。再也不能用以前的鉴定经验来鉴定现在的赝品。

杜行知道第一眼要看什么，要看锈！并且杜行不止一次地提醒过朋友。

青铜器仿制，难点在于铜锈和青铜器的重量。而青铜器的鉴定，也集中在这两点。造型、纹饰、铭文、范线这些对于专业仿制青铜器的人来说，根本不值得一提。

如果不像杜行一样家里世代以仿制古玩为业，那就应该把自己的注意力都集中起来，去判断青铜器表面的铜锈和青铜器应该体现出来的质量。这里的表面并不是单指青铜器的外表，而是指青铜器裸露在空气里的表皮，包括青铜器的内壁。这里的质量也不单单是重量，还包括青铜的质地、颜色和光泽。

杜行只是扫了一眼，就能知道这些青铜器全部都是真的。

铜锈有很多种，颜色、硬度、细密度各异，但绝大部分的铜锈都会给人一种很结实的感觉，让人觉得铜锈是从青铜器内长出来的，而不是简单地包裹在青铜器的体表。

青铜器上的铜锈大都是不干净的，用放大镜细看，就会看到铜锈里的尘土、木屑、褐黑色或是深棕红色的腐败物，以及其他杂质。这指的是表锈。

杜行所看到的这些青铜器，表锈都没处理过。

几乎没有人会把没有处理过表锈的青铜器摆在家里。

杜行看着青铜器，笑着说道：“我看这些都不像是真的。”

唐正不语，不怒，也不笑。

杜行伸手，从柜子里拿出那件最小的青铜爵，翻来覆去地看着，边看边说：“这个我去年买过一个，三百元。”

杜行手里拿着的那件青铜爵，是夏代的束腰爵。杜行早就想找一个这样的束腰爵。古玩有很多都是有钱没地方买的。就像这件束腰爵，上海博物馆里有一个类似的，河南出土过几个不一样的，法国的一家博物馆里也有一个差不多的，但全都没这件青铜爵好。不论是品相、锈色、做工，还是艺术形态，这件青铜爵要比那几件高出不止两个档次。看上去就像是一片大树叶飘落在一个小树根上，三须树根钻拧出地表，执着地支撑着已经快要干枯，被牛羊啃得只剩下一点点的树干。树叶遮挡在树根上，被辣辣的阳光晒得边缘卷翘了起来，叶柄垂了下来，垂在树根上。

夏代的青铜器，不论是对青铜器仿制还是鉴定，都是个例外。夏代的青铜器呈两极化，一种特别笨拙、原始。比如收藏在上海博物馆的夏代青铜斝，腹部鼓鼓的，但却只有一圈，三个支撑着腹部的中空足却很高。这只是为了具有单一的使用功能而制造出来的青铜器。斝上的两个柱，并不是为了装饰，而是为了挂住要悬在斝口的东西。

与此相反，夏代的另一种青铜器，则异常得飘逸空灵，造型抽象，线条流畅，体现出极高的艺术水准。就像杜行手里现在拿着的这件束腰爵，则完全超出了大家对青铜器的理解，甚至不能再直接称其为青铜器，改称为青铜艺术品更为贴切。夏代的青铜器，不像后来的青铜器那样有条条框框的规范，这使得工匠在制作的时候有很大的自由发挥空间。同时，也能把工匠们的天赋体现得淋漓尽致。小时候，杜行的长辈们也逼着杜行和他的堂兄弟姐妹们学画画，学书法，甚至学钢琴，学唱歌，但杜行的长辈们的出发点不是让他们学必有所成，而是观察发现他们有哪方面的天赋，但凡跟艺术沾边的东西，天赋是至关重要的。否则，溺死在汗水里都看不到出路。

而这两种风格对立的夏代青铜器，体现出来的价值也是两极化。像那种青铜斝，价格往往都不高，几千元几万元就能买到，而这种束腰爵，杜行准备了几百万元，花了好几年的时间，都没能买到一件。

现在东西就拿在手里，要说放回柜子里，杜行心里可真舍不得，可又怕唐正看出自己的心思，只能嘴里胡乱地说点什么。

唐正瞅着杜行，上上下下打量了杜行几遍，转头看看窗外，又抬手看了看手表，低头想了几分钟后开口说道："不好意思，我这是献丑了，让你笑话了。既然你看不进眼去，那咱们不如先吃饭，吃完饭后我带你去个地方，宝贝任你挑。"说完，唐正伸手比画了一下，示意杜行把手里的束腰爵放回柜子里。

杜行笑了笑，摇着头将束腰爵摆回了柜子里。

唐正又摁了两下遥控器，玻璃柜缩回墙壁内，架子床又缓缓移动回墙壁旁。

唐正右手撑着床，坐了起来说："走，咱们去吃饭。"

“去吃饭？出去？”杜行有些惊讶。

唐正点了点头，下了床，走到衣柜前，拿出衣服来换上，又从衣柜里抽出一条丝质领带，递给杜行，让杜行帮忙打了个结后接过来挂在自己脖子上吊着胳膊，又走到书桌前，打开抽屉拿出本书来垫在了胳膊下，走到门口拉开门，朝杜行说：“走呀，吃饭去，愣着做什么呢？”

“不就吃顿饭嘛，你别这样玩命行不，你想吃什么我给你去买。”

唐正径直走出门外，一句话传了进来：“你要不想去就自己走吧。”

杜行无奈，只得追出房间，下楼跟着唐正来到院子里。唐正打开车库门，进去后看见自己留在车里的血渍，伸手轻拍车顶，喃喃自语道：“怎么把这茬儿给忘了。”

出了车库，唐正说：“咱们得打车去吃饭，这车里满是血，万一被警察拦下就麻烦了。不行，打车不方便，你回屋里等一会儿，我借一台车。”

返回屋内，唐正打了个电话，等了不到半个小时，有人开车来了。

车载着杜行和唐正离开了别墅，按着唐正指引的方向行驶。

第八章　重返土地庙

走着走着，杜行就感觉有点不对劲，昨天走过这条路，这条路通往市郊的高尔夫球场。杜行暗自猜测，难道现在是去庙会？难道身边的这个唐正也是庙会的人？

“前面路口，朝右拐。”唐正缓缓说道。

果然是去庙会。

杜行不像刚才那样心慌惊讶了，这唐正若真的是庙会的人，那反而更好，再也不用猜测是谁盗挖了祖坟，肯定是庙会。

顺着小路前行，车开到了高尔夫球场的侧门，栅栏门还像昨晚那样紧闭着，保安走到车前，请车里的人出示宴会邀请卡。

唐正摆了摆手说，没邀请卡，你去跟朱子固通报一声，就说文保会的人来了。

保安顿时惊讶，探头打量着车内二人，又望了望空空的车后排，转身快步走进了铁栅栏门旁边的小屋子里，打了个电话，走出来对其他几个保安耳语几句后，走过来跟唐正说，请稍等。

不大一会儿，一辆电瓶车从草地上朝这边驶了过来，铁栅栏徐徐打开，电瓶车开过来，停在门内的草地上，车上下来一人，朝这边走来。

杜行见唐正推门下了车，也跟着下了车，顺着灯光往前看，就见走过来的是朱子固。

朱子固走近二人，惊讶地望了望杜行，又转头看着唐正和他吊着的那条胳膊，开口问道："您是文保会的人？"

唐正微笑，点头。

朱子固朝唐正伸出手来说道："我叫朱子固。"

唐正却晃了晃吊着的胳膊，说："胳膊破了，不能握手。"

朱子固笑了笑，缩回手去，顺手做了个请的手势说："请。"

说着，朱子固转身朝里面走去，站在电瓶车前，看着唐正和杜行上了电瓶车后，才坐到前边，开着电瓶车朝里面走去。

快到灯火通明的小楼前时，朱子固停下车，转头过来跟杜行说："杜先生，请您先到楼里用餐，恕在下现在不能陪您。"

杜行看看旁边的唐正，见唐正微笑着冲自己点了点头，说："你去那边逛逛吧，等一会儿我去找你。"杜行只好下车，目送朱子固和唐正朝黑暗中驶去后，转身走向前边的小楼。

杜行暗自感慨，昨晚，也是在这座小楼里，自己拿给梁克己的青铜觥莫名其妙地变了个模样，而那个梅雪茗，现在还好吗？管她好不好呢，她绝对是庙会的人。

小楼前的草地上聚着很多人，他们端着酒杯谈笑风生。许多在电影电视里才能看到的人，在这里谈论着股市、楼市、投资、娱乐八卦……他们也许根本不在意这里是不是庙会，他们只在乎是不是这个圈子。

杜行的心也像楼外的人群一样拥挤杂乱，这唐正究竟是什么人，难道真如他所言是文保会的人？不可能呀，自己亲眼所见这家伙在山野里盗墓，还杀人，文保会怎么可能会有唐正这种动不动就拔刀子的人呢。

小楼门口侧边，一伙人正在搭建一个低矮的木台，打算往上安放灯光音箱。

进了楼，昨晚大厅里摆着的二三十张大圆桌不见了，变成一个个玻璃展柜，或连成一排，或独立放置。比起外面，楼内的人更多，却异常安静，楼内的人几乎都在聚精会神地欣赏或是琢磨着陈设的藏品。当然，这些人中也有很多熟悉的面孔。

一楼的大厅里陈设的全部都是木雕、石刻、漆器、杂件。像超市，被分割成一片片小区域，每个区域集中摆设着同一类的古玩。入口处立放着个精致的镜框，里面有一幅写意画，画的是每层楼的古玩类别。看一眼就能明白，第二层摆设的全部都是玉器，第三层是瓷器，第四层是字画，第五层是青铜器。

杜行直接来到五楼，一件件浑厚凝重的青铜器被分成了食器、酒器、乐器、兵器和杂器五个展区，展品的数量虽多，却一点也不乱，展区内近百人被分成诸多涓细人流潺潺绕行在各个小展区之中，一点儿都不拥挤。

初入门的收藏者，往往会忽略青铜器的分类。青铜器的分类有时候可以作为青铜器鉴定的辅助手段，但更多的时候是确定青铜器价值的重要因素。

比如一件青铜鼎。青铜鼎属于食器。食器是青铜器中的一个大类，如若细分，食器又能分出烹煮器和盛食器。烹煮器包括鼎、鬲、甗三大类。其中，鼎又能被细分为柱足鼎、扁足鼎、尖足鼎、兽蹄足鼎和四足鼎五大类。足是官方叫法，坊间很多人形象地称为腿。通常，在鼎的大小、纹饰、年代完全相同的情况下，四条腿的比三条腿的价值要高，扁足的比柱足的价值高。除四足鼎是长方形，四条腿儿外，其余四种均为三条腿儿，圆形。不管鼎有几条腿儿，耳全部都是两个，直立向上的叫立耳，立耳长在鼎的口沿上。朝外撇出去的叫附耳，附耳从鼎的肩膀上长出来。没耳的那就不能叫鼎，只有罕见的变异鼎没有耳，改用青铜塑件代替耳，这种变异鼎是受歧视的，坊间一直不把这种没耳的变异鼎当鼎看。这点跟青铜鬲不同，鬲也属于食器中的烹煮器，有的鬲无耳，有的鬲有耳。一般来说，商代早期和中期铸造的鬲有双耳，商代晚期至西周中期铸造的鬲无耳，西周晚期以后复又有了双耳。

体现青铜器价值的分类只有两种，一种是祭祀类，一种是生活类。生活类青铜器，就是贵族们平日用的青铜器，这类青铜器的价值要低于祭祀类青铜器很多。或者说，收藏者可以完全无视这类青铜器，干脆别买，或者买了以后直接捐献给博物馆。几乎所有的生活类青铜器都不具备收藏价值，那只是文物。

五楼陈设的青铜器，全部都是祭祀类青铜器。跟在人群中走了没多远，看了几件青铜器之后，杜行就走不动了，停下来，贴在青铜器外面的玻璃框上仔细看，又往后退了几步，离青铜器七八米的距离，来回端详。这些青铜器怎么看都不像是真的，但也看不出假在哪里。

面前的青铜鼎展区，摆放着三十多只鼎，最大的高达一米左右，若算上鼎耳的高度，怕是有一米三四的模样。最小的鼎却只有半尺高。

这三十多件鼎全都被玻璃框罩着，不能用手提起来去感觉青铜器的重量，纹饰上看不出什么疑问，但是鼎上的锈看着却像是做出来的。

杜行有个习惯，每当把仿制的青铜器从地底下挖出来，剥离掉表锈，露出下面晶体锈的时候，会离开青铜器七八米的距离，在远处审视青铜器上的锈。绝大部分青铜器上的铜锈都不是均匀地呈现在青铜器表面的，而是不规则分布。历经数千年自然形成的铜锈，锈斑与锈斑之间的过渡很自然。这点很重要。这是长久以来仿制青铜器一直迫切需要解决的问题。离远点看，用酸碱盐或是其他药膏发出来的锈，锈斑很生硬，能看得出来当初敷抹酸碱盐的时候是这里一片那里一片地敷抹在铜器上的；要不就是很匀称，通体像是在漆里泡过似的。而用真正的铜锈末粘贴到铜器表面的这种做锈方法，看上去会没有层次感。不管哪种做锈方法，仿制者都会再加工几遍，或剔除掉表锈包裹一层包浆，比如去掉表锈后再去掉一部分晶体锈，然后打蜡上油，这些都是为了增加锈斑与锈斑之间的自然过渡感和层次感。

通常情况下，刻意保留表锈并强调表锈上的木土杂屑的做法早就被淘汰了。这种青铜器只能是在做局下套或是买家贪便宜的时候才能出得了手。杜行家族做出来的表锈却是个例外，杜行他们家挂表锈要做两次，甚至好几次，青铜器上的晶体锈加工过后，别人都是拿去卖了，杜行家的还要埋到地下再做表锈，只是为了以后剥离去表锈后能呈现出真锈一样的自然感。而刻意强调表锈的那种仿制青铜器，剥离掉表锈后立刻就露馅了。

杜行看着眼前的这些青铜器，总觉得有些怪怪的，可又说不上来具体哪里不对劲儿，心想，可能是自己被唐正、小和尚，甚至朱子固，被庙会，被梅雪茗这些人搅得心神不宁，瞅着谁都觉得像是盗挖自家祖坟的人，连带着看青铜器也犯了疑心。

杜行顺着展示柜逛了一圈，又一细想，这满屋子的青铜器，至少也有几百件，都看着怪怪的，总不至于都是假的，可能真的是自己的情绪不稳。

下了五楼，杜行来到四楼。满屋子悬挂着书法、古画。杜行虽然打小就学书法、国画，但他明白，自己那点功力，别说鉴定书画，就连欣赏都够呛。走马观花地乱逛让杜行心里越来越烦躁，走到拐角处杜行索性停了下来，靠近打开的窗户，抱着双臂仰头佯装看画，心里却想起了他的伯父。

他的伯父常说，书画跟围棋差不多，易学难精。中国的书画跟欧美的油画不一样，中国重写意，欧美重写实，两种风格体现出来的思想境界是不一样的，是有高低之分的。油画中的抽象派得益于中国画。杜行正沉浸在回忆中时，忽然听到身后传来说话声："这幅画有意思……"转过身来一看，梅雪茗站在自己身后，双眼看着前面的一幅画，杜行顺着梅雪茗的目光看过去，就见墙壁上挂着三幅古画，当看清其中一幅是唐伯虎所作的画时，不由得有些尴尬。

唐伯虎可谓是个家喻户晓的人物，他与文徵明、仇英和沈周并称为吴门四家或明四家，又跟祝允明、文徵明和徐祯卿合称为江南四才子。大众对唐伯虎的印象可能是源自唐伯虎点秋香这个脍炙人口的故事。故事虽然是杜撰的，但唐伯虎是位风流才子却是真的。唐伯虎的山水画，画法沉郁，风骨奇峭，写意皆佳；他的花鸟画多用水墨，用笔秀润，生趣传神。唐伯虎最擅长的则是人物工笔画，其风格线条清秀，设色清雅，落笔精妙，用意深远。但唐伯虎的人物工笔画也是现代的画家、艺术家和收藏家最忌讳在公众场合提及的，因为唐伯虎一生中，画了大量的春宫图，这春宫图也算是人物工笔画。

面前的这幅画中绘有一对男女衣衫半褪，袒胸裸臂，耳鬓厮磨缠绕作一团。这是唐伯虎所绘的《花阵奇戏》中的一幅地地道道的春宫图。驻足画前欣赏几眼点评一番没什么，可杜行在这画前足足站了将近半个小时，还装作一本正经地欣赏古画的样子。冷不丁地过来一个大姑娘指着墙壁上的春宫图跟杜行搭讪，搁谁都免不了有点尴尬。

“唐伯虎活了54岁，青年时期家道衰落，贫困潦倒，靠卖画糊口。他所绘的春宫图都是为了换些柴米钱。这人率性朴素，豪放不羁，才华横溢，是个好人。为了填饱肚子，别说是画春宫图，就是偷盗抢劫，佛祖都会原谅他。”梅雪茗说道。

杜行点了点头，讪讪答应了两声。

“唐伯虎画笔下的女人都有三白，额头一点白，鼻尖一点白，下巴一点白，并且所绘的女人大都妩媚妖冶，说这是鉴定唐伯虎人物画的一个特点，这些都是坊间讹传，不可断取，不可全信。唐伯虎的人物工笔画中，有这三白特点的画所占比例极少，不能因为这三白而否定他的其他画作。在中国书画史上……不，在世界书画史上，明朝是个极其混乱的时期！明朝早期有承袭南宋马夏风格的院派和浙派，中期有以吴门四家为代表的吴门派，晚期则有以董其昌为代表的松江派，松江派又繁衍出了诸多支派。

还有以曾鲸为代表的波臣派等其他派别。说明朝混乱，不是说明代的画派繁多，那不叫混乱，那叫争奇斗艳，百家齐放，那是好事。混乱说的是明朝的书画作伪造假现象极为严重。有改款的，添款的，添印章的，临摹的，凭空臆造的，等等，作伪的手段数不胜数。明代作伪画，不只是仿造唐、宋、元时期的名家画作，还堂而皇之地仿制明朝当代的名家画作，刚才提到的那些明代大画家在明朝的时候就有大量的伪品、仿品充斥流通于市了。明代的绘画作伪已经形成一股风气席卷全国，甚至波及邻国，其中尤以日本和朝鲜为重。明代的伪画已形成一个规模庞大的产业了，在这种环境的影响下，甚至各派的名家也相互摹画……”

梅雪茗伸手指向墙壁上的画，边比画边说道：“比如这幅唐伯虎的画，细看，就能看出用笔多处都有宋代至明初的宫廷院体画的风格，有人说这是唐伯虎吸取了院体的长处，也有人说唐伯虎潦倒贫困时经常冒充宋人画些匿款或是伪款的宋代院体画和文人画出售。当时的名家还有一个毛病，就是代笔。有人求画，名家让自己的学生或是好友代笔，最后落自己的款就行了。比如现今流传的董其昌的画作中，就有许多是代笔。董其昌官至礼部尚书，太子太保，又是当时数一数二的艺术家，各方各流纷纷登门求画，拿了人家的巨额润笔费后，董其昌往往找自己的学生或朋友代笔，敷衍打发地位相较低的求画之人。董其昌的人品和唐伯虎相比，天壤之别……”

梅雪茗环顾挂满屋子的书画一圈，接着说道：“明代的书画就是……就是一根搅……棍子，好端端的书画收藏市场硬生生地给搅臭了。我现在只要是看到一幅明代或是明代以前的字画，首先要考虑这幅字画是不是明代的赝品。越是名家的字画，就要越发地小心，不是名家的字画，那也要小心。总之只要看到明代或是明代以前的古画，一定要冷静下来仔细思量，否则……唐宋两代也有作伪画的，其中以宋代为盛。但是相较明代而言，宋代的字画不论是真迹还是赝品，都不容易妥善保存并流传下来。宋代擅长的是伪造仿制青铜器。清代和民国时期的字画倒是容易流传下来，但是比起明代的造假规模来，差了好大一截，况且清代和民国的字画跟明代比起来，绘画风格、功底和意境都退步了好多。现代的伪画自然没必要谈什么流传了，今天绘的画，做旧加工后明天就敢去卖。明代是个很特殊的年代，字画的造假规模空前绝后，又能很方便地保存流传至今。这样说吧，现在流通的中国古字画中，有将近三成的数量都是明代的伪画……”

杜行听着梅雪茗的话，就觉得她说宋代擅长仿制青铜器有些不对，宋代流行仿制青铜器不假，但跟明代比起来，可就差远了。况且宋代仿制青铜器，至少有半数以上是文人墨客督匠铸造，就图个风雅。明代仿制出来的青铜器，八成以上是为了卖钱。杜行也没开口反驳，只是听着。

“刚才朱子固打开了房门放我出来，还给我赔礼道歉，说是你把文保会的人请来了。我就知道，你也是文保会的人。”梅雪茗笑着看杜行。

“我不是。”杜行摇头说道。

“你不是？”梅雪茗笑道，“你还不承认。”

“我真不是，你误会了。”

梅雪茗挑眉，看着杜行的双眼，直看得杜行的眼睛左右躲闪后，才咯咯娇笑着说：“陪我逛逛。”

杜行跟着梅雪茗逛完了四楼，来到三楼，停在了两件瓷器前边。

一件是定窑碗，白釉晶莹润泽，碗外腹有莲花纹，有泪痕。另一件是油滴碗，深腹浅足，黑釉，釉中散布着闪着光泽的小圆点。两只碗一黑一白。

“你觉得哪件好？”梅雪茗问道。

“当然是这件定窑碗好。”

“为什么？”

“你看这定窑碗，在灯光下，晶莹剔透，透光感跟毛玻璃差不多，这是薄胎的定窑碗，并且是芒口毛足，碗腹上的莲花瓣是刻花，不是划花或印花。再看这件油滴碗，黑釉中的鹧鸪斑分布较为均匀，斑点小而密，斑外有光晕，在灯光下，从不同角度去看，光晕的颜色也不一样。两件都是宋代的东西。我选定窑碗。市面流通的定窑瓷器很多，价值悬殊，而这件定窑碗的胎、釉、花、形，在定窑里绝对算得上是上品，并且釉色极其纯净，不泛黄，不闪青，是千里挑一的珍品。”

梅雪茗听后，从手袋里拿出一张黑色的卡片，从玻璃框的缝隙里塞了进去，卡片掉在了油滴碗的旁边。那是庙会的邀请卡。

“我选油滴碗。”梅雪茗说道。

“为什么？”杜行不解。这油滴碗虽然色彩幻艳，斑点均匀，但跟这件几乎达到定窑顶尖工艺的定窑碗来比，要逊色好多。别的不说，这油滴碗若是上拍卖会，也就是二百多万元的模样，而这件定窑碗根本就不会让你上拍。

梅雪茗合上手袋，紧紧攥在手里，缓缓说道：“你忽略了一件事儿，这件定窑碗上有泪痕。”

“有泪痕正常呀。这是定窑的特点，别的窑口都没有这种流釉导致的泪痕。”

“我不喜欢泪痕。女人不喜欢流泪。”梅雪茗望着杜行说。

杜行登时语塞。

“你还不知道吧，定窑已经被女性收藏者封杀了，花钱买件挂着泪痕的瓷器摆回家，不是个好兆头，离终日以泪洗面，扎写着小三名字的纸人的日子就不远了。”

“一派胡言……迷信！”

“你信也好，不信也罢，反正女人不喜欢流泪。再说，这里的瓷器那么多，我有很多种选择，为啥偏要去买一件流泪的东西自找不自在呢。宋朝五大窑口，除了定窑，还有汝窑，官窑，钧窑，哥窑供我选择……”

“哥窑上满是裂纹，按你这样说，也不是好兆头。”杜行驳道。

“那不叫裂纹，叫网纹。裂是什么？裂是分开了，但你看看哥窑上的纹路，每一条线都跟其他的线结在一起，就没有一条脱扣的。看上去哥窑的瓷器就像被一张网牢牢缚绑紧了。哥窑上的纹不叫裂纹，叫网纹。这是好兆头，买回家能网住你想得到的东西。”

杜行本想说这简直是不可理喻，可又转念一想，古玩收藏虽然不像梅雪茗说的这样玄乎，但确实是有很多的禁忌。什么东西不能摆在家里，什么东西不能买，什么东西买了就不能卖，这些都是很有讲究的。

梅雪茗笑了笑，指着玻璃框里的黑色邀请卡说道：“忘记跟你说了，这里有个规矩，你看中哪件古玩了，就可以把你的邀请卡放在古玩旁边，古玩后面有价格。”梅雪茗边说，边走到玻璃框旁边，指着旁边的一个卡片说：“你看，宋代建窑鹧鸪斑碗，150万元。这里的古玩都是明码标价，不像古玩店那样可以讨价还价，也不会像拍卖会那样可以互相竞价，在你之前，只要是有人已经在古玩旁边摆上庙会的邀请卡了，那就意味着别人已经先你一步得到这件古玩了，你就不能再摆邀请卡了。”

杜行拍了拍口袋说道：“我倒是想往里面放邀请卡，可我还得有才行呢。”

梅雪茗拍了下手，抿嘴笑道：“忘记了，否则可以把我的给你……这里的古玩是保真的，价格牌上写的是宋代，那这件古玩就肯定是宋代。如果你……不，我花150万元买了这件油滴碗，但是不付款，至少现在不付款，等我拿了这个碗回去找专家鉴定，若专家说这个碗有疑问，并且指出了疑点，说这碗不是真的，那庙会不仅不要我欠着的这150万元，还会倒给我150万元。若专家们都说是真的，没疑问了，我才付款。就这么直接，这么强悍，先货后款。”

杜行惊得目瞪口呆，由古至今，任何人，都不敢这样承诺，哪怕是皇帝，都没有这般豪迈的口气。康熙、雍正、乾隆三个皇帝，皆好收藏，斥重金在全国各地搜罗古玩，把赝品卖给皇帝，那是欺君之罪，轻则杀头，重则还会株连九族。但在巨大的利益面前，三位皇帝还是买到了数量不少的赝品。北京和台北的两处故宫博物院，其基础都是承袭于清代皇家收藏。至于国外的一些著名博物馆，文物来源则异常杂乱，更不能保证其馆内藏品百分之百为真品。而这个庙会不仅承诺古玩为真品，居然还可以先货后款，假一赔一。简直就是骇人听闻。

“这么多的古玩，都从哪里来的？”杜行问。

“昨晚你没看见吗？一个个地方被拍卖出去，那些地方挖出来的古玩，中标者可以自己收藏，也可以拿到这里来卖。但是买卖双方都需要额外付出成交金额的百分之五作为庙会的开支。”

“那还是跟拍卖会差不多，也是赚抽水钱的，只不过少了点。”

“不一样哦，买卖双方额外付出的百分之五，不是庙会私吞了，是正常的开销费用，包括请专家鉴定团的费用，另外，还会返还给来参加庙会的收藏者。每晚的庙会有件庙会之星，这件庙会之星不见得最有经济价值，但肯定最令人兴奋，最出人意料。这件庙会之星不会事先公布，直至庙会临近结束时，才会公布于众，若是庙会之星前面放着某个人的请柬，那么大家恭喜他吧，他可以选择由庙会替他买单，也可以选择放弃庙会之星，得到与庙会之星等值的支票或现金。这太吸引人了……”

“我跟你一样，也很喜欢庙会的做法。”杜行插了一句。杜行心里就不明白，面前这个姑娘怎么这么善变，昨晚还气急败坏地要找庙会算账，还说自己是文保会的人，跟庙会势不两立，怎么现在却又对庙会大加赞赏。

梅雪茗眨了眨眼，接着说道：“我们虽然跟庙会水火不容，但庙会的这种做法还是值得称赞的，很实在，庙会是真小人……”

话没说完，就听楼外的草坪上传来一阵鼓点声，走到窗户旁探头朝外望去，就见刚才搭建好的木台上有乐队在敲鼓，曲子是何训田的《尘鼓》。

“要开始了，走，咱们下去。”梅雪茗冲杜行挥挥手，朝楼下走去。

跟着梅雪茗下了楼，楼外已黑压压地聚集了很多人。站在人群外，几张大射灯下的大木台上，几位当红歌星轮流上台助兴。

杜行却没心思听歌，眼光游走在人群中，却怎么也看不到吊着胳膊的唐正。

几首歌唱完后，主持人拿着话筒走上了铺着藏青色地毯的木台。

“各位，想必大家都知道，马上就要为大家揭晓今晚的庙会之星……好紧张……”主持人嘴里说着紧张，眼神里却藏着微笑，除了微笑，他的眼神里还闪烁着睿智、狡黠和从容。朝台下的众人环视一圈后，主持人把手里的一页纸拿了起来横在胸前，看了足足有几分钟，看得台下一片寂静后，他才抬起手中的话筒接着说道：“我甚至不知道该怎样告诉大家……今晚的庙会之星刷新了以往的价格……简直令人难以置信……今晚的庙会之星价值一亿两千万元人民币……”

主持人停了下来，等台下众人的唏嘘惊叹声渐渐平复后，才又接着说道：“我们请出庙会之星，并且欢迎庙会之星的得主——郑士泓……”

说着话，晚宴的工作人员搬到台上一个大木架，等郑士泓被众人潮水般的掌声推上台后，工作人员才小心地将一幅古画挂在了木架上。

望着台上的郑士泓，杜行心中大惊，今天早上在琉璃厂外，自己远远地跟着唐正进去汲古阁，保安拦下来不让自己进去，就是台上这位中年人过来解围，经理才允许自己进去的，没想到在这里见到他了。好人有好报。杜行冲着台上使劲鼓着掌。

主持人笑呵呵地握着郑士泓的手说道：“这幅画是你在众多精品中挑选出来的，说你独具慧眼那可就把台下的众人全给得罪了，说你运气非常好那好像也不是在夸你，那是不尊重你鉴赏古画的眼力。我这两头得罪人，我就什么都不说了……”主持人说着，朝台下环望一圈，停顿了一下，转头又对郑士泓说道：“既然这幅画是你挑选出来的，那就请你为大家介绍一下这幅画。”说完，主持人笑呵呵地把话筒递给了郑士泓，轻轻在郑士泓的肩膀上拍了两下后，侧身走到古画的一边。

工作人员递给主持人的那张纸上并没有具体说明庙会之星是谁。主持人把话筒交给郑士泓，只是为了自己能近距离欣赏此画。这是一幅小横幅，纵高有三十多厘米，横长一米多，纸本，设淡色，图上绘有若隐若现的重峦叠嶂，曲折的溪河拂过一片树林，树林边有一庭院，庭院内置一木案，案上陈设有一个青铜鼎，有三位雅士正围聚在青铜鼎周围凝神观看。画中所绘的青铜鼎刻意求工，鼎的耳足腹肩和纹饰巨细无遗，连青铜鼎表面的铜锈也用细笔勾描后填以颜色，栩栩如生。而围在鼎旁的三人却用寥寥几笔勾勒，但三人的形态以及面部表情却极其传神。图后有一段题跋，图上有十几枚印章。

郑士泓走至画前，抬起话筒向台下说道："这幅画是宋代钱选所绘的《丰鼎图》，在此本人特意向大家强调一下，钱选是宋末元初时候的人，而现在的资料里很多都说钱选是元代人，或者说他是宋代人。钱选字舜举，号玉潭，霅川翁，浙江吴兴人。这幅《丰鼎图》是他为元代的赵孟頫所绘。大家看，图后的题跋为赵孟頫亲笔所书——'丰鼎制特小，周人风故淳。摩挲玉质润，拂拭翠光匀。铸法观来妙，铭文考更真。平生笃好古，对此兴弥新。'这段题跋大家在赵孟頫诗词集中可以看到，这首诗的名字叫《获周丰鼎》。

"赵孟頫字子昂，号松雪道人。他和钱选是老乡，是好朋友，大家对他的印象是一位书法家，篆、隶、真、行、草，无所不精，冠绝天下。他还是位画家，擅长山水、人物、花卉、鞍马，无所不工，引领开创了当时的新画派。书画造诣臻至之余又独辟蹊径，赵孟頫在中国书画史上算得上是大师里的宗师，除了擅长书画，他还擅诗词，擅金石，擅律吕，擅经济，擅土木……"

郑士泓背对着这幅《丰鼎图》向台下众人娓娓叙说，看到台下不少人点头表示赞同他所说的话时，郑士泓忽然嗓门大增，语气变重："有这么擅的人吗？还不如干脆叫他骗人呢。有些人就这歪毛病，瞧着人家出名了，就啥都好，没心没肺地闭着眼睛乱说乱捧。怎么不说他擅求生呢？他是书画家不假。但他只是个书画家，其余所擅长的都是瞎掰扯。比如绝不能说他是诗人，大家刚才听到他所写的《获周丰鼎》了吗？诗人就这水平？我小学数学老师的诗都比他写得好太多了。在场的各位稍稍费点神就能比赵孟頫的诗写得好，不写的原因是不想跟他处在同一个级别上。”

台下众人听他话锋忽转，明显是在攻击赵孟頫，不解他此举何意。

杜行也暗自诧异。

郑士泓接着说道：“赵孟頫喜欢收藏，家里藏有青铜器多款，比如东宫方鼎、丁方罍、瞿父癸鼎、蛟脚壶、大蝉尊，还有好几个周代的青铜钟……这幅《丰鼎图》中所描绘的周丰鼎只是赵孟頫所收藏的诸多青铜器中的一件。更不能说他擅鉴赏。他收藏了那么多青铜器，却不能称为收藏家，这话听上去似乎很矛盾，其实不然。赵孟頫出生在宋代，他是宋太祖赵匡胤的嫡系子孙，他是皇家贵族。宋代很多官员都有收藏青铜器的习惯，不管是贪官还是清官，皆好收藏，比如说寇准，这人正派吧，清廉吧，他家里藏有青铜器十二件，或者说是十二套，在很多文献上都能看到寇准所藏青铜器的清单，值得注意的是他有编钟一套，而这一套只算得上是他收藏的十二件青铜器中的一件。再比如说苏轼，家里也有一套青铜钟。在宋朝那个特定的环境之下，很多收藏不是真正意义上的收藏，而是同僚之间的攀比，或者是用来装点门面的摆件。大家从赵孟頫所收藏的青铜器和他写的《获周丰鼎》这首诗中可以看出，赵孟頫不仅不懂得收藏，还不懂得鉴赏……”

一旁的主持人此时立刻明白，站在台上滔滔不绝的郑士泓，是贬赵派的人。赵孟頫身为宋朝皇家贵族，在南宋灭亡后，出仕元朝，为此后人对其褒贬不一。持中立态度的把争议双方分为贬赵派和抬赵派。从元代到清代，贬赵派一度占领上风，直至出现“薄其人遂薄其书”的形势，那时候很多人都说赵孟頫写的字奇丑无比，画的画也难看得要命。直至近代，抬赵派才翻了身，并且大行其道，赵孟頫的书画艺术也被世界各地的收藏者竞相追捧，国际天文学会还以赵孟頫的名字命名了一处水星环形山。

主持人心里开始盘算着，晚宴上这么多人，任凭一个贬赵派的人在台上说三道四的可不妙，极有可能会令台下很多人不快。自己是主持人，必须从郑士泓手中拿过话筒，引导他说话的内容并把控台上台下的氛围。

没等主持人走过来，郑士泓就紧接着说道："我身后的这幅画是钱选所绘，没有钱选书写的落款，仅钤印有'舜举'印章一款；赵孟頫写的题跋后面，有'子昂'二字款；另外，图上还有元代的柯九思，明代的项元汴、董其昌、王敬美、任仁发，清代的安岐等很多人的赏藏章。钱选是位大画家，擅长山水、人物和花鸟。师承赵昌、王诜、赵伯驹和李公麟，可谓集众家之所长。他所绘的这幅画幅尺不大，虽然笔法精湛，逼真传神，画后也有赵孟頫的题跋，还有十几枚元代至清代的许多文人雅士和收藏家的钤章。但是，这幅画的标价却高达一亿二千万元人民币！这是一个令人不可思议的价格。大家知道，钱选和赵孟頫是老乡，他与赵孟頫还有其他六位浙江吴兴一带的书画家共称为'吴兴八俊'，钱选的很多画后面都有赵孟頫的题跋，比如故宫博物院里有一幅钱选所绘的《八花图卷》，那幅横卷上绘有水仙、桂花等八种花卉，不论尺幅还是画工都高于眼前的这幅《丰鼎图》，并且图后也有赵孟頫的题跋。可类似作品也就上千万元，为什么这幅《丰鼎图》能有上亿元的标价呢？"

郑士泓停顿了一下，朝台下众人望去，似乎希望有人能站出来告诉他答案。

台下众人当中喜好国画，对钱选的画作有印象的不在少数，收藏有钱选画作的人少说也有七八个，并且收藏的画作尺幅比台上的这件要大出许多，虽然没有赵孟頫的题跋，但画作上朱红的收藏章也是钤印得满满的，都是不超千万元就能买到，可为什么台上的这幅画能值上亿元？

要知道，上亿元一幅的古画，那都是国宝级别的旷世之作。而台上的这幅画，怎么看也看不出来国宝的味道。正如郑士泓刚才所言，这个价格实在是令人费解。

杜行和众人一样，愣愣地望着台上的那幅《丰鼎图》，怎么想也想不明白。

郑士泓见众人鸦雀无声，眼巴巴地瞪着自己身边的这幅画，向旁边的工作人员招手说道:“来，把这幅画反过来给大家开开眼!”

旁边的两个工作人员走过来，轻轻摘下悬挂在木架上的《丰鼎图》，反过来重新挂回了木架上后，退到了高台边缘背手站立。

台下众人靠近台前的直接盯着古画，距离高台比较远的则盯着高台边的大屏幕上古画的特写。距离有远近，表情却都雷同——张着大嘴说不出话来。台上的主持人也目瞪口呆，这种事情梦里面都没见过。

木架上挂着的《丰鼎图》的背面，还裱有一幅画，同样的尺寸，同样的画，远山近水，三位雅士，木案和案上的周丰鼎，无一遗漏。

只是画风完全不同。远处的山，近处的水，木石水草，笔笔清晰，历历在目，而木案上的周丰鼎和旁边的三人，却是淡墨掠过。

郑士泓微笑，微笑着举起话筒说道:“这幅画的背面还有一幅画，稀罕吧，台下各位中不乏大画家和收藏家，你们谁见过这样的画?”

众人都愣愣不语，呆呆地望着台上的画。心里都在想，自古以来，画都是装裱过后挂在墙壁上，只有一面，背面也有画那还怎么看呢，难道要经常换着挂?那不是费事吗，那还不如挂两幅呢。

台上的郑士泓缓了缓，继续说道:“背面的这幅画，是陈选所作。陈选跟赵孟頫、钱选一样，也是吴兴人，不同的是，赵孟頫、钱选都是横跨宋元两代，而陈选却是横跨元明两代。天津艺术博物馆里有一幅《珂阿琪树图》，在此之前，天津艺术博物馆里的这幅画被公认为陈选画作的孤品。请大家仔细看这两幅画，几乎完全一样，我们可以得知，陈选是故意模仿钱选的《丰鼎图》。陈选是后辈，临摹前人留下来的画作很正常，但是陈选所绘的《丰鼎图》却跟钱选的貌合神离，钱选的是淡山水重丰鼎，陈选的是重山水轻丰鼎。从绘画角度来说，钱选所作的《丰鼎图》符合主题，并且突出重点，比陈选的要技高一筹。但是，结合一下赵孟頫这个人的生平，然后再看陈选的丰鼎图，其中意寓不言而喻。很明显，这是两个叫选的人，对赵孟頫不同的看法。这是他们的选择，也是我们的选择，选择哪一面？陈选所作的《丰鼎图》后面，自然是不会有赵孟頫的题跋了，陈选可能不需要赵孟頫的题跋。这样一来，图中就空了许多，大家看，空下来的地方，被许多明清收藏章取而代替。这代表两种不同立场的对峙吗？奇怪的是，清代安岐的藏章正面反面都出现了，还有……"

杜行正听着郑士泓在台上讲说，忽然觉得有人在背后拉扯自己的衬衣，转身一看，朱子固不知什么时候站在了自己身后。

朱子固见杜行回过头来，便凑了过去，轻轻跟杜行说道："有件事，请借一步说话。"

杜行四处观望，却不见唐正，唐正不是和朱子固在一起吗？又见朱子固走了没几步就停了下来，站在人群后朝这边看过来。杜行走了过去。

朱子固压低声音说道："想不想知道，你家祖坟被谁挖开的？"

杜行就觉得自己的脖子一下子变粗了，木木地答道："你……你知道？"话刚出口，就觉得自己说了句废话，朱子固要是不知道，会这样问自己吗？

"想不想知道，你家祖坟里埋着什么？"

杜行扬起头来冷冷地看着朱子固，没说话，心里却乱哄哄。

朱子固忽然也不说话了，转身朝木台上望去。

木台上，郑士泓还在说话："……刚才听工作人员说，之所以庙会拿出来这幅画，不，拿出这两幅画，是因为今晚小和尚来了，大家赶了好几年庙会，终于能见到为我们提供庙会这个平台的小和尚了……"

主持人也走了过来，接过话筒大声说："下面，有请我们的小和尚上台……”

台下一片掌声，淹没了主持人的声音。

朱子固转回身来跟杜行说道：“你上台上去吧，你就是小和尚，如果你想知道你家祖坟里埋了什么东西，被谁挖的……”

杜行愣了，好像还没反应过来。

“你现在上台，说你就是小和尚，那你就会知道你想知道的事情。你要不上去，那你可能永远都弄不清楚你家祖坟的秘密。”

朱子固说完，伸手躬身摆了个请的姿势。

人群中刚才就有人看到了朱子固和杜行，大家都认识朱子固，知道他是庙会的经理，听着台上主持人请小和尚登场，现在又看到朱子固欠着身子毕恭毕敬地站在一个年轻人旁边，还伸手做着请的手势。

掌声再一次响起来，人群中闪出一条小路，直直地通向木台。

杜行觉得自己的脚抬起来了，顺着人群中的小路朝前迈，就像是一叶孤舟，被掌声激起来的浪潮拍得摇摇晃晃，由不得自己。这不怪翻涌的浪潮，既然是舟，肯定会下海。既然自己来找祖坟里的秘密，就不能躲闪着退缩。

杜行晕晕乎乎走上了木台，恍惚间看见朱子固跟着自己来到木台上，又看见朱子固从主持人手中接过话筒，朝自己递了过来，然后就觉得后背一阵剧痛，像被什么东西扎了一下，脑子却一下子就清楚了，耳边听到朱子固的声音：“你自由发挥吧，你就是小和尚，想说什么就说什么。”

接过话筒，犹豫了一下，杜行开始说话：“大家好……很高兴能在这里跟大家共聚一堂……”望着台下黑压压的人群，杜行有些紧张，接下来该说什么呢？平日里见多了听惯了别人的套话，私下里还笑话别人说得假大空，可轮到自己头上，怎么就说不出来了呢，这假大空的话也是需要工夫历练的，可是，接下来的话应该怎么说呢？杜行转头瞄了一眼身边的朱子固，见他笑着微微点了点头，杜行心想，干脆别学别人说的那些话了，学也学不来，不如给大家讲个故事，接着说道：“……几年前，我路过一个村子，在村边的土崖边遇到几个村民正在挖土方。村边的小路本来就窄，拉土用的农用车停在路中间，什么车都过不去。当时我骑着自行车也过不去。车边的村民就跟我说，可以把自行车递给他，他扛到农用车后，这样我就能过去了。我瞅着车上的土已经装了一半了，就说不用了，我等等，反正闲着也是闲着。然后我就支起自行车看他们往车上装土。忽然间，我就看到路边的土崖中间，横着一条黑红色的线，怎么着也有两寸多厚，五六米长……大家都知道，但凡土崖上有这种线，不管是黑色的白色的还是其他什么颜色的，十有八九是古墓的墓底线。并且年代至少是汉代往上。当时我就肯定那条黑红色的线是古墓的墓底线，但是不知道这条线是刚流出来的呢还是已经快要流完了。挖土的村民站在土崖上，把长长的铁锹棍钉进土崖里，晃一晃，一撬，土就大片地掉下来，然后我就看到土里面有个东西。我想过去捡起来看看，挖土的村民已经从土崖上滑下来，晃着铁锹在前边忙活，没法子走过去。我就冲着人家喊，老哥，能不能麻烦您把那个东西接过来给我看看。有人就停下手里的活儿，顺着我手指的方向走过去，用铁锹把那东西铲起来，端着铁锹走到我这边，顺手扔在了地上，嘴里还念叨着说，就是个引灵罐子，有啥好瞧的。我从地上捡起来，搓去表面的泥土，看清了，那东西是瓷器。说实话，当时我只是看着像是瓷器，也像是陶器，一时半会儿的也分不清，再说也不能当着旁边装土的村民的面蹲在地上埋头细看不是吗。当时我就开始盘算，怎么跟村民们买下这件瓷器，给他们多少钱他们才不起疑心。大家知道，这是很头疼的事儿，给少了怕人家不卖，给多了怕他们更不卖了。可是，没想到那几个村民装满土后，把铁锹扔上农用车趴到车上走了，就留我一人傻愣愣地蹲在土崖边儿，看看地上的瓷器，再看看开走的农用车，我都不敢相信这是真的。直到完全看不到农用车的影子后，我才站起来跑到土崖下，找瓷器上的盖子，找了十几分钟才找到。我脱了上衣把瓷器包起来，把两个袖管吊在自行车把上，还不放心，又把瓷器摘下来提在手里，一只手握着车把骑车返回了住处。我回去后立马找人看，是东周的青釉尊。我说这个故事只是想告诉大家，祖国地大物博，每时每刻都有文物出土，如果大家不去保护这些文物，那这些文物很可能就会变成碎片扔在田间地头。”

杜行说完，朝着台下鞠了一躬，起身后把话筒交给了朱子固。

台下众人也不知道喜欢不喜欢杜行刚才的故事，反正都鼓掌了。

杜行走下木台，朝人群外走去，他想走到远处的黑暗里，坐在草坪上，看这里灯火阑珊。他刚走出人群，却看见梅雪茗站在草坪上，冷冷地看着自己，一脸被玩弄的愤慨。

“对不起……”杜行走近梅雪茗。

梅雪茗嘴动了动，没说话，她像是不愿意相信，昨天下午还在工地上干活的这个农民工，现在却是庙会的小和尚，而自己竟然还跟他说自己是文保会的人。

杜行默默走开，走了很远，一屁股坐在地上，远远地看着朱子固拿着话筒在木台上挥着手说话。

杜行打算等朱子固从台上下来，就过去找他，去兑换他的承诺。

朱子固还在不停地说话，能听到他在顺着杜行刚才的话往下说，也在说东周的瓷器。

有的故事是假的，是编造的，有的故事却是真的。杜行刚才讲的故事就是真的。他在一个小村子边的土崖下得到一个东周时期的瓷尊，这是真的，当时村民用铁锹把这件瓷尊端到他面前，也是真的。他用衣服裹着瓷尊回家，用水清洗干净上面的泥土，然后找人看，看的那人就是杜行的大伯杜承序。杜承序问杜行，从哪里买的，花了多少钱？杜行伸出一根手指头。杜承序说，一千万元？杜行摇头。杜承序又问，一百万元？十万元？天，莫不成是一万元？杜行的一根手指头还竖立着。杜承序摇头，表示猜不出来，却不死心，又问，难道花了一亿元？不值这个价嘛。

杜行慢悠悠答道，一句话，只说了一句话，就得到了这件瓷尊。然后杜行将事情一五一十地讲了一遍。古玩圈里，最喜欢讲故事，也最喜欢听故事，但凡得来周折或是出人意料的古玩，都会变成故事在古玩圈里传诵。杜承序这么的大年纪了，各种各样的故事听了不计其数，没想到自己侄子的故事这样匪夷所思。翻来覆去再看那件瓷尊。

那件瓷尊不到一尺高，是一头牛的造型，盖呈牛首形，牛首做工较为简单，有一对弯曲前探的牛角，牛角中间隆起一低矮却挺立的棱脊，延续至盖末端，似公牛发怒时背部竖立起的鬃毛。椭圆腹，腹上饰有龙纹和云雷纹。底部为低矮粗壮的圈足，微向外撇，足上无纹饰。瓷器通体施以青釉，青中浮黄，浮棕，浮酱，釉面明亮、均匀，釉层较薄，玻璃质感较强。圈足处的釉面有轻微剥落，露出灰白色的胎质。

这是标准的牺尊。见过牺尊的青铜器，但没见过烧造成瓷器的牺尊。遗憾的是，牺尊上的两条腿儿折断了。但是不碍事。不仅对于杜行家这样靠仿制古玩为业的不碍事，对于普通收藏者来说，也不碍事。一般来说，瓷器最是讲究品相的好坏，是否完整，有没有缺口裂纹，这些直接影响瓷器的价格。但这不是绝对的，这要看是什么类型的瓷器。对于有些塑形类瓷器来说，缺胳膊断腿没关系，只要断掉的胳膊腿儿还在，价格不会有太大影响。而对于易碎的陶器来说，这几乎就是很正常的事情，一件完整的陶俑和一件等着你去拼接粘连起来的陶器，价格几乎完全一样。当然，这些都是原始货源的情况，若是上拍，那就另当别论。

这个牺尊属于原始瓷器。明清两代的瓷器就叫明清瓷器，元代至汉代的瓷器叫高古瓷器，商周至春秋战国时期的瓷器叫原始瓷器、远古瓷器或是先秦瓷器。跟炒得火热的元明清三代瓷器比较起来，原始瓷器现在几乎不被人重视，主要是因为市场上这类瓷器数量稀少，不管是传世的还是出土的，数量都少得可怜。话说回来，但凡是这类瓷器，压根就没有传世的，全都是出土的。市场上少，并不能说明原始瓷器的数量就真的少。有眼光有远见的收藏者现在正使出吃奶的劲儿来购置原始瓷器，现在购入原始瓷器，还为时不晚，还能算得上是好时机。原始瓷器受人冷落，价格极其低迷，已经跌到了谷底，只要入手，升值肯定没问题。从瓷器的年代上来说，明清瓷器行情火爆，但是升值空间相对小了；高古瓷器的行情越来越好。

明清瓷器、高古瓷器和原始瓷器的收藏人群不一样，甚至有点儿泾渭分明的感觉。热衷于收藏明清瓷器的，其中有相当数量的人是投资收藏。明清瓷器看上去精美工整，实则绝大部分已经完全丧失了艺术品的内涵，故明清瓷器虚浮；热衷于高古瓷器的收藏者，常常希望能从陶瓷中去体会领悟到瓷器背后的文化，故高古瓷器质朴；而痴迷于原始瓷器或陶器的收藏者，那基本上都是返璞归真的收藏大家了，学问、人品、涵养、地位、财富皆出类拔萃。

更主要的是，像这种商周时期的原始瓷器现在的仿品也少得可怜，说句托大的话，你要想买件原始瓷器的假货，比买真的原始瓷器还难。原始瓷器的胎质通常都白中泛灰、泛黄，或者胎质呈灰黄色、灰白色。对于作伪者来说，仿制这种胎质相当困难，胎体的瓷土不好调配，瓷土内还必须夹带些杂质，釉层里也需要有杂质，少了不像，多了就过了。并且原始瓷器的釉层较薄，瓷器上的花纹大都是拍印上去的，跟其他瓷器有着很明显的区别。他们已经习惯了仿制明清唐宋时期洁白细腻的胎质，让他们返璞归真烧制原始胎质，就像让现代人去过原始人的生活一样。

杜行刚才在木台上说起这件事，确实是由衷的感慨。一面是古玩市场上很难淘换到精美的原始瓷器，一面却是原始瓷器在农村被漠视，毁坏。村民大多认为从砖砌、石砌的墓里挖出来的东西才值钱。没有砖的墓在农村叫土葬，过去的穷人连活人住的房子都是用土夯成的土砖砌起来的，去世后哪里有钱买砖修建墓室呢，直接在地上挖个坑埋了，或是在土崖边儿掏个小窑洞安葬，那墓里的东西理所当然地就不值钱了。或者是墓里有金银器、瓷器、青铜器，这些东西村民们虽然不知道具体值多少钱，但也知道值钱。原始瓷器，或是汉代以前的陶器，村民们不在意这些东西，拿去喂鸡都怕鸡遭瘟。

除了村民，很多的收藏者也不是太在意原始瓷器，一是因为没淘到精品，二是因为价格实在是低，不值得去投资。

那时候，杜行的大伯喜欢跟杜行聊古玩，也经常为了如何仿制古玩才能瞒过鉴定专家的眼睛而争得面红耳赤。但两人吵过之后立刻和好，从来没闹僵过。家里的人都认为，家里日后的当家人非杜行莫属。可现在，杜行却没回家，在庙会替人家背黑锅。至少杜行认为自己是在背黑锅。没有不透风的墙，庙会这么大的规模，迟早会传出去的，到时候，小和尚跑了，庙也跑了，跑不了的是杜行。

朱子固讲完话，把话筒交给主持人，也从木台上走了下来。杜行急忙朝朱子固走去，边走还边想：到时候我跑不了，你朱子固也跑不了。

见杜行走了过来，朱子固也不说话，低头朝小楼后面走，杜行就跟着，绕到楼后，进了土地庙，进了厢房，朱子固开灯，沏了杯淡淡的绿茶端过来。杜行没接，朱子固就放在茶几上，静静地站着。

“谁干的？”杜行道。

“我不知道谁干的。”

“你……骗我？”

“我没骗你。我只是说你想不想知道是谁干的，没跟你说我知道是谁干的。”

“有区别吗？”杜行压着心中的怒火，冷冷问道。

“当然有区别，我也想知道是谁干的。你现在是小和尚，你可以动用整个庙会的人手和关系帮你查这件事情。”

杜行冷哼一声，却又无奈，总不能跑出去跃到木台上跟众人澄清自己不是小和尚吧。

“相信庙会的力量！庙会能找到任何你想要的东西。”朱子固一本正经地说道，看上去不像是开玩笑。

说着话，有人敲门，朱子固应了一声，一个保安推着餐车进来房间。朱子固凑到餐车前，又是端菜又是倒酒，边忙活边说：“唐正说你还没吃饭……”

杜行这才想了起来，自己是和唐正一起来的：“他去哪儿了？”

“没说去哪儿，跟我聊了几句就走了，你先吃点东西。”

茶几上摆满了一碟碟菜，杜行却一点胃口都没有，抬头看看朱子固，和保安一起站在茶几旁，瞧那架势，像是真的要侍候杜行用餐。

“你叫什么名字？”杜行问那个保安。

“我叫汪国用。”那保安喏喏答道，看上去年龄不大，二十五六岁的模样，留着毛寸头。

“你把那个拿过来，右边的三彩俑。”杜行指着房间右边的条案说道。

汪国用看了朱子固一眼，不知道该拿还是不该拿。朱子固微笑道：“小汪，你们平时整天嗟叹没有见过小和尚，现在他老人家就在你面前坐着，你还认生了？简直是不识抬举！”

“你说谁是老人家呢？你才是老人家呢。”

“您别误会，小的没别的意思，只是表达我对您的尊敬。”朱子固解释道。

汪国用赶紧走到条案前，抱起一尺多高的唐三彩骑马俑走过来，瞅着茶几上摆满了菜，不知道该往哪里放。

杜行道：“知道这叫什么俑吗？”

汪国用点了点头，又赶紧摇了摇头。

“你告诉他。”杜行跟朱子固说道，心里想，刚才还好好的，怎么现在装得像是个家奴呢，难道还要我跟着你一起装？我在保安面前也装作小和尚？

朱子固答应了一声，轻声跟汪国用说道："这叫骑射俑，你看骑在马上的人的姿势就知道了，这种俑在唐三彩里属于上乘之作。不管是在国外的文物市场还是国内的黑市，都很难再见到这种骑射俑了。这种俑只会出现在贵族的墓葬中。以前的贵族没事就打猎，现在的贵族却反过来，专门保护动物保护环境。新加坡有一种鉴定唐三彩的土办法，把唐三彩放在少量的红糖水上，看唐三彩的白胎吸糖水的反应来辨别真伪，基本上算是比较灵验的偏方。"

朱子固说完，正欲开口跟杜行说话，杜行却挥手跟汪国用说道："这件唐三彩骑射俑归你了，你拿走吧，喜欢就摆在家里，不喜欢就去草坪那边卖掉。"

汪国用不敢相信自己的耳朵，抱着唐三彩陶俑一动不动，僵住了，简直像个憨俑。

"你收了礼物没有感谢人的习惯吗？"朱子固提醒道。

汪国用这才结结巴巴道谢，恍恍惚惚如做梦般抱着俑出去了，脚下却异常小心。

"很抱歉，替你送出了一件唐三彩，你可别等会儿让人家交还给你哦，那样就有失风度了。"杜行心想，让你装。

没料到朱子固神情镇定，点头说道："不是我的，那是你的。你就是小和尚。这里的每一件东西都是你的，你想怎么处置都行。"

"行了，甭装了。小和尚的黑锅我背了，我也认了，我希望能听到是谁干的，为什么这样干。"

"我们可以查。相信很快就能查出来。"朱子固信誓旦旦地说道。

杜行不怒反笑："好，那就查吧。"他实在是不知道该如何对付面前的朱子固。杜行觉得自己是只撞到蜘蛛网上的飞虫，越是拼命挣扎，蜘蛛就越是躲在旁边偷乐，非要等到自己挣扎得筋疲力尽后才过来享用。

"要想查出是谁干的，那就得去郊区。"朱子固皱了皱眉。

“你还装？难道不是你们庙会干的吗？”杜行忍不住了。

“是我们的庙会。你是小和尚。确实不是庙会干的，我也想知道是谁干的。”

“那好，咱们去郊区，咱们去查谁干的。”

“现在去吗？已经快半夜了。”

“现在去。”

“稍等，我去准备一下。”说完，朱子固走出了房间。

杜行进洗手间洗了把脸，仔细梳理着思绪。自己的爷爷在以前肯定是做保护文物的工作，天南海北的整日奔波，抗日战争爆发后，忽然就回家了，带着家人迁移到了山西夏县一带，隐姓埋名，几乎跟外界断绝了来往。1949年后又迁移到了现在的住处河南安阳。然后，葬在了安阳。但长辈们却从未提起过他那些照片，是他们也不知道，还是刻意隐瞒呢？更蹊跷的是，那天下祖坟里去，三座坟墓里都是只有一口棺椁，这显然不合情理，越想越不对劲。

朱子固在外敲门，杜行从洗手间走出来拉开门，朱子固说准备好了，杜行走出门外，朱子固却往屋子里走，手里抱着个漆盒。杜行站在门口，就见朱子固走到茶几前，打开漆盒，用银勺往漆盒内装菜，那黑漆描金漆盒竟是个饭盒。添好菜，朱子固抱着漆盒走出来，说：“你还没吃饭，一会儿准肚子饿。”

踏着黑暗中的小径，从小楼后往外走，转身就能看到小楼前弥漫出来的灯光，依稀还能听到有人在木台上说话。

走了没多远，黑暗中，几束灯光闪烁了几下。循着灯光走过去，草地上停着一辆车。

朱子固指着那辆隐在黑暗中的车说道：“你要喜欢热闹，就多派些车去，前面两台车开路，后面五台车缀尾，左右各两辆车护航。”

“听上去像是十字架，我不喜欢。”

“我想你也不喜欢那样张扬跋扈。”

“你怎么知道？”

“真正喜好古玩的人都低调，我见多了。”

说着话，二人来到了车前。汪国用拉开后车门，伸出手掌垫在车门框顶，生怕杜行上车时不小心撞到头。等杜行和朱子固都上了车，汪国用关好车门跑回前排，开车缓缓穿过草地，驶出侧门，上了大路。

车里，朱子固轻轻摁了一下开关，前排和后排之间徐徐升起一块保证后座乘客私密性的单面透光玻璃。杜行的面前横放下来一块小桌面，朱子固把漆盒摆在上面，打开盒盖，摆好筷子和勺子说：“不是因为你是小和尚我才一直劝你吃饭，我只是觉得肚子饿的感觉很难受。”

杜行也确实是饿了，拿起筷子，胡乱往嘴里扒拉了一会儿，放下筷子，边收拾起漆盒，边说吃饱了，然后摆弄着面前的这个漆盒。

朱子固就说，这个描金漆盒是脱毒处理过的，可以安全地用来装盛食物。

杜行愣了一下。

朱子固继续说：“在古代，漆器一直很流行，贵族们用漆器来当首饰盒、果盘、装饰物。有时候也会当作饭盒，但放在漆器里的饭菜，会尽量避免直接接触到漆器。那时候，古人已经意识到食用漆器装盛的饭菜对身体不好。比如说研究马王堆汉墓的尸体不腐的原因，除了包裹物、填充物、气候地理条件外，或许还应该考虑一下墓主人日常的饮食习惯和用具，是不是经常使用漆器。若马王堆汉墓是在新疆，这点就可以不纳入考虑范围，但是在湖南这样的气候条件下还有这样的效果，就必须要考虑到这些因素……对不起，你刚吃完饭，我不该说这些反胃的话。”顿了顿，朱子固又说道：“有点私事儿想请你帮忙，不知可否。”

“我该怎么回答你呢？答应还是不答应？”杜行反问。

朱子固从旁边的背包里抽出一个信封，又从信封里抖出来几张照片，递给杜行。杜行低头看照片，几张照片上全都是棺椁，不解何意，转头看着朱子固，等着他说话。

朱子固看着杜行手里的几张照片，缓缓说道:“我也喜欢收藏。我只收藏棺椁……”朱子固笑了笑，摇了摇头，继续说道:“不瞒你说，关于收藏，关于古玩鉴定，其实我只算是个门外汉。别看我整天跟人谈论古玩的价值，古玩如何鉴定，那都是工作需要，那都是庙会的鉴定专家组写的鉴定要点，我背下来说给别人听而已。就像很多收藏者经常阅读背诵关于鉴定的文章一样，心里都记下来，也能说出来，但是，你知道，这离具体上手鉴定还有很长的距离。我就是这样，但我喜欢收藏，喜欢收藏中的乐趣，也喜欢收藏带来的经济回报。所以我选择了收藏棺椁。我，一个想玩收藏的新人，看过些鉴定书，也听过专家和朋友们的鉴定心得，但我还是个新人。我就开始琢磨，新人怎么才能跳过漫长的经验积累年代，迅速变成收藏家。这听上去很荒唐。后来，我选择了冷门收藏，这是能实现我目标的唯一一条路……”

杜行低头又看了看手里的照片，立刻明白了朱子固的意思。

在收藏界，有很多古玩是不需要鉴定经验的，比如照片里的棺椁。众所周知，很多木质棺椁的表面涂有一层厚厚的漆，厚度为半厘米、一厘米直至两三厘米不等，在漆的表面、中间或底层绘有各种图案，图案出现在漆的哪个层次取决于年代和地域。这些图案通常绘有人物、动物、鬼怪、神仙、天境、故事等诸多题材，栩栩如生，色彩绚异，有极高的艺术价值，比现代市面上出售的大多数死板无创意的漆画的价值要高出不知道多少倍。但从来没人重视过这些棺材板，就连一些考古部门都懒得打理它们。这些棺材板一经出土，下场只会是慢慢腐朽，平滑光亮的漆面上绘制的图案渐渐崩裂出一条条裂纹，支离破碎，脱落，腐化，分解……没人在乎。

朱子固还在喋喋不休:“冷门收藏就是专门收集这种没人在乎，甚至被人们遗弃的东西。我会把一块图案鲜活生动的棺材板拿回来，视具体情况能切割成五六块至十几块不等，切割过的小块经过保护处理后镶嵌进玻璃框。若是想要出售，每块的价格至少在数千元。而作为原材料的棺材板在很多地方甚至仅用支付运费和人工劳务费就能得到。当然，这是在交易，不是收藏。若是交易，我不会选择古玩店，而是画廊，或是国外。加工过的棺椁……不，加工过后的就不叫棺椁板了，叫古漆画。这些装在玻璃框里的古漆画，可以光明正大地从海关经过，到达世界各地的画廊，或是哥特族聚集的地方。哥特族们特别迷恋这些东西，只要他们喜欢，你尽管开价就是。他们甚至会要求你给他们寄一口棺材过去，里面的淤泥、腐朽物、人骨什么的都别动，保持出土时的原样寄过去，他们只想在那样的棺材里睡觉。但我不是为了出售，我是真的喜欢，我迷上古漆画了。当将这些被人遗弃的东西积攒到令人为之震撼激动的数量时，就是收藏价值体现的时刻……棺椁，象征着死亡、终点或是起点。有很多人忌讳、厌恶、憎恨棺椁，但是，出土文物，又有哪件不是摆在尸骸白骨的上下左右呢？”

杜行没说话，心里却赞同朱子固的话，冷门收藏的种类很多，只有你想不到，没有你做不到的，但冷门收藏的本质和传统收藏的本质有所不同，所以需要独具慧眼，切忌跟风，不能看到别人收藏古漆画你也跟着收藏，那就不叫冷门了，那叫冷饭。适合冷门收藏的也呈两极化，一种是收藏家，或是迷恋上了某类古玩，或是想要炒高或是贬低某类古玩的价格；另一种就是刚接触收藏的新手，新手完全不必担心会有假货、赝品，市场上，你根本找不出来一件仿制的木棺椁，甚至石刻棺椁。新手只需要选择好冷门收藏的类型、艺术价值，还需要评估所选择的收藏种类未来的价值。

“咱们去郊外的时候，路过一家古玩店，那家古玩店刚进了几口棺椁，能不能停一下车，让我顺便买下来？你能帮我这个忙吗？”朱子固说了半天，这才说起要让杜行帮什么忙。

“当然行了。”话一出口，杜行就后悔了，刚才心里还想着朱子固在装神弄鬼，现在自己开口答应了，那不就意味着自己也在装小和尚吗。

朱子固点头，微笑。

第九章　铸造厂

快到市郊时，车停在了一个酒吧门前。朱子固指着酒吧说到了，这就是他要拿棺椁的那家古玩店。杜行诧异，明明是酒吧，怎么会是古玩店呢？朱子固问杜行，是在车里等他一会儿呢，还是和他一起进去。杜行立刻说，一起去。杜行很想见识一下这个看起来就是酒吧的古玩店里面究竟什么样子。

三人下了车，走进了酒吧。酒吧里人还不少，看样子这些人压根就不打算睡觉，他们只想把自己的梦浸泡在酒吧昏暗的灯光里。再仔细瞅瞅这些人，除了吧台的几个人外，坐着喝酒聊天的竟然都是外国人。

三人走到吧台前，朱子固问吧台里的调酒师："你们老板呢？"

"老板睡了吧。"

"叫他起来，有事找他。"说着，朱子固掏出手机，凑近调酒师，摁出一串电话号码，拨了出去，不通。"他电话不通，去喊他起来，就说有个姓朱的人找他。"

调酒师答应着出去了，三人坐在吧台前，要了三杯酒，谁都没喝。

一个外国人走了过来，拎着酒瓶子，用生硬平直的中国话说道："你们好，我叫大卫，我来中国寻宝……"说几句话，就喝几口酒，看上去像是喝醉了，三人谁也没有搭理他。

“告诉你们一个秘密……别说出去……我知道诺亚方舟最后停靠的地方，就在中国……”

三人还没搭理他。

“诺亚方舟最后停靠在四川和西藏的边境交界……《圣经》上记载的登陆地点是错误的，如果是正确的，现在就能够找到诺亚方舟了……大洪水的时候，世界一片汪洋，不可能记录得那么准确。人们登上陆地后，船沉了，埋在地下，变成了阴沉木，你们打捞上来的阴沉木，都是大洪水冲来的杂木，不是建造诺亚方舟的木材。我要去找诺亚方舟……那艘船现在肯定变成了阴沉木大船，船上的人，等洪水退后，从山上下来定居，就是你们说的三星堆文明……”

三人不说话。

杜行心想，这人肯定没喝醉。有一种人，从事的职业和间谍一样神秘，但性质却完全相反，间谍是探听情报，而这种人却是散布信息。眼前这个外国人说的话，说白了，就是文化渗透，不管他说的是真是假，都会给人的脑子里留下一条信息。这是宗教惯用的手法，也是各国对外宣传的手段。

那外国人边喝酒边说话，也不管面前的三人理不理他，自顾自地说话，嘴里的话像是下酒菜一样。说来说去，都是些中国文化西来说的调调。

杜行有点烦躁了，心想这什么地方，明明是酒吧，朱子固怎么说是古玩店呢，旁边还有外国佬想给你灌输点什么。

杜行皱眉，瞪了那外国人一眼。

坐在杜行旁边的汪国用见杜行不悦，立刻站起来走到那外国人跟前，一把扯住外国人的胸口，像拖麻袋一样拖着外国人离开吧台，一把将那外国人扔在沙发边的地板上，返回来拿起外国人留在吧台上的酒，朝他泼了过去。

躺在地上的外国人嘴里乱七八糟地哼哼，酒吧里其他的人却像是没看见，依旧坐在自己的沙发上喝酒聊天。

杜行诧异地看了看汪国用，见他拍拍手，坐到吧台上，低着头，像是什么事儿都没发生。转头再看看朱子固，朱子固笑着凑过来，低声说道：“你是小和尚，以后看人的目光要平和些，否则，瞪谁谁倒霉。”

吧台侧后的小门吱呀一声推开了，一个中年人，衬衣扣子也没扣好，趿踏着拖鞋站在门口，吹了声口哨。朱子固站起来，掏出一张钱压在酒杯下，示意杜行和汪国用跟着他走。

走过吧台后的小门，穿过一条窄窄的甬道，几人来到一个小巷子，小巷子对面是一个专卖文房四宝兼装裱字画的店铺，提起防盗卷闸，等朱子固三人猫着腰进去后，那中年人又把卷闸放下来，锁好，走过挂满字画横着柜台的房间，领着三人上了楼。

开灯，房间亮了起来，杜行的眼睛也亮了，房间里摆满了古玩。

朱子固过来介绍，说杜行和汪国用都是他哥们儿，然后又介绍那中年人，说他姓左名英，字中礼。接着便心急火燎地掏出照片，指着照片上的棺椁问左英，这些东西在哪里？

左英就说，找了个地方寄存着呢，这玩意儿可不敢随便摆放。朱子固问多少钱，左英说，多了不嫌多，少了不嫌少，你看着给吧。朱子固从背包里掏出一叠钱来，从中抽了一些，没数，就放在了桌上，说，走啊，时候不早了，赶紧弄回去。

左英乐道：“你们怎么弄回去？开着卡车来的？”

朱子固一愣，拍着自己的脑袋说，怎么把这茬儿给忘记了，今天开了一辆越野车，不行，还得雇一辆卡车。

左英便说，你稍等片刻，我让人去找辆卡车。说着，左英就打电话，安排人借一辆卡车过来，最好是带车厢的加长轻卡。放下电话，左英便招呼三人坐下，然后沏了三杯信阳毛尖端了过来。

起身接过茶道谢后，杜行坐在圈椅上打量着这里。

这间屋子不是很大，屋子的三侧墙都有博古架，上面摆放着各式各样的古玩，古玩虽多，却错落有致，看上去一点儿都不拥挤凌乱。环顾一圈后，杜行不由得暗自点头，博古架上的扒村窑花口瓶，看发色和写意画风格的黑花装饰，像是宋代的真品，现代仿制的这种扒村窑瓷器的黑花装饰大多意境不够，看上去很呆板，像是用黑色电光纸剪出来的窗花图案贴在釉下似的，不像真品那般完全用毛笔在胎体上作画的洒脱感觉；靠近墙角的博古架下面有一个龙泉窑荷叶罐，通体刻有花枝装饰，釉光流溢，器形厚重敦实，像是明代龙泉窑的，现仿的龙泉窑刻花的叶子边缘或是花瓣边缘的釉色釉光没有这样过渡得圆润自然，大都生硬突兀。右墙博古架的最顶端，摆着一个彩绘陶罐，这个彩绘陶罐杜行一眼就能肯定是真的，西汉彩绘陶罐，现代仿制的这种彩绘陶罐的发色就不对，偏亮，偏艳，偏匀称，没有真品的这种暗沉阴森的感觉。

还有几件民窑瓷器，年代大致是清康雍乾三代，也都形制精美，另有韵味。瓷器杜行现在不敢百分之百地保证是真的，毕竟没有走过去上手看看，但大致上给杜行的感觉很开门。

除了瓷器，博古架上还摆放着其他各种类别的古玩，康熙时期的竹雕笑口弥勒佛，北魏的鎏金铜站立佛像，唐代的包银双头蛇，明代的八音会三彩俑，清代的剔红仿古铜器食盒，石器时代的五孔石刀，红山文化时期的黑碧色小玉龙……有的常见，有的稀少。

在屋子的正中间，有四个顶棺奴石像跪立在大理石地面上，袒胸裸肩，双手撑膝，用力朝上奋起，四个顶棺奴斩平的头顶上，平放着一块花梨木板，木板四周镂刻有蝙蝠、寿桃等精美纹饰，花梨木上方，置有一个硕大的方形玻璃罩，玻璃罩外面罩着一层黑色苏绣，看不到玻璃罩里面放置的是什么东西，只能通过黑色苏绣露出来的一丝缝隙才得以知晓里面是个大玻璃罩。

杜行立刻心生好奇，满屋子的古玩一眼扫过去，感觉都不错，有的虽然较为常见，却也不乏稀罕昂贵之物，这屋子正中间的玻璃罩里面是什么东西？用玻璃罩起来不说，外面还加一层黑苏绣挡起来不让人看到，让人心痒痒的难受。

转头看看朱子固，见他早已坐在书桌前，一手拿着照片，一手拿着铅笔在纸上勾勾画画。杜行只好硬着头皮向左英问道："这苏绣里面是什么宝贝，能让在下开开眼吗？"

左英哈哈大笑道："瞧我这记性，昨天收拾屋子，掸了一屋子的灰尘，顺手拎了块绸子把玻璃捂住了，打扫完后忘记拿下来了。"说着，左英走上前去，把黑苏绣提了起来，放到了桌子旁，又按了一下桌子上的一个开关，玻璃罩里的几盏小射灯和底光灯顿时亮了起来，偌大的玻璃罩立刻变成了璀璨夺目的钻石一般。

很多古玩店都有一件镇店之宝，那是古玩店里最值钱的宝贝，它的价值甚至比店里其他古玩加起来的价值还要高。大家都认为镇店之宝就是古玩店的招牌，灵魂、生命、信仰，那是给多少钱都不卖的宝贝。

很明显，玻璃罩里的东西就是这家古玩店的镇店之宝，肯定是这里最有价值的东西。

杜行对玻璃罩里的东西确实有了兴趣，但不是购买的兴趣，而是鉴定的兴趣。

来的路上，耳边听着朱子固不停地说话，心里却想着家里的祠堂，想着也许现在当家人已经选出来了，然后，大伯就会把厚厚的一摞线装书交给当家人，里面有自己最喜欢的《鉴彝考心》和《鉴彝正心》。其中的《鉴彝考心》是杜行的大伯杜承序记录的他学习青铜器鉴定的经验和心得。而《鉴彝正心》却是和族谱放在一起的书，里面记录了整个家族对青铜器的鉴定心得。这本书由浅至深，由表及里地详细记录了鉴定青铜器的经验和方法。一件青铜器摆在面前时，第一印象就是青铜器的造型和青铜器表面五彩斑斓的锈色，书的内容也从青铜器的器形和锈色开始。

当然，交给当家人的一摞书里，还有鉴定瓷器、玉器的书籍，以及如何仿制青铜器、瓷器和玉器的书籍。但最让杜行感兴趣的就是那本《鉴彝正心》，每次跟大伯有了争执，杜行的大伯就会拿出这本书来念给杜行听。到后来，杜行甚至故意跟他大伯争执，只是为了看一看听一听书中的内容。再到后来，杜行的大伯识破了他的用意，有时候任凭杜行怎么说，乐呵呵地看着杜行，就是不跟他吵架，有时候却不等杜行把话说完，直接把书交给杜行，让他看十五分钟。而现在，杜行觉得自己再也没有机会看到那两本书了。

不过书中开始的内容却记得，眼前有件青铜器，正好用来验证一下书中的经验和知识。

玻璃罩里放置的是一件青铜器，一件商代青铜甗。这件青铜甗很是高大，大约 60 厘米高，口径也有大约 30 厘米的模样。甗从商代开始，一直流行使用至战国。通俗地说，甗就是一口蒸锅，是古人日常生活中用来蒸熟食物的炊器。另外，甗也是礼器，古人祭祀的时候会用专用的甗盛放蒸熟的食物摆放在祭祀场所。

甗的下半部是鬲，用来盛水；上半部是甑，用来盛食物，把甑放在鬲上，中间隔以铜箅，组合起来，就是甗。连接部位被铸死，与上下部分形成一个整体的，叫联体；像现代的蒸锅那样能分离开的，叫合体。很多人都喜欢这样的器物，认为买了一件甗，就等于同时拥有鬲、甑、甗三件青铜器。市场上这种同时拥有两种不同造型的青铜器很抢手。类似的还有青铜匜，就是由青铜盘和青铜盉组合而成。当然，这些器形也有陶制的，并且以陶制者居多，百倍于青铜器。

甗也有器形独特的，数量较少，比如妇好墓中出土的三联甗，就是一个长方形类似水箱的青铜器具，下面有六足支撑，上边开有三个圆孔，圆孔上并列放置了三个甑。有人说这件甗很实用，能同时蒸熟三锅饭，像大食堂的专用灶具，但是妇好墓中还同时出土了数件形制较为规范的青铜甗，说明妇好不缺甗，不是为了实用和节省。还有人说妇好很贪心，嘴里吃着一锅饭，筷子里夹着一锅饭，眼里还看着一锅饭……

一般的青铜甗体积都不是很大，通常都在四五十厘米，最高的有一米多高，但那属于特别典型的个例，眼前的这件青铜甗近六十厘米高，在同类器形中虽然不算是最高的，但也可以算是不常见的很大的器形了。

这件甗为双立耳、侈口、深腹、三足。双立耳的外侧饰有小叶纹，口沿外侧饰有目雷纹，上腹饰有云雷纹和兽纹，下部的鬲上饰有三组兽面纹，三足为鹿蹄状。

杜行绕着青铜甗转了一圈，退后几步再一打量，感觉青铜甗形制浑厚凝重，庄重典雅，纹饰精美细致，工艺朴实而又精湛。很明显，这是商代中后期的风格。西周时期的甗纹饰较为单调了一些，少了一些商代的那种凝重感和神秘感。春秋战国时期的青铜甗则在器形上有了较大的改变，由原来的鬲甑合体演变出鼎甑合体、釜甑合体等诸多组合。

看到杜行绕着罩在玻璃里的青铜甗转着圈地来回看，左英扬扬自得地开始介绍道："这尊青铜甗是鬲和甑的组合……"

左英略带炫耀性介绍的，都是杜行知道的，出于礼貌，杜行还是得做出一副用心聆听的表情，幸好左英边介绍，边用手不断地朝青铜甗来回指点着，杜行的目光才能继续停留在青铜甗上。

青铜甗的表面有一层细密结实的锈呈绿色，腹部上有两三抹红锈，浅且窄。甗的口、耳、底足的边缘棱角处，露出了几丝里面的青铜底色。凸起的鬲腹上饰有兽面纹的锈色已泛出暗沉发黑发亮的包浆，近乎熟透。

显然，这件青铜甗不是刚出土的生坑，但也不是熟坑，这是一件被开襟过的青铜甗。如果是生坑，则鬲腹上不会有包浆，口、耳、底足的边缘也不会被磨损得露出底色来；如果是熟坑，青铜甗表面其他部分的绿锈上则也会有与鬲腹上相似的包浆。

很明显，给这件青铜甗开襟的人技法不纯，经验不足，不够火候，一件好好的青铜甗给开襟成了不像生坑，不像半生坑，不像熟坑，不像半熟坑的四不像。不过却给杜行行了个方便，杜行正好能验证一下甗上的锈。

青铜甗上的绿锈乍看上去是纯正的绿色，凑近细看，却又能看到绿色中隐隐透着一股朦朦胧胧的淡淡白晶色。

记得《鉴彝正心》中说道，青铜器最常见的锈色有绿、蓝、红、黑四色，另有紫色、褐色、灰色、黄色等诸多锈色。其中绿、蓝、红、黑四色当中，每种颜色又能细分出十几种不同的锈色，所以说绿蓝红黑是四大色系，其中以绿为首。

绿色锈最容易作伪，往往用酸料或碱料，或泼洒或敷刷于新铸造的伪器表面，埋入地下或置于阴暗污秽角落，数月后，新铸铜器便会长出一身绿锈。这种绿锈毛糙疏松，或凝结纠连，表面泛白，令人心生厌恶，属于最低级的伪锈，哪怕是没有多少收藏经验的普通人，也能将其分辨。

需要注意的是，这种低级的伪绿锈有些像绿锈色系中的粉绿。所谓的粉绿并不是绿锈中透着粉红色，而是绿锈的表面和间隙笼罩着一种白色，这种白色就像是葡萄表面上的白霜，但又比葡萄上的白霜淡浅了好多，遮不住下面的绿锈色。中原地区以及周边一些地区出土的青铜器上时常能见到粉绿，其锈浅薄、松腐、易剥落，是绿锈色系中品相最不好的锈色。因粉绿表面能看到白面粉似的白色腐蚀物，故经常有人将粉绿误以为是伪锈，其实只要多加细心观察，就能发现粉绿和伪锈上的白色腐蚀物是有区别的。伪锈上的白色如同石灰白，色涩而粗；粉绿上的白色偏粉，质细而匀。

青铜器鉴定中的锈色鉴定，去伪存真固然重要，可正确辨别容易与伪锈混淆的锈色也极其重要。粉绿只是锈色中比较容易混淆的一种。

而眼前的这件青铜甗的绿锈，叫麦抖霜，虽然绿锈中也有白色，却跟粉绿截然不同。北方的秋天，田里的庄稼收获后，还要施肥耕地赶种一茬秋小麦，小麦很快就发芽长苗，一直到霜降，小麦才停止生长，这时候的田地里已是一片绿色。霜降，一夜之间，绿色的麦叶上裹满了白蒙蒙的霜，起早锻炼的人爬上山头眺望，整片整片的麦田如同粉绿，顺着山头跑到田间地头，眼前的麦田则如同伪锈。弯弯腰、踢踢腿、做套有氧操，原路返回，太阳慢慢升起，跑上山头回头眺望时，麦叶上的白霜半融半裹，晨风拂来，白霜便黯然抖落。

麦抖霜就如同麦田这时候的颜色，绿色中埋着稍许白色，隐着些许晶莹。麦抖霜是绿色锈系中的上品锈色，虽然绿锈中隐有白色，但这白色显得扑朔迷离，若隐若现，不懂行的人根本分辨不出来。绿色锈系中的上乘锈色只有三种，相较其他锈色系的上乘锈色而言，显得少了一点儿，但是绿色锈中的上乘锈色极难仿制，就像这种麦抖霜，由古至今，只有两件青铜器上用的是仿麦抖霜锈，比如清代乾隆五十四年考中进士的阮元，历任翰林院编修、两广云贵总督、大学士，收藏青铜器七十多件，其中有一件云纹方壶，一尺半高，壶身饰以云纹，壶盖壶足饰有饕餮兽面纹，战国时期壶形，却饰有商周时期的兽面纹，并且兽纹竟然出现在壶盖和壶足上，阮元凭青铜壶表面的麦抖霜锈色断为真器，朝中有些同僚赞同阮元的鉴定，有些同僚却依据壶身纹饰断为伪器，双方各执一词，互不相让，继而演变激化为相互攻击，直至惊动了乾隆，乾隆令阮元呈献此器，众大臣等着盼着乾隆的鉴定结果时，乾隆却不言真伪，旁敲侧击地暗示此器是不祥之物，祸重可令党争。众人至此才停止了真伪之争，这就是清代著名古玩七伪案之一的党争壶。

左英还在杜行的身边讲解着这件青铜甗形制和花纹，甗表的锈色却几句带过，杜行纳闷左英是不是不知道这种绿锈高雅典贵。若他知道，应该会对这么少见的锈色大加赞赏，至少也会多夸几句。

杜行的目光一直在锈色上来回游走，越看越喜欢，看着看着，心里猛然惊醒，刚才自己还以为这件青铜甗是被一个技法不纯、火候不够的人开襟开成了四不像，看到甗上的锈色后才明白，开襟的人原来是个道行很深的师傅，不仅开襟的技术纯熟，而且赏玩青铜器的经验异常丰富。这个人之所以把青铜甗开襟成这样，目的只是想既保留青铜甗上的上乘锈色，又要把青铜甗上的出土痕迹去除，方便它在市场上光明正大地流通，可谓用心良苦。

左英已经开始讲起了青铜甗下腹的兽面纹，好像这件青铜甗上最令他引以为豪的就是那三组兽面纹，好像这青铜甗上的绿锈有没有都一样。杜行心想，亏你还把青铜甗当作你的镇馆之宝，居然连甗上的麦抖霜绿锈都不晓得，替你开襟的师傅都知道把这锈完好地保存下来，你这买卖古玩的店主却跟个外行似的。难道这个店主从来都不看重青铜器表面的锈色吗？还是这个店主是去锈派的，打心眼儿里厌恶铜锈。

这还不是最重要的，最重要的是，青铜器表面的铜锈是直接影响青铜器价值的因素之一。很多人会忽略这一点，认为铜锈只是用来鉴别真伪的。其实同样的两件青铜器，锈色斑斓的价格要远远高出已经完全去除铜锈的价格。

铜锈是青铜器的一部分，跟纹饰、铭文一样重要。左英是经营古玩店的古玩商人，按理说他应该站在不支持去锈的这一边，同样器形的青铜器，表面有古锈的更容易被收藏者接受，价格自然就好谈了，而那些没有锈迹的“传世古”，收藏者会心生警惕，宁可错过，也不会轻易购买。这件青铜甗的表面有锈色，他却不介绍，不知何故。

左英还在讲解这件青铜甗，脸上的神色越来越兴奋，似乎旁边有无杜行这个听众都无关紧要。说完了青铜甗上的兽面纹，左英又说起了铭文，说这件青铜甗的腹内壁上方虽然只有一个“中”字的铭文，但那是商代青铜器的特点，商代青铜器上的铭文通常都极其简短，有一两个字的铭文就算不错了。

听到左英说铭文是个“中”字，杜行的心里立刻咯噔跳了一下，急忙开口问道：“是什么中字？”

“还有哪个中字，当然是中国的中字。不过这个中字不像咱们现在写的简体中字，这个中字‘很繁体’……”

杜行又朝青铜甗走近了一步，放在花梨木上的青铜甗实在是太高了，比杜行还高出了一头，连口沿内都看不见，更别说是青铜甗腹内壁的铭文了。

“铭文在里边刻着呢，你蹦起来也看不见……”左英说着，转身走到桌子前，在几本杂志下抽出了一张纸，拿在手里朝杜行走过来：“我拓下来的铭文，你看看，要是我事先不跟你讲这是个中字，你能认得这是个什么字吗？”

接过拓有铭文的纸来一看，杜行顿时感觉气血翻涌，口干舌燥，那分明就是中族的族徽，并且这个族徽是商代末西周初时期的，跟自己交给梁克己的那件青铜觥上的中字铭文一模一样。

“只有……只有这一个字吗？”杜行努力平息着自己的激动，问道。

“嗯，对，只有这一个中字铭文。这是商代的青铜器，商代铭文简短，周代的铭文大多篇幅长，到了春秋战国时期，铭文又变得简短，这是青铜器上铭文的一个规律。”

看看纸上的铭文，再看看玻璃罩里的青铜甗，杜行心里七上八下的，不知道该说些什么才能掩饰自己现在的心情。迟疑了一下，杜行才开口说道：“冒昧问一下，我能仔细看看这件青铜甗吗？我是说，不隔着玻璃看。”

左英面作难色，转脸看看朱子固，见他还趴在桌子上看着摊在桌面上的一沓照片不停地在小本子上写写画画地计算着什么，对二人的谈话置若罔闻。

“好吧……当然可以看。”左英答应了一声，挽起衬衣袖口朝坐在窗口不声不响的汪国用说：“这玻璃罩子很重的，来，搭把手，咱们三个人一起用力，这样才保险。”

汪国用帮着杜行和左英把玻璃罩抬起来轻轻放到地面上后，不声不响地低头坐回了原处，甚至没有看一眼伏在桌子上的朱子固。屋子里这么大的动静，朱子固却视而不见，充耳不闻，自顾自地忙活着。

玻璃罩取了下来，杜行接过左英递过来的榆木鼓凳放在花梨木板旁，脱了球鞋赤脚踩上了凳子，蹲下去又站起来，刚好能看到青铜甗的内部和外表精致花纹的细微之处。

杜行刚才光顾着琢磨甗表的绿锈了，现在才仔细地看甗上的纹饰、铜质和铸缝范线。

青铜甗上的纹饰威严肃穆，自然流畅，纹饰的凹陷之处正是那个“中”字铭文。

锈是真的，纹饰是真的，器形是真的，铭文杜行看了半天，也是真的。杜行认为这件青铜甗是真品，并且器形巨硕厚重，透着一股霸气。

“这青铜甗多少钱？”杜行知道这是人家的镇馆之宝，硬着头皮问道。

“唉，别提了，为了买到这件青铜甗，我可是费了九牛二虎之力呀，来来回回跑了无数趟不说，还花了不少钱，我老婆急得差点没跟我离婚，现在她都不进这个屋子，说看到这个青铜甗她就气得慌，整天在我耳朵边唠叨，唠叨得我看到这青铜甗也有点儿不舒服了。年轻人，给你个忠告，以后娶了老婆，花大价钱买古玩重器的时候一定要跟老婆商量好，她答应了你才能买，不答应千万别买，后悔的日子长着呢。唉，女人真难缠，你要是花大价钱偷偷地给她买首饰回去，肯定惹不上这些麻烦。”

杜行陪着笑了两声，不知道该说啥。

“我现在都不想着这青铜甗多少钱了，有真正像我这样喜欢这件青铜甗的人，给个差不多的价儿，我就让出去了，省得每天都听我老婆唠叨，拿到钱后，我就躲到外面好好清净几天去。”

杜行又笑了笑，没说话。

“实话跟你说，这青铜甗我是四百二十万元入的手，要有人喜欢，看着给就行，我啥也不图，就图个耳根清净。”说完这句话，左英扯下刚才挽起来的白衬衣袖子，凑到青铜甗前边，用白袖口轻轻擦拭着甗。

杜行心想，左英这话算是古玩圈里常见的话，古玩圈里有时候不说东西最低卖多少钱，那不好听，只说东西是多少钱入的手，这话一说出来，就等于把价格撂死了，人家四百二十万元买的东西，总不能让人家赔钱卖给你吧，也不能让人家花钱投资担着风险到最后白进白出的什么都没落下，总得给人家添点儿跑货的辛苦钱吧，按着行规加上百分之十，那这话的意思就是，四百六十万元，绝对不会低于这个价格出手。当然，询价的也得是古玩圈里的人才行，若是一个什么都不懂的新手，开口闭口地问这东西打几折，最低价是多少，放血价是多少，跳楼价是多少，卖家也只能糊弄着报最低价了。

通常对付这种开价的方法是，自己不能出面再跟卖家磨价了，只能找个熟人重新去砍价，价格或许能落下来一些。要不就只能等待了。

听明白左英话里的意思后，杜行正要开口说话，趴在桌子上的朱子固忽然笑了起来，笑着跟左英说道：“老左，你可真敢要价。还真把我们当外行蒙了，你给句痛快话，最低多少？”

左英讪讪笑着，犹豫着说道：“这价格说归说，要是你要，自然就不会是这个价了……你要，就给三百个钱。”

朱子固笑呵呵地掏出支票簿，扔给汪国用说，给他三百万。说完，继续对着照片埋头勾画。

汪国用拿过支票簿，心里琢磨，小和尚刚给了我一件唐三彩，少说也是上百万的东西，可这才多会儿呀，就要往外填出三百万，虽然这钱不是自己的，但是别扭呀。再说了，自己一个保安，别说三百万的支票，就是三万元的支票都没给人开过。

汪国用拿着支票簿，走过来，扔给了左英，说，三百万，自己填去。

左英搂着支票簿，看看汪国用，再瞅瞅桌边的朱子固，说："你是不是忘了，买卖古玩哪里能用支票呢？用支票有麻烦，大家都用现金不是吗？"

汪国用就说："你见过谁没事出门带几百万现金的？"

朱子固伏在桌上，忍不住扑哧笑了一声，抬起头来说："我朋友想要这件东西，那是给你面子，你要不想要支票，一会儿让人给你送现金过来，你说行不？"

左英拿着支票簿走到桌边，伸手抄起一支笔，边往支票上填数字，边说："不用派人送了，那多麻烦。"

朱子固笑了笑，抬手看了看手表，把桌上的几张纸拿起来，折好放进旁边的一个信封里，在信封上写了地址，交给左英说道："我不等了，一会儿你的人开车过来，让他把棺椁送到这个地方，把信交给那里的人就行了。还有，千万要记得，往车上搬棺椁的时候，一定不要忘记垫几层发泡板，千万要记得。"

左英点头答应着，把支票撕下来装进兜里，指着屋子中间的青铜甗问："这个也跟棺椁板一起送过去吗？"

朱子固说不，抬到车上去。汪国用一听，便朝外走去，没几分钟，又走了进来，说车已经倒进了巷子里。

四人把青铜甗装进了特制的带有气囊塑料的箱子里，抬到了车上，三人开车离去，左英放下防盗卷闸，锁好门，返回楼上，在阁楼里挑选了好长时间，才挑出一件古玩，小心地摆在了四个顶棺奴上的花梨木架上。又在天花板上悬了一个滑轮，用特制的绳网把玻璃罩吊起来，罩在刚摆上花梨木架的古玩。

眼前这件刚刚摆放到花梨木上的古玩，就是德友阁的镇店之宝。左英前前后后总共卖出五十多件镇店之宝了，那些宝贝中有陶瓷、玉器、金银器、青铜器、漆器、木器、书画，连左英自己都记不清楚每件宝贝具体的情况了。最多的时候左英曾经一天之内卖掉过三件镇店之宝，那天还不小心把玻璃罩给摔碎了，眼前的这个玻璃罩是重新定做的，并且比原来的尺寸大了一倍有余。

左英的财源至少有一半以上是靠卖镇店之宝所得。博古架上摆着的那些古玩，大部分是真品，价值不菲，都是为了陪衬镇店之宝的身价，若是有人想要，左英总是想办法找借口推搪着不卖。就连玻璃罩下面的那四个顶棺奴石像，都是左英花大价钱买来的。

刚才卖给杜行的那件青铜甗，则是左英前天刚用八十多万元买来的，左英甚至都没有来得及仔细看这件青铜甗，就给卖出去了。摆在花梨木上按镇店之宝出售，走得快，价格高。

左英用白毛巾轻轻擦拭着玻璃罩，等一会儿，这个玻璃罩外面还会披一层黑色丝绸。买卖古玩这么多年积累下来的经验告诉左英，越是看不到的东西，就越能引起别人的注意，你越是指着一件古玩说这是镇店之宝，多少钱都不卖，就越能激起某一些人的购买欲望。左英见惯了有钱人，他们高价买自己的镇店之宝时，会伴随着一种掠夺的快感，或者是掠夺的快感驱使着他们购买镇店之宝。通常都是这样。

可今天的朱子固爽快得让自己都不敢相信，三百万元，眼睛都不眨一下，那么迫切地想要得到自己的青铜甗，不，现在那件青铜甗已经属于朱子固了，或者是和朱子固一起进来的那个年轻人。自己本来开了高价，那年轻人若还价，自己就硬邦邦地堵回去，他必定会托朱子固来跟自己砍价，自己再顺水推舟卖个人情给朱子固，落个一二百万元也没什么，自己以后用得着朱子固的时候多着呢，人情债朱子固得还，很合算。

左英现在甚至有些后悔，后悔开的价格太低了。

离开酒吧，三人继续赶路。

朱子固显得异常兴奋，比杜行还要兴奋，手里捧着那几张照片，像个小孩子似的嘴里喋喋不休念叨着：“这几块棺椁能裁成十一块古漆画，挡住整整一面墙壁。这里面不仅有金漆、银漆，还有贝壳粉末调制出来的漆，你晃晃头，就能看见漆画上的人物在动，像是在天上飞……什么敦煌壁画、埃及壁画，比这几幅漆画差远了……差远了……”

“是吗？”杜行忍不住搭讪了一句，心想，你的古漆画再怎么好，还能有敦煌壁画和埃及壁画好？这牛吹的。

“当然是了，敦煌壁画和埃及壁画都有些年代了，加上本身的神秘性和一直不断地宣传，还有其规模，这些原因会提升那些壁画的价值。但咱也没有否认它们的价值。咱只是说，那些壁画的艺术价值没有这几幅漆画的价值高，并不是说所有的漆画都比壁画的价值高，具体还是要看东西不是吗？你说句诚心话，这照片上的漆画好还是壁画好？”朱子固指着照片说道。

杜行没接他的茬。

朱子固继续说道：“等我的古漆画数量再多一些后，我就办展览，让大家都开开眼界。”

杜行哭笑不得，不知他是在说笑还是说真的。杜行问他：“你弄这冷门收藏多少年了？”

朱子固道：“没几年……几年前，我还是个教师，每个月三千多元的薪水，哪里有钱搞收藏呢。”朱子固把照片揣回背包里，合好背包，转过来继续说道：“还是那句话，收藏，有钱是有钱的玩法，没钱照样玩得开，关键是要选择好收藏的种类。没钱就找冷门，找对了冷门那也是不得了。古钱币、青铜镜、古旧家具、门窗木雕、砖雕石刻，这些收藏种类原来都属于冷门，一开始的时候，玩这些的人很少很少，等玩大了，效应就出来了。宋代和宋代以前，最正统的收藏指的只是青铜器和字画。砚台、玉器那时候还是冷门，瓷器更是冷门中的冷门。到了明代，砚台、玉器、瓷器才被更多人收藏，成为热门。清代以后收藏的种类就多了，你比我更了解……关键是选择冷门收藏时要注意其本身具不具备艺术价值，或者说具备多少艺术价值，比如说有人专门收藏旧自行车，清代末期的、民国的……收藏了好几个仓库，说句不中听的话，自行车压根儿就没有艺术价值，那不叫收藏，那叫收集，但是当把各个年代各个国家的自行车收集到一定数量时，就会形成一个整体，一条脉络，这时候就具备价值了。”

说着话，车驶出大路，驶入旁边的一条小岔路。渐渐地，车窗外正在被塔吊往上拔的高楼少了，有小山包起伏了，路两边开始有农田了。继续前行，走了没多远，就见前面有辆大货车徐徐前行，车上放着两口大缸，像是怕开快了把车上的缸给甩掉。

汪国用想超车，大货车拐过来，减速，等大货车靠右行驶后，汪国用闪着灯光响着喇叭又想超车，大货车又朝左打方向，就是不让后面的车超过去。

朱子固就掏出电话拨通，笑着说，你让我先过去行不……好吧，跟着你走。挂掉电话，朱子固跟汪国用说，别超车了，超也超不过去，跟着他慢慢走。转头又跟杜行说，就快到了。

终于，大货车拐入旁边的一条岔路，是一条小路，三人的车跟着大货车拐了进去，驶了几百米，就看到了一个铸造厂。这条小路的尽头就是铸造厂。

铸造厂坐北朝南，厂子南边是几排蔬菜大棚，大棚的后墙就是铸造厂的南墙。

货车进了铸造厂，货车驾驶舱里的两个人跳下车，又爬到了车皮上，站在两口大陶缸旁边。三人驾车驶入铸造厂，停在货车旁，推门下车。朱子固跟车上的人打着招呼，旁边有几个人推着小推车过来，推车上放着一口束口小陶缸。货车上的人掀开大陶缸上厚厚如包袱似的盖子，接过车下的人递上去的长柄大勺探入陶缸内，搅动了几下，从缸里舀出一大勺如巧克力酱般的东西，倒入小陶缸里。

一股酸溜溜的味道从货车上淌了下来，又从小陶缸里窜了出来，像一条无形的大蟒蛇一般紧紧裹住了杜行，杜行顿时感觉胸闷气短。

朱子固也是强忍着冲心窝子的酸味，从推车的人手里拿过一根木棍，木棍的前端是块硕大的木板，旁边的人从大陶缸里舀出酱泥来，朱子固就把木板接到勺子下，好像这酱泥特别珍贵，生怕洒了。

“这是什么酱？酸溜溜的，做醋用的吧？”朱子固问道。

车上的人手里小心翼翼地端着长柄勺子，一眼不眨地看着酱泥流入陶缸，生怕漏出去一滴，倒完了这一勺后，车上的人才说道：“这是老醋泥，不是用来做醋的，是用老陈醋做成的。”

“老陈醋做的？炒菜用的？”朱子固不解。

“不是，这不能炒菜。用老醋泥烧菜，怕是会把炒菜的铁锅底儿都给酸没了。”车上的人笑道。

朱子固以为车上的人会接着说这老醋泥是用来干吗的，等了一会儿，却没人接口答话了，依旧小心地用木勺往小陶缸里舀醋泥。别人不说，朱子固也不好意思再问了，岔着说起在超市里买过山西的老陈醋味道很不错。

车上的人便乐了，乐呵呵地说道：“那也叫山西老陈醋？别看牌子一个比一个响，价钱一个比一个贵，标签上的说明介绍得一个比一个正宗，其实大部分都是蒙人的。以前专门蒙外省市的人，现在连山西人都想给一并蒙骗了。流水线灌装出来立刻就进了超市，别说是老陈醋，连陈醋都算不上，顶多是香料添得多点，水兑得少点的勾兑醋罢了。”

“不会吧，我尝着挺不错的。”

“你觉得不错，那是因为你不是山西人，你压根就不知道以前的山西陈醋是什么滋味。现在好多山西人都不吃有名气的大厂子出的醋，都去小醋作坊里买醋，可惜现在的小醋作坊越来越少了，开车跑几十公里的山路，不只是为了能吃到地地道道的老陈醋，更多的是受不了这憋屈，怎么钱花得越多越买不到正宗的东西了……嗯，也许你吃的压根就不是什么山西醋，是吃的不知道哪门子的醋吧，哈哈……”

朱子固笑笑摇头，低头看看小陶缸，里面的老醋泥已经到了陶缸的腹部，差不多一半了，味道却不像刚才那样冲鼻子闷胸口的酸了，轻嗅之下，醇厚浓郁的酸中飘着缕缕清香，煞是好闻。

又舀了十几勺后，车上的人把木柄放回大陶缸里，盖好缸盖，从货车上跳了下来，推车的人也盖好小陶缸的盖子，旁边两个人扶着将小陶缸推进了南边的蔬菜大棚里。

货车司机返回驾驶室，掉头走了，刚才边舀醋泥边跟朱子固说话的那人却留了下来，跟朱子固说，走，去屋子里喝茶去。边说边自顾自地朝屋子里走去，经过站在旁边的杜行和汪国用时，看都没看他俩一眼，仿佛他俩压根儿就不存在。

朱子固让汪国用在车里等着，领着杜行往屋里走。

杜行跟着朱子固进了屋，抬头一看，屋子就是一个堂屋和东厢房相连着的大厂房。屋子里异常简洁，不，简直是简陋，墙壁全都是干干净净的红砖白缝，地板全部用耐火砖铺成，且形状各异，方砖、长条砖、异形砖，完整的、残缺的，耐火砖的颜色则五彩斑斓，玫红色、橘黄色、油黑色、焦青色、亮蓝色等诸多偏色掺杂在各种颜色中间，让杜行以为自己踩在了教堂里的花玻璃窗上。颜色虽多，却并不显得杂乱无章，地板上的耐火砖朝东厢房蔓延着铺去，一直铺到堂屋和东厢房的交接处，地板上的耐火砖陡然骤起，围出一个两三米高的火炉来，火炉上的烟囱刺穿屋顶，向外探伸了出去。火炉周围有几个人正在忙乱着，朱子固朝他们大声打着招呼，他们也只是顺口答应了一声，头都没抬。刚才货车上的那人也在火炉边帮着忙活。

正对着堂屋门口，摆着一张红木八仙桌，围着四条板凳，西侧墙有个楼梯直通向了楼上，楼上的木扶栏正好立在楼下屋子的后墙上，显然屋子后面还有屋子，但却看不到门。屋顶上吊着几个电扇和亮堂堂的大灯泡，除此之外，再也没有任何的家具和摆设。杜行觉得自己和朱子固走进这屋子里来，像是给这屋子添置了三件家具似的。

“呵呵，有点简陋，走，我领您去楼上的房间看看……”朱子固说话的表情甚至有点儿得意。

上了楼，朱子固领着杜行进了一间屋子，打开灯，屋子里有一张床，床单、枕套是淡淡的草绿色，床边是一个床头柜，柜子上面是碧绿色玻璃窗。地板是酒红色木地板，墙壁上贴着乳白色竖纹壁纸，厚厚的隔音壁纸和木地板在这铸造厂里显得极其奢侈。

“楼上的房间全都是这样的布置，看了这间屋子，就等于逛完了楼上，”朱子固笑道，“这是你的房间，或者你可以随便选择一个房间休息。”

杜行说道：“跑这么远就是为了来这里休息？”

“别急，别急，该知道的今晚都会知道。”朱子固抬手看了看手表，乐呵呵地说。想了想，又说道：“你要不想休息，可以和我到下面去坐会儿，聊聊天，喝杯茶，等着消息。”

杜行没说话，走出了门外。朱子固笑着走出来，和杜行下了楼，来到屋子中间的八仙桌旁坐了下来。还没坐稳，朱子固就走了出去，不一会儿，端了一套茶具过来放下，反身出去，又提了水壶抱着茶叶罐进来，沏了两杯茶，转头望着火炉边的人，见他们已经忙完了，正蹲在火炉边洗脸，就喊了一声，快来喝茶。

火炉边的人答应着。

门外有几个人抬进来一张长条桌子，放在杜行他们这张桌子旁边，等火炉边的人擦干脸朝这边走过来时，门外的人来来回回地在桌子旁边放了十把太师椅。火炉边的人围成一圈坐在旁边的桌子旁。

杜行望过去，见那些人有的已是头发银白的老人，有的是戴眼镜的文质彬彬的中年人，怎么看都不像在火炉边干体力活儿的人。

朱子固沏茶，旁边桌上的人就一个个地过来跟朱子固打着招呼，说笑几句，然后端起茶杯坐回旁边的桌边。没有一个人跟杜行说话，甚至看都没看他。

杜行心中纳闷，他们对自己视而不见实在是有些出乎常理。

没多大工夫，有车开进铸造厂来，掉了个弯儿，下来个人，车开走了，人进来了。那人跟屋子里的人打着招呼，搬了把椅子坐到一位老者跟前，嘘寒问暖唠起了家常。

又有车进来了，几个小伙子弄进来一张桌子，十把椅子，进来的人接过朱子固沏的茶，转身坐了回去。

过了约有一个小时，差不多两点半的时候，屋子里已经摆了四张桌子，坐满了人，朱子固面前的小花锡茶叶罐里的茶叶都快泡完了。无一例外，过来端茶水喝的人都没瞅杜行一眼。更蹊跷的是，半数以上的人杜行居然认识，都是鉴定专家、收藏家。

最后一个人跑了进来，双手抱着拳给大家作揖赔礼，说是路上塞车，来晚了。

几个小伙子跟着进来，手里托着大木盘子走到桌边，把盘子上的青花大碗摆在众人面前，杜行低头一看，青花大碗里是一碗汤面。

朱子固跟端饭的小伙子说："拿个辣椒下饭好不？"

小伙子犹豫着，面露难色，不答应。

朱子固赔着笑脸说："拿一个辣椒下饭呗，没事，大家今天都来了……拿一个呗，吃出啥乱子来找我，我担着。"

旁边几张桌子上的人也帮衬着说，拿辣椒，拿辣椒，出了事找我们。

小伙子见拍着胸脯担保的人越来越多，只好点头答应着，朝院子南墙的蔬菜大棚快步走去。

杜行暗自纳闷，不就是个辣椒吗，为何还要这么多人相求才肯去拿，难道这里的饮食有什么禁忌不成？

旁边的朱子固提起筷子，指着面前的青花大碗说："这是山西长治的清汤饸饹，带肉的牛棒骨加党参入山泉水，大火煮开，小火炖，再大火滚开后用鸡肉茸扫沫三遍，直到汤清如山泉为止，饸饹面是用当地的白面硬压而出，不添盐，不加筋道粉，却筋道有嚼头，可谓汤清如水，面莹如玉……”

说了一会儿话，就见刚才那小伙子双手捧着一个白瓷盘子进来，摆在朱子固和杜行面前，欲言又止，转身离去。

朱子固说了声吃饭，伸出筷子探入碗内，挑面入口，嘬汤细品。邻桌的人也开始动筷子吃饭，桌上却没辣椒。

吃了半碗，杜行就觉得这清汤饸饹果然是汤鲜厚纯和，面筋道爽滑，正埋头大吃时，就听朱子固在一旁劝食道：“吃辣椒，辣椒下饭。”

杜行抬头，看着桌上的白瓷盘里盛着一个刚采摘下来的碧绿尖椒，转头看看周围，别人都在埋头吃饭，只有自己和朱子固面前有尖椒，朱子固也不吃，只劝自己吃。杜行实在是搞不清楚朱子固和别人为什么要郑重其事跟那小伙子讨要辣椒，还专门跑到温室里给自己现摘一个辣椒，难道这里就是这样的风俗不成？转念一想，很多地方都有一些出人意料的待客风俗，摸不清楚门道会令客人和主人都难堪。想必是真的有什么饮食上的忌讳，既来之，则安之，让吃就吃，反正自己也不怕辣。

杜行伸筷子探入盘内，夹住尖椒，往上一提，筷子却打了滑没夹起来。用筷子这么一夹，杜行感觉有点儿不对劲，盘子里的尖椒像是很沉重。放下筷子，杜行干脆伸手去拿尖椒，捏住尖椒柄把儿拿起来掂了掂，好家伙，这尖椒只有三四寸长，却差不多有二斤重。

拿到眼前细细观看了数遍，杜行差点没失声大叫起来。

这青尖椒分明是青铜质地，形制极其自然逼真，外面裹着厚厚一层绿锈，绿锈莹润如碧玉，由内而外皆见晶润，仅能从重量以及尖椒柄端故意露出来的一圈青铜截面才能辨出尖椒的材质。

“这……这……”杜行惊得目瞪口呆，看看朱子固，再看看手中的尖椒，竟一时语塞。

朱子固把一双笑眼埋在碗口里，直到把一碗清汤饸饹吃了个干干净净一滴汤都不剩后才抬头，抽出刚才小伙子挂在八仙桌下的白毛巾抹了抹嘴，笑眯眯地看着杜行道："这清汤饸饹真是百吃不厌，吃一大碗，干再重的体力活都不觉得累，操多大的心都不觉得费神。"

"这尖椒……"杜行有些迫不及待，受不了朱子固故意卖关子。

"铸造厂里的人每天早上都吃这饭，甭管谁来了，也是这饭待客，还有休息睡觉的屋子，都一样，每间都是客房，来了这里，就没有尊卑之分。好多年了，这里很少给客人添过菜，听说曾给一位客人添过一盘东坡肉，我也没亲眼看到，不过今天却是亲眼看到给你添了一道菜。吃不了兜着走吧你。"朱子固乐呵呵地说道。

杜行看着手里的尖椒，心底正在暗自赞叹此物巧夺天工时，听到朱子固说吃不了兜着走，愕然不敢相信。

朱子固微笑着点头说道："这里的主人若是在这里，一定会说，陋室粗食，招待不周，送你件小玩意儿把玩，聊表歉意。"

"我怎么能平白无故地收这么贵重的宝贝呢。"杜行急忙将尖椒放回了盘子里。

正在这时，忽听门外传来爽朗的话声："谈不上贵重，只不过是小锈样而已。"

声音刚落，一位老者走了进来，怀里抱着个大锦盒，细看去，竟是住在湖门村的梁瑞秋。

杜行脑子嗡了一声，站了起来，手足无措地看着梁瑞秋，接着，又看到梁瑞秋的身后跟着一行人。自己的父亲、大伯、叔叔一个个走了进来。

朱子固站起来，走开。

梁瑞秋一行人站在八仙桌旁，梁瑞秋把怀里抱着的大锦盒放在桌上，旁边几桌人腾地站起来，朝屋边的火炉走去。

杜行就听到那伙人弄出一阵掺杂着清脆金属撞击的喧闹声。转头朝火炉方向瞄去，只见一圈人在火炉旁，赤裸着的上身朝前探着，双手持着一根铁棍在火炉里来回搅动。旁边的人脱去衣服，穿着白背心，埋头拽拉着一个大木制风箱。不时地有人从东厢房里推着小推车出来，把小推车里的炭块和木炭倾倒在火炉旁，有人便从火炉里抽出铁棍摆在地上，抄起铁锹往火炉里添炭，火苗立刻从火膛里扑了出来。地上的一堆炭刚扔进火炉里，又有人挑着箩筐走到火炉旁，将箩筐里的金属卸在墙角。一边的人把铁锹竖在墙角，用地上的竹簸箕盛一些金属块扛在肩上，踩着火炉旁的铁梯子爬上去，将竹簸箕里的金属投入火炉中，等他从铁梯子上爬下来，又有人推着炭块过来……

火炉边的人忙乱着，却没人说话。杜行脑子里也一阵空白，不知道这究竟是怎么回事儿，家人们不是在安阳的祠堂里吗，怎么跟着梁瑞秋来了这里？

“去年偶然间得了件青铜器，明天帮我掌掌眼，这碧玉椒就算是报酬，免得你推辞。”过了一会儿，梁瑞秋连盘子带尖椒推到了杜行面前。

杜行没反应。

杜承序伸手拿起尖椒捧在手里，摩挲之余不禁叹道：“碧玉椒，碧玉椒，好名字，锈润如玉，色碧如竹，好宝贝。”

杜承序看了看杜行，见他还在发愣，心知他一时半会儿缓不过神来，便笑着摇了摇头，说道：“这种莹润如碧玉般的锈色，我相信现在国内外的收藏家都没有见过，哪怕是有人将天下所有的青铜器都收集起来，也见不到这种碧玉般的锈。这种锈色不是青铜器出土时就具备的，而是靠收藏者日积月累不断把玩才养出来的锈色。你们喜欢品茶吗？喜欢用紫砂壶泡茶吗？”

“不敢说品，只是喜欢，从小就用紫砂壶泡茶喝。”杜行的叔叔答道。

“崭新的紫砂壶表面近乎生涩，买回家后不断使用、把玩、养护，壶身会去生涩，放光泽，这种光泽不同于一般古玩表面的包浆，紫砂壶表面的光泽像是由泥料里溢出来的一般，简单地说这就是养壶。青铜器也一样，也需要养，只不过养护的只是青铜器内外的锈层而已，并且养锈的方法也比较与众不同。瓷器好养，只需平时多用柔软绸巾擦拭即可；玉器好养，空闲时用手掌肌肤搓摩即可；书画好养，保存时防潮避光，注意温度湿度即可；木器也好养，经常用缎锦蘸核桃油擦拭即可。在古玩的大类别当中，唯独青铜器不好养！这个……咱们也不兜圈子，咱们是干吗的？咱们是专门给青铜器起锈挂锈的，说青铜器不好养自然是说青铜器表面的锈不好养。青铜器的锈色很多，白黑红绿蓝黄紫，绚丽多姿，争彩斗艳，白锈泊雅，黑锈沉厚，绿锈莹润，红锈丹绛，蓝锈闪亮，等等。各种锈色养护的要求完全不同，比如说面前的这个碧玉椒，这只是个理想化的锈色，是近乎夸张的锈色，在现实的青铜器上，这种锈色是不存在的……呵呵，可面前不是明明放着这个碧玉椒吗？这个碧玉椒不算数。碧玉椒的里面是瘦青铜做的尖椒模样，发了一年，直到尖椒表面全都长满底锈后，再挂锈，挂锈三年之间不断上色入晶，三年后方始盘玩，直到盘成这般模样。养碧玉椒的方法在实际中并不适用，首先是不适用于器形比较大的青铜器，即便是那青铜器表面具有很好看的绿锈，也不能像碧玉椒这样经常用手盘玩，手心里的汗水会令绿色看上去滋润，这点不假，但是只要你开始用手拂拭青铜器，试图用盘玩玉器的方法给绿锈增加莹润，就不能中途停歇。你隔了三五天没用手摩挲青铜器，原来看上去已经有些莹润感的绿锈就会变得暗沉晦涩，你有事儿出门一个月，回来再看，绿锈已经开始被以前沉积的汗水腐蚀，锈缝内会长出少许白粉状的腐蚀物，如同粉绿锈的前兆。要隔一年半载没有用手汗去养护，那就必须考虑请人将青铜器表面的锈去除掉，否则将会损伤绿锈下的青铜器。所以很多人虽然知道用手汗能将青铜器养得碧绿莹润，但也知道只要稍有懈怠，前功尽弃不说，反而还连累原来的上品绿锈受那酸腐刀剐之刑，于心何忍。也有养锈的行家用童子尿养绿锈，养出来的效果优于手汗，但坚持几十年到处找童子尿，这不是一般人能做到的，容易让人说三道四，说假养锈真养阳。至于青铜小件，也许有人能坚持几十年都在自己的腰带上悬一枚青铜带钩，稍有空闲就把手伸进腰间盘玩，但这样做不值得，首先是大家会误会；其次，现在养出好锈色通常都是为了大幅度提高青铜器的价值，一件原本只值二三十万元的汉小鼎，养好锈后，价格可能会卖到七八十万元，甚至还要多。但是，青铜小件再怎么养都难成气候。最后，碧玉椒的这种养锈方法只适用于绿色锈种，其他锈色绝对不能这样养护，每种锈色都有不同的养护方法。但很多时候一件青铜器上的铜锈是多色共存的，生手难免顾此失彼，得不偿失。所以在现实当中，不建议不懂锈的人养锈，去除表锈后做些必要的保护层，尽量保持铜锈的原貌即可。这件碧玉椒虽然连青铜小件都不算，但其价值却要超过一些上百万元的青铜器。这是艺术品，你们今天开眼了。”

旁边的梁瑞秋摆手说道：“不算什么艺术品，无聊之作而已。”

杜承序笑了笑，抚拭着手中的碧玉椒，继续说道：“这件碧玉椒是艺术品，艺术都是来源于生活又高于生活的。一棵大白菜，搁菜市场上卖多少钱，齐白石把看在眼里的白菜画到纸上，那就是艺术品了，两元的白菜画出来，至少变成二百万元了。别说齐白石，甭管哪个画院的学生为你画一棵白菜，你至少得给人家个二百元整数吧。画院的学生画的白菜比生活中的白菜价格高，这也是艺术吗？那就很难说了。有的收藏者喜欢买一些还没有出名的画家的作品，买入的价格很低很低，就盼着那画家出名后能卖大价钱，收藏者管这叫艺术品投资。要我说这些收藏者还不如去香港买六合彩呢，回报率要比这投资高，风险也相对较小。艺术品投资要求投资人首先要具备鉴赏艺术品的能力。艺术不是有钱就能行的，艺术要跟你翻了脸，赔死你。可好多收藏者不具备投资级别的鉴赏能力，又想骑在艺术的肩膀上发家致富，还不想花大价钱，实在没辙，最后就想出来这一条门路，专门买他们认为能出名的画家的作品，一麻袋一麻袋地买，等着画家出名。画家迟迟不出名咋办？投资者就会帮着画家炒作。像最近几年国内知名度迅速登顶的那个书画家就是被好些个囤积了他大量作品的投资者炒出来的。”

“艺术的本质跟博彩投机型收藏者的愿望是有差距的。一个画家未出名，未被人们认可，大部分的原因是因为他的作品没能达到一定的艺术高度。比如说齐白石的作品，早期、中期、晚期的作品艺术上是有差距的，早期的作品之所以还能卖高价，全是沾了齐白石这三个字的光。即便是艺术价值低于经济价值，收藏者还是乐意敞开腰包多付出。艺术的本质很容易被人忽略，被名气掩盖。投资收藏应该保持中立，保持清醒。不能让自己变成一个狂热的追随者，也不能把自己变成古板的抵触者。”

“比如说秦桧，那也是书法家，现在使用率最高的宋体就是秦桧发明的。很多人不喜欢他，如果他们有机会用低于市值二三成的价格购买到秦桧的真迹，哪怕是去借钱，他们依然都会去买，因为能卖。而兴趣收藏或对自己有特殊意义的收藏等其他性质的收藏就另当别论了，怎么折腾都不算过分……”

说着话工夫，火炉边的人已经忙活完了，陆续走了过来坐回邻桌，杜承序边说，边转头朝他们望去。

邻桌的人听着杜承序忽然说起现代艺术品，都耷拉着头，不敢朝这边直视。

等杜承序说了一会儿话，听着熟悉的话音，杜行才渐渐相信，眼前的这一切都是真实的，不是自己在做梦。可是，自己的家人怎么跟梁瑞秋在一起呢？这怎么可以？小时候，晚辈们坐在祠堂里听长辈说，梁瑞秋原本是杜行爷爷的义子，后来因为梁瑞秋数次偷偷将家里祖传的古玩给卖了，得到的钱全部挥霍了个干干净净，杜行的爷爷差点没被气死，遂将其逐出家门，并立了一条家规，杜家的任何人都不准接近梁瑞秋，不准接近梁瑞秋住处的方圆十里地。后来杜行的爷爷去世，每年的大年初一去祠堂祭祖，长辈们都会把这条家规念叨一遍，直到晚辈们铭记在心。

直到前几年的秋天，杜行在家后院做山楂酱。杜行做山楂酱肯定不是为了解馋，那山楂酱里掺了毛硝和醋泥，压根就不能吃，是专门给仿制的青铜器做锈用的。山楂酱做出来的锈比梅泥做出来的锈要茂盛许多，但是没有梅泥的锈密实。不管是山楂酱还是梅泥，都不能用作青铜器做锈的最后原料，山楂酱只是让青铜器预先发一遍锈而已，发出来的这层锈，会用结实些的竹篾片刮掉，弃而不用，再敷抹其他原料，再让青铜器发锈。这样做出来的锈层次感特别真实，锈层、锈斑之间过渡得也比较自然。这样的做锈方法只适用于刚从陶范里铸出来的青铜器，若是青铜器已经做过物理化学处理，被甩过，重量已经减轻了，就不能再用这些东西做锈。否则，山楂酱、梅泥、柠檬糖这些天然的酸性物质敷抹在青铜器上好几年，青铜器表面也只会有一层薄薄的匀称的锈而已。

做好的山楂酱要赶紧用，隔夜后效果大降。七八件青铜器上都涂过山楂酱后，还有剩余，杜行不想把剩下来的山楂酱丢弃掉，就去炉前找青铜小件。杜行家仿制青铜器，通常会在浇铸一批青铜器后，额外浇铸些青铜小件，如带钩、青铜镜、车马饰件或是兵刃之类，这些青铜小件不是用来出售的，况且，想出售也售不出去，别人一看就知道是假的，兵刃青铜镜的青铜配比跟鼎簋之类的青铜器绝对不一样，两者的颜色不一样，山楂酱涂抹在两者上，发出来的锈色也不一样。浇铸这些青铜小件，一是为了试锈，在青铜小件上涂一些新配比出来的做锈原料，用于观察其效果；二是为了熟练铸造手艺。

到了炉前，青铜小件已经没有了，被堂弟拿去用了，返回后院，山楂酱只剩下了一丁点，虽然勉强够涂一个带钩，杜行还是觉得倒掉山楂酱有点心疼，山楂是自己在后山上亲手摘下来的，酱里掺的老醋泥很贵。杜行不死心，跑去问别人有没有剩余的青铜小件，都说没有，杜行就溜达到旧宅子里，杜行记得，早已没人住的旧宅子的门上，有青铜制的门环门钉，那是杜行的爷爷亲手锤打出来的。到了旧宅子，却见门上的铜环已经生锈了，薄薄的一层，如果想往上面抹山楂酱，就得刮去这层锈，因为山楂酱发出来的锈完全可以取代真实的地子锈。杜行进旧宅院的窑洞里，想找件称手的东西刮掉门环上的铜锈。找了半天没找到，出来看到一行行刻在墙壁上的字已快要模糊，杜行过去细辨，是自己儿时和兄弟们刻上去的，多是些甲乙丙丁之类常见的金文，看着墙壁上稚嫩的字迹，心生感慨。唏嘘片刻后，杜行忽又看到一行行金文当中，有一个“中”字，那不是自己和兄弟们刻上去的。那个“中”字是商代早期的写法，杜行和兄弟们小时候从来没练过这种写法，长大后才开始学这样的字体。杜行蹲下来，看着那个刻意求拙的“中”字，很是纳闷，心想，难道自己的兄弟们也来过这里，又把小时候的顽劣劲儿给唤了出来？杜行站起来，看到脚踩的青砖缝隙比别处工整，跺几脚，听声音不像是空的，可他还不死心，返回火炉边拿了撬棍铁锹过来，撬起青砖往下挖，挖到差不多一米处，就见下面的土里掩埋着东西，继续挖，几件青铜器露了出来，当时心里也没太在意，以为是自家人埋在这里发锈的，等把这几件青铜器拿出来细看，却见其中有两件是大伯所说的梁瑞秋背着爷爷拿去卖掉的古玩，其中一件错金银鼎里还放着一块青铜片。

杜行不知该如何处理这件事情，说给长辈们听？他们念叨梁瑞秋是败家子、丧门星已经半辈子了，再说梁瑞秋走的时候，也亲口承认偷了传家古玩去卖。不说吧，又觉得有些不妥当。杜行决定先不说，等以后有机会时再拐弯抹角地问问，探探口风。几件青铜器又被杜行填埋回去，鼎里的那件青铜片，却被杜行留了下来。

后来杜行每次变着法儿地想要说这件事情，但只要话题涉及梁瑞秋，长辈们立刻阴了脸，不是大骂梁瑞秋，就是把晚辈们都叫来训话，反复几次，弟兄们开始抱怨杜行。

这件事情就这样被搁了下来，一直到几天前，杜行为了打探是谁盗挖了自家的祖坟，实在是走投无路了，才想到了梁瑞秋，心想梁瑞秋也许没有传说中那样坏，可以试他一试，可自己又不能去见他，这才将那件青铜片放在青铜觥里，给他儿子梁克己送了过去，绕着弯子让梁瑞秋看到这件青铜片。若他还念及父子之情，见到这件青铜片后，对祖坟被挖这件事一定不会袖手旁观。

杜行就是这样想的，哪怕有一丝希望，也要坚持下去，找出盗挖自家祖坟的人。

但是，为何父亲、大伯和叔叔现在跟梁瑞秋在一起？难道他们和好了？难道是梁瑞秋见到那件青铜片后，去了老家跟他们说了什么？

杜承序说完，朝着邻桌一挥手，又说道："事情过去了就算了，以后别再这样就是……不说这些了……今天，是个大日子。"

杜承序站了起来，梁瑞秋站了起来，邻桌的人也都跟着呼啦啦站了起来，杜行抬了抬腿，发现自己原本就站立着。

梁瑞秋打开锦盒，从里面抱出来一件东西放在桌上。杜行侧头望去，竟是自家祖上的牌位，正自惊愕时，见周围的人哗啦啦围拢过来，牌位前顿时黑压压地跪了一大片。梁瑞秋、杜承序，杜行的父亲、叔叔也都跪了下去，杜行急忙绕了过去，跟着跪在父亲身后。

"上仿以崇古，下仿以牟利……"梁瑞秋跪在地上，昂着头，对着牌位大声诉诵。

杜行的心里更是慌乱，一点儿头绪都摸不着，不知道发生了什么事情，竟然把祖先的牌位都搬来了。

等梁瑞秋说完了话，对着牌位磕了三个头，杜行也跟着大家伙儿磕头，磕完头，见众人跟着梁瑞秋都站了起来后，才也站了起来。杜行看看父亲，看看叔叔，最后看着大伯，眼光再也不肯移开，杜行想要知道这是要干什么。

“我们新的当家人选出来了……”杜承序看着杜行说道。

所有人都看着杜行。

杜行看看周围，不知道什么意思。

梁瑞秋冲杜行微笑道：“你，从现在开始，就是我们大家的当家人。”

“你愿意吗？”杜承序问道。

杜行云里雾里似的，说不出话来，怎会不愿意呢？可这又是真的吗？

邻桌的人一个个走了过来，冲杜行抱拳，仔细打量着杜行，像是要把杜行的模样牢牢记在脑子里，然后默默转身，悄然坐回去，直到屋子里静悄悄的，再没有了脚步声。

“从此大家的声望名誉，甚至身家性命，都交给你了，而陪伴你的，没有荣华富贵，没有悠闲时光，只有孤独。”杜承序缓缓说道，“从此，你将会有数不清的敌人。你只能孤零零地一个人扛着。”

“至少还有星星月亮相伴。”梁瑞秋笑了笑。

杜承序转头，望着梁瑞秋，眼圈红了，泪水涌上来，眼前一切都模糊了。梁瑞秋微笑着。杜承序摇头，泪水溢出眼角，走近梁瑞秋，四目相交，两人再也忍不住了，抱头痛哭，杜行的父亲和叔叔也扑了过去，泪流不止。

许久，四人才止住泪流，抹抹眼，又开怀大笑，只是笑中带泪。

杜承序转头，朝杜行说道：“这是你大伯，他不姓梁，他姓杜，他叫杜承安，是我亲弟弟，是你父亲、叔叔的亲哥哥，小时候就数他淘……”话音又开始颤泣，抹了抹眼，杜承序继续说道：“他就是以前的当家人，他偷了家里祖传的古玩拿去变卖挥霍，那都是编的，只是为了不让你们知道，不让别人知道……”

杜承序顿了顿，仔细望着杜行，说：“昨晚，在家里的祠堂上，你已经被我和你父亲、叔叔说成了一个无恶不作的坏蛋，你的兄弟姐妹们都恨你恨得牙痒痒，再也不会跟你来往。你将背负骂名，不能回家，不能见你的父母，不能见我们……我们也不想这样，这是祖上传下来的规矩。现在，你还想做我们的当家人吗？”

杜行正要说话，外面忽然跑进来一个小伙子，跑到梁瑞秋跟前说，文保会的人来了，正朝着这里赶来。邻桌的人群中，有人面色已变。

梁瑞秋眉头一皱，嘴里自言自语道：“怎么早不来晚不来，偏生这个时候来……从哪个方向来的？来了多少人？”

小伙子道：“四面八方，每条路上都有他们的人，很多人，很多车，都围过来了。”

“你去备车，准备离开这里，”梁瑞秋又转身向周围的人说道，“大家不要慌，咱们马上离开。”

人群中有人问道：“刚才说路上都是他们的人，这样出去不是正好撞上他们吗？”

旁边有人也说道：“不如找个地方躲一躲，外面就是庄稼地，进了庄稼地，他们就找不到咱们了，等他们走后，咱们再出来。”

又有人说，村外就是小山，山顶上有树林，干脆躲到树林里，他们开车来的，这大半夜的，咱们站在山上，他们从哪个方向来，要去哪个方向，咱们都能看得一清二楚，这样可以给自己找条出去的路。

周围的人点头附和。

梁瑞秋大声说道：“这样不行，咱们必须闯出去。万一他们守在路口不走呢，咱们岂不是会被困在这里？大家想想，你们在外面都是有头有脸的人，无端失踪一天，别人就会觉得奇怪，媒体也会嗅到不正常。那时候，他们只需要挨个儿打听这一两天谁不在家就会查出你们来……”说着，梁瑞秋转头朝院子里望去，几辆黑色 MPV 已经亮着灯开到了院子里。“现在闯出去，以后难免会被人说是落荒而逃，不过大家放心，咱们迟早会跟文保会的人硬碰硬地干一场，不过不是现在，大家现在最主要的是赶紧回家，洗个澡，该干吗干吗。”

梁瑞秋抱起桌上的牌位，放入锦盒，交给杜承序，说：“抱回去，我和杜行先走，你们回去，过几天我去找你。”

杜承序和杜行的父亲、叔叔哪里肯答应，兄弟四人好不容易见面了，哭也哭了，笑也笑了，就这么走了，那还是兄弟吗？三人不答应，非要跟梁瑞秋在一起。梁瑞秋抬手看了看手表，急了，冲着三人吼了起来：“婆婆妈妈的像个爷们吗？你们仨，等会儿跟大伙儿一起走，别那么多废话！”

说着话，一个小伙子进来，看着梁瑞秋。梁瑞秋就问他，准备好了？小伙子答道，好了，大门口第一辆车。梁瑞秋点头，冲杜行招手说，跟我来，便头也不回朝外走去。

杜承序追了出去，梁瑞秋停下脚步，没回头，背对着杜承序说：“你再跟着我走一步试试？”

杜承序平日里在家向来是说一不二，除了杜行，没人敢不听他的话，可现在，虽然不忍心再让自己的弟弟去冒险，但听了梁瑞秋的话，脚下却没再往前移，默默地看着早已花甲之年的弟弟，一步步走远。

杜行拔脚往外走，走到父亲身旁时，停下来，望着他父亲。他父亲嘴角动了动，像是想说什么，也像是想强作笑容，却只是动了动，没说话，也没笑，只是看着杜行缓缓点了点头。

杜行走出屋子，本想跟杜承序说句话，却见他木桩似的站在那里看着梁瑞秋的背影，杜行小声说了一声保重，便甩开大步，朝梁瑞秋追了过去。

第十章　来自韩国

黑夜，没有月亮，没有星星，只有一片黑色。连绵起伏的山脉像刚从墨汁里捞出来摔在路两边，还在不住地流淌着浓厚的黑色。树木、庄稼、鸟虫，还有这条略老旧的公路，都被染成了黝黝黑色。

车灯雪亮，流星般贴着这条老路前行。

“十几年前，这条路是通往县城唯一的柏油路，即便是晚上，路上的车也是川流不息。而现在，却落寞成只供沿路一些小村子里的村民们进县城的便道……前面，前面土崖最高处停车。”梁瑞秋边摆弄着手里的东西，边跟正在开车的杜行说道。

车停在了路边的庄稼地里。

梁瑞秋下车，边打电话边从车里拿出背包挂在胸前，顺着路边的小路爬上了土崖高处。等杜行跟着上了土崖，梁瑞秋已经把胸前的背包摘了下来，从里面拿出一副厚厚的像潜水镜一样的眼镜，一手扶着耳朵上的蓝牙耳机，一手将眼镜戴到额头上。又从背包里取出一个暖水瓶大小的东西抱在胸前，问电话里的人还要多久，又交代电话里的人等一会儿开足马力加大油门往前冲。

交代完，梁瑞秋转头对着杜行拍了拍怀里那个像暖水瓶一样的东西说：

“这是大功率的近红外激光手电筒。这种手电筒不管是白天还是黑夜，都能在几百米外令人瞬间失明，而手电筒发出来的光线肉眼却看不见。这种手电筒在国内早已泛滥，国家尚未管制，几百数千元就随处可得。对于司机来说，这种手电筒比枪支弹药更可怕。一个无聊的人，戴上夜视镜，或是手持一架有夜视功能的摄像机，手里再拿一个这样的手电筒，可以轻而易举地制造出无数次车祸。只要车前有玻璃，防弹车也躲不过这玩意儿。这东西在国外管制得很严格，拿着它的人，可以射下一架飞机。”

“你……你要把他们的眼睛弄瞎？”杜行惊道。

“不，只是失明一会儿，过一会儿就能恢复视力。”

“他们开着车，眼睛失明岂不是会翻车？”

“你看前面这段路，坑坑洼洼的，根本不能开快车，路两边也都是平坦的庄稼地，不会翻车，司机眼睛看不见后，就会踩刹车，即便控制不了方向，顶多也就是冲进路两边的庄稼地里，放心，不会出人命的……还有多远？嗯，让大家开车往这边冲。”

梁瑞秋把额头上的眼镜拉下来戴好，趴在地上，看着前方的公路。

一队车呼啸着驶来，速度飞快，像一支亮闪闪的箭从远处射了过来，越来越近，越来越快。

到了前面的坑洼路面时，车队慢了下来，一束灯光在坑洼路面上起伏波动，过河似的慢慢朝这边蹚过来。

梁瑞秋跟耳机说了一声“你们过来吧”，边说边抱着红外电筒，瞄着过来的车队。

车队的第一辆车刚驶出坑洼路面，正准备加速前行的时候，司机猛然觉得眼前漆黑一片，一瞬间什么都看不到，手松松地扶在方向盘上不敢用力，脚下使劲儿踩刹车，后面的车撞了上来，又觉得身子剧烈摇晃。

再后面的车缓了下来，司机还没明白前面怎么回事儿，眼睛一阵灼热，像几道电焊的电弧光掰开自己的眼皮硬生生地钻进了眼里，使劲闭眼，再睁开，什么都看不到了，黑暗中，只能听到车里的人在大叫“怎么回事儿，赶紧开车，绕过去，绕过去”。

霎时间，车队瘫在了路上。多半数的司机都在揉眼，在跟车里的人喊，我看不见了，什么都看不见。能看到的司机，却都待在被前后车辆挤得不能动弹的车里，尝试加油门把前后的车撞开，撞出来一点空隙，能让自己的车开出去。

对面开来一队车，为首的是一辆重型货车，站在路边的人急忙往车队后面跑，跑到最后一辆车前，车里的人已经跳了下来，正在把车往路中间推。他们出发前就计划过，若是看到有人驾车逃窜，就把车横在路上做路障。可却没有料到自己的车队却先堵在了路上。

两辆车被推到了路中间，正要推第三辆车时，大货车已经扑了过来，大家急忙散开，跳到了路两边的庄稼地里，看着大货车像发狂的野象一样冲了过来，驾驶室前两根高耸的明晃晃的排气管冒着黑烟。横在路上的两辆车被撞飞出去，打着滚落在路两边的庄稼地里，碎裂的玻璃和车身散落得到处都是。

杜行知道，自己的父亲、伯父和叔叔，还有和自己吃清汤饸饹的那些人，还有铸造厂里的小伙子们，都坐在车里，跟着货车从瘫痪的车队身边驶过。

梁瑞秋把眼镜往上提，笑眯眯地看着远去的车龙，转头跟杜行说：“没事，我保证，这些人的眼睛只是肿胀几天，过几天视力就会慢慢恢复如初，说不定比原来的视力更好，而他们，则会比平常人更加珍惜自己的眼睛，更加珍惜眼睛看到的这个世界。”

杜行望着在狼狈不堪的车队周围忙乱着的那些人，问梁瑞秋：“咱们呢？去哪里找大家？”

梁瑞秋道：“你大伯跟你说过了，你是当家人，注定孤独，你不能去找大家了。庙会上，大家都已经知道你是小和尚，你去找家人，不是给他们带去麻烦吗？你愿意这样？”

“小和尚？您怎么知道……哦，我忘记了，是朱子固领我来的，他让我装小和尚，也是您让他这样做的吗？”

“不是装……在你之前，我是小和尚，小和尚只是个绰号。现在，你是当家人了，庙会归你了，你就是小和尚。”

杜行沉默了片刻，又问道：“原来祖坟不是庙会挖开的。”

“当然不是。现在你是小和尚，难道你会派人去挖自家的祖坟？”

“那是谁干的？”

“现在我们还不知道，我和你父亲、伯父、叔叔一直在查，直到后来你也插手进来查……以前，你伯父就经常跟我提起你，说咱们家若是选下一个当家人，非你莫属，那时候大家都还不太确定，直到你也插手调查此事，直到你把青铜片装在一件青铜觥里让你哥哥克己给我送去后，大家才真正地相信，你就是当家人的最佳人选。”

杜行不解。梁瑞秋望望路上正在忙乱着推车的那些人，笑了笑，继续说道：“那些是文保会的人。文保会里加盟了很多社会名流，还有很多成功的企业家，这些在车前忙乱的人都是从各个企业里挑选出来的精壮小伙子。这个铸造厂又毁了，已经是第三个了。他们要置我们于死地。”

“因为我们卖假货吗？”

“什么是假货？一件古玩是不是假货，取决于你的认知能力。当你所有的鉴定知识都不能论证出一件古玩是假货时，那件古玩就是真品，不管这件古玩距今有一千年还是一年，都算真品。在古代，大家都说天圆地方，人们的认知能力就限制在了天圆地方里，哪怕地球实实在在是圆的，大家也会认为是方的。在今晚之前，你是不是在咱家的祠堂里，无数次地听过我是个被逐出家门的败家子？我在你和你的兄弟姐妹眼里，就是个不屑一提的坏蛋。以前，你拿了青铜片来找我，我猜，那时候你还不能确定我是好人还是坏人，否则你大可以直接去湖门村找我。某种意义上来说，等于你在向你的敌人求助。对于我们家来说，这点很关键。我们需要向我们的对手学习，学习鉴定家的鉴定手法和经验，掌握现代鉴定技术，只有这样，我们做古玩的时候才能做到心中有数，知道哪些方面是重点，这样做出来的古玩才能卖得出去。你的兄弟姐妹们，这点比你差一些……”

说着话的工夫，路上驶过来一条车龙，停在这队狼狈不堪的车前，并没有询问他们发生了什么，显然，电话里早已通知过了。瘪车头烂车尾的车被拖绳挂上，晃晃悠悠地准备被拖走，在路上只留下几辆拖也拖不走的车。

“刚才跟你说过，文保会里有很多社会名流，他们甚至不用托关系也能调出公路卡口的监控录像，以便得知咱们的车开往哪个方向，甚至去了哪里。这点以后你要注意……咱们走。”梁瑞秋站起来，拍了拍身上的尘土。

杜行看了看路上长长的车龙，犹豫了一下。

“咱们往回开，开着灯，就在他们眼皮子底下离开，他们能奈我们何？”梁瑞秋领着杜行顺着土崖上的小路往下走，边走边说。

二人上了车，将车倒出庄稼地，上了公路，朝铸造厂方向开去。

车龙怒了，立刻追了过来。

“慢点开，再慢点，别太快，你开这么快，后面追来的车也会快，那样不好，弄不好会出人命。”梁瑞秋坐在车后排，抱着手电筒，望着后面追来的车，急忙跟杜行说道。

杜行放慢了车速，后面追来的车速度却更快，立刻追了上来。

梁瑞秋抱着手电筒，没摁电门，却在自言自语，替追来的车着急。

杜行又放慢了车速，左右拧着方向盘，后面的车跟着扭了几圈，见超不过去，车速也慢了下来。

“对，对，要慢点驾驶，安全第一。”梁瑞秋冲着后面的车喃喃着，摁下了电门，手电筒发出来的红外光柱透过车前玻璃，在司机眼前扫过。司机看不见了，一时间心慌神乱，脚下想踩刹车，却踩成了油门，呼的一下撞了上来，撞在了杜行车尾，车身巨震，梁瑞秋被撞得整个人离开了后车座，撞在了前排座椅上。

“没事吧？”杜行急忙问道。

梁瑞秋爬起来，揉着肩膀，看着后面的车渐渐远了，也没车敢再追上来了，才说没事。

车前行，穿过几个村子，来到一个丁字路口，一条路通往高速路入口，另一条路通往一个乡镇，杜行问走哪条路。梁瑞秋说上高速。

车向着高速路方向驶去。走了没多远，杜行就问道：“您刚才说文保会的人能轻易拿到公路上的监控录像，好像每个高速路入口都有监控摄像头，不仅能拍到咱们的车牌号，还能清楚地拍到车前排的人。”

“嗯，对，是这样。”

“那我们怎么还要走高速？这样一来，文保会岂不是就有了咱们的照片？”

“你是说，文保会像悬赏捉拿通缉犯那样，在全国发放咱们俩的照片，然后找到咱俩？”

“我想应该会这样。”

“文保会为什么要抓咱们两个？”

“……因为咱们卖假货。”杜行看了一眼梁瑞秋，见他一本正经地问自己，不像是在开玩笑，只好回答。

“我们卖了吗？我们只是制造假货而已。”

“……好像咱们是源头。如果我是文保会，掐断源头更重要。”

“如果你是文保会的人，你会抓住咱们两个，或是干脆把咱们的家人全都抓住，囚禁起来？”

“是的。”

“那样就天下太平了？就没假货了？”

“也不是，但是至少打掉一个专门制造古玩的家族。”杜行硬着头皮说。

“打掉一个有意义吗？就没有其他制造古玩的人了吗？”

“有。”

“你明白了吗？”

杜行想了会儿，点头说道：“好像明白了，咱们不重要，重要的是在铸造厂里，给祖上磕头的那些人，他们替咱们卖古玩。是这样吗？”

梁瑞秋点头道：“对，是这样，刚才他们不知道是咱们两个，若看到是咱们两个，他们才懒得追咱俩呢。他们要抓的是咱们送走的那些人。全国各地这么多的古玩店，几乎找不出一家没有卖过假古董的古玩店，为什么偏偏要抓他们呢？因为他们都是有名声的专家、鉴定家、收藏家。古玩店是靠谋利维生的，开店就要追求利润最大化，这是商业法则，真古玩假古玩都摆在店里，你认为是真的就买，认为是假的就不买，就这么简单，从古至今一直是这样。但是，专家和鉴定家也去卖假货，这是绝对不能容忍的。古玩圈里最是讲究怎么卖，古玩店里那种真货假货任你挑，考验你眼力的卖法，是最光明正大的。但是为了卖假古玩而做局下套，那不叫卖古玩，那是诈骗。这两者从法律角度来说，性质也不一样。你在古玩店买了一件假古玩，买之前古玩店老板并没有告诉你是真是假，买回去之后你发现是假的，去法院起诉，你肯定败诉，还不如省下律师费多买点书籍资料学习些鉴定经验呢。但是，若有人明确告诉你卖给你的是真古玩，你买回去后发现是假的，这样的情况最令人头疼，你去告他，他跟法院说他买的时候也是按照真品买的，还给你出示些收据鉴定书之类的证明，法院要想取证，可就难上加难了。同样一件古玩，不同的鉴定家会有不同的鉴定结果，即便是一件考古队刚挖出来的文物，你拿着文物请不同的鉴定专家来鉴定，别告诉他们是刚出土的，也可能会有两种截然不同的说法。你说法院怎么取证？或者说法院该相信哪个鉴定家出具的鉴定证书？你要知道，古玩这一行压根就没有什么权威，越是鉴定大家，就越谨小慎微，每天不断地学习，尽量不给人鉴定，生怕一个失误给别人造成损失。当然，也有例外。”

“最重要的是，鉴定专家的鉴定结果是不承担后果的。因为古玩鉴定是允许出现失误的。一般的做局下套，都是设计一个骗局，给出一个低价，让人上当受骗，这样的情况，只要能抓住人，肯定判刑，但是通常都抓不住人。古玩鉴定家和专家给假古玩开真品鉴定证书，这其实也是一种做局，并且你拿他们没办法。文保会要抓的人就是这些卖假古玩的鉴定家和专家，而不是我们。抓了我们，这些鉴定家和专家还会找到制造古玩的货源，或者被货源找到。刚才你还担心被高速路口的摄像头拍下来，你却忘了你在庙会抛头露面，文保会早就有你的照片了，不过没事，他们不会找你的麻烦。”

“我还是有点想不明白，为什么明知道咱们是做假货的，却不理咱们？就放任咱们做出古玩来在市场上流通？”

“这是平衡之道。”

“平衡？”

“现在的古玩市场上，真货太少，假货太多，而我们制造出来的古玩基本上就能说是真品。你想想，如果古玩市场上的古玩真假比例严重倾斜，会令很多收藏者望而兴叹，继而退出这个圈子，这个行业将会受到重创。文保会每年都要拿出相当数量的古玩真品投放到市场去，只是为了保护这个行业……上高速，去北京。”

说着话，车驶入了高速。

“我们必须要保护这些人吗？”杜行想了大半天，犹豫着，这句话最终没有问出来，改口问道：“家里的祖坟究竟是什么人干的？既然不是庙会，难道是郝老四？可是，郝老四几年前已经出国了呀。”

“是的，郝老四出国了，定居法国，入了法国籍。但是，他回来了，偷渡回来的。稀罕吧，没听说过法国人偷渡来中国的。”

“为了不留下出入境记录？”杜行想了想说道。

“对，是这样。但是我们现在还不知道是不是郝老四干的。我们也找不到他的行踪。此人劣迹斑斑，保佑他不要被文保会的人找到，否则，劫数难逃。”

听到劫数难逃，杜行想起来了唐正，开口问道：“唐正是咱们的人？”

“聪明，孺子可教。唐正虽然在文保会，可他却是咱们的人，是咱们派去的卧底。就像庙会里也有文保会派去的探子一样。不过，庙会不是他们打击的目标，去庙会赶集的人中，大多数都是买家，文保会是尽其所能为买家提供技术和资金支援的基金会，买家越多，对保护传承中国文化越有好处。”

“梅雪茗呢？”顿了顿，杜行又问道。

“哪个梅雪茗？”

“就是去克己哥的古玩店里拿走了我送去的青铜觥的那个女孩。”

梁瑞秋缓缓摇头道：“我不知道她什么来历，她的父亲梅仲伦低调得很，但出手却很大方，派人在庙会拍下了咱们老家附近的一片地。朱子固派人查过他的来历，其名下有一家房地产公司，两家五星级酒店，还有一家什么工厂来着……”梁瑞秋拍拍脑门，摇了摇头说道，“老了，糊涂了，朱子固跟我说过是什么工厂，我想不起来了。”

“为什么要盗挖咱们家的祖坟呢？祖坟里面有什么？”

“我说杜行，你问的问题，能不能集中点，有个先后顺序，问明白一个再问下一个，别这样有一出没一调地想起什么来就问什么，刚才还问着梅雪茗，忽然就问这，我老了，架不住你这样绕脑子。”

杜行连忙道歉。等了一会儿，却见梁瑞秋不说话了，便又问道：“祖坟里究竟有什么呢？”

“等一会儿，我猜，等一会儿到了北京就知道了。”

天色大亮。

两人到了北京，开车来到一所大学的家属楼下时，太阳已经出来了。

梁瑞秋隔着车窗望着外面的楼，嘴里说道："还记得你交给我的那块青铜片吗？"

"记得。"

"我把那块青铜片交给了这里的一个教授，让他做同位素分析。"

听到此言，杜行心中大惑不解。同位素分析适用于青铜器、瓷器、玉器和书画等绝大部分的古玩，若是做青铜器的同位素分析，那肯定是对青铜器中的铅同位素做分析，以便得出青铜器的年代和原料产地信息。很早的时候，杜行就学习过这些东西，比如碳 14 分析，比如铅同位素分析，学习这些分析在考古学里的应用，然后再学习如何破解这些分析。这些科学检测手段都有一个共性，或者说是缺陷，那就是人为干扰。像几年前大家听说过的那个故事，海关查获一件走私文物，送去科研部门检测，发现有疑点，文物明明是唐代的，但科学分析出来的数据却显示出那件文物是商代以前的，科学家迷惑不解，飞去海关问走私的人，人家却什么都不说，海关不能证明人家是走私文物，只好放人。科学家弄不清楚是怎么回事儿，急了，四处托关系终于打听出来了，原来把假古玩放在医院里的 X 光机前照射一段时间后，假古玩内就会有一些专门针对科学检测的出土文物的特征，并且年代可以掌握，只是不小心照射的时间长了一些，所以得出来的数据和文物表面的特征不符。故事虽然有演绎成分，但却是真实发生过的。

这些科学检测手段只适用于考古部门现场发掘出来的文物，只有现场发掘出来的文物才能入数据库保存。即便是这样的数据库，仍然不能说这些科学检测手段就能放心安全地应用于古玩鉴定。没有一个科学家敢向你保证这些检测百分百有效。只有那些专门靠检测收取费用的人才这样说。

死心塌地相信这些科学检测手段的人，都应该好好学习一下相对论。科学是把双刃剑，能让你检测出一件文物的数据，同时也能改变文物的数据。

但是，为什么梁瑞秋竟然把青铜片拿来检测呢？杜行不解。

梁瑞秋像是看出杜行的迷惑，笑了笑说："别急，一会儿你就明白了。"

坐在车里等了一会儿，就见楼里出来一位老人，银发作冠，桃花敷面，穿一身白色运动服，脚蹬白色跑步鞋，手腕上系着一条红色毛巾。老人一出楼，就在楼外花池中的小径上慢跑。

梁瑞秋隔窗指了指那跑步的老人说："他就是刘教授，等他跑完步了咱们再过去找他。有句老话，杜行你一定要常念叨着，'少年戒色，中年戒斗，老年戒得'。你在哪个年龄段，对应着注意一下。"

杜行不知为何，自己现在虽然老大不小了，可还是单身，谈过几个女朋友，都被人家给甩了，怪自己介绍情况的时候说自己没房没车没存款。但是，无论如何，自己也跟戒色挨不上边。

看着刘教授跑了几圈，停下来伸胳膊踢腿弯腰时，梁瑞秋又自言自语道："保佑刘教授，刘教授，你自己保佑自己吧。"说着，推开车门下了车，朝刘教授走了过去。

杜行跟着梁瑞秋走过去，见刘教授跟梁瑞秋客气了几句，然后领着杜行和梁瑞秋上楼去他家。看上去，梁瑞秋和他并不很熟。

上了楼，进了家，招呼着二人坐下，刘教授就去书房打了个电话，又过了几分钟后才走出来坐下，笑呵呵地跟梁瑞秋说："数据出来了，在学校呢，我带的学生过去了，一会儿他把数据传过来后，咱们看数据说话。"

梁瑞秋点头说行，然后两人就开始聊家常，聊健身。过了没多大工夫，门铃响了，进来一个中年男子。

那男子四五十岁，消瘦的肩上挎着个鼓囊囊的黑皮包，皮包看上去很是沉重，他用一只手朝上兜着皮包，可皮包仍将他的肩膀压得一高一低。

刚走进来，那男子便挥着手臂朝刘教授喊道："刘老，我就知道您这会儿刚跑步回家，您大忙人，想见您一面，非得瞅这个时间来不可。"

刘教授哈哈笑着迎上前去握着那男子的手说道："什么时候来的北京？咋不提前打个招呼，我好去接你。"

那男子摇着刘教授的手臂说道："这可不敢当，刘老您客气了。我也是刚下飞机，就朝您这儿赶来了，北京这车堵得实在是有点儿离谱，大早上的还堵车，这路要搁我们那里，顶多半个小时……"那男子边说边随着刘教授走到沙发旁，坐在了梁瑞秋、杜行二人对面。

刘教授就介绍那男子，说姓武，叫茂元，转过头来又跟武茂元介绍梁瑞秋和杜行，说二人是他朋友，武茂元躬身跟梁瑞秋和杜行握手，打过招呼后，又拍了拍杜行的肩膀，说小伙子帅得不得了。

客套话说完后，武茂元把背包提起来放在自己腿上，双手托在背包上，朝梁瑞秋、杜行看了几眼，欲言又止，一脸犹豫。刘教授见他这般神情，便笑着冲他说："没事，都是自己人，不必顾虑。"

武茂元听刘教授这话，点头边拉开皮包上的拉链边说："上次不是跟您讲过我有两个鼎嘛，带来了，您看看。"说着，他从背包里拿出来两个枣红色的方锦盒放在茶几上，转身把背包扔在脚边。打开锦盒，从里面拿出两个鼎来置于茶几上。两个鼎一模一样，都是差不多一尺高的模样，有盖，盖上三环钮，双附耳、鼓腹、圆肩圆底、三蹄足。鼎周身刻有螭龙纹和云雷纹，螭龙纹内嵌金，云雷纹内错银，做工精美，装饰极为华丽。鼎盖的环钮处和鼎两侧的附耳上有几团锈迹。锈迹边缘和表面已泛起一层包浆，与鼎身其他部位的包浆自然交融，看得出鼎的主人平日里经常把玩这一对嵌金银螭龙纹鼎。

"战国鼎。"刘教授看了一眼便开口说道，"这鼎嵌错金银，纹饰对称工整，三蹄足中部纤细，附耳内曲，典型的战国中后期风格。"说着话，刘教授站起来探身抱了一个鼎放在自己面前，凑眼细看。旁边的梁瑞秋和杜行也探着身子望着茶几上的鼎。

武茂元双手握住茶几上那个鼎盖的环钮，轻轻揭开鼎盖，抱起鼎来，鼎的口部正好朝向梁瑞秋和杜行，二人便看到鼎腹内侧依稀刻有几行铭文。

杜行转头看了看梁瑞秋，见他也瞄了自己一眼，眼里充满了笑意，便转头问武茂元道："这鼎里是不是还有铭文呢？"

武茂元呵呵笑了笑，点头说是。

杜行又问，里面刻的什么铭文，武茂元面作难色，支吾不语。

一旁的刘教授放下手里的鼎，拿起另外一个鼎，顺口答道："义可厚，厚之；义可薄，薄之。谓伦列。那个鼎里有铭文十三个字，出自《墨子·大取》。"说完，刘教授埋头看了几眼手里的鼎，又说道："这个鼎内刻有铭文二十一字，出自《墨子·备高临》。这一对鼎保不准是墨子的学生弟子祭祀墨子而铸。"

武茂元挠着头，跟刘教授说："听说你们学校新建了博物馆，正在征集文物，您看看，这对鼎让价给博物馆行不行？"

杜行忽然伸手摸着鼎说道："这么好的东西，怎么不留着。"

武茂元叹了一口气，转头朝刘教授说道："刘老，实不相瞒，我也是没法子了，否则决计不肯转让出去。唉，我也不怕众位笑话，实话实说，这对鼎是前些年我花高价买来的，总共花了将近三百万元，足足高出了市面的行情两三倍还多……"

杜行瞪着大眼说道："你怎么不多打听打听，摸好了价再买呀，不至于吃这么大的亏。"

武茂元苦笑道："当时我打听了好多人，价格早已摸透了，可没办法，人家少了这个数死活不卖，你能咋办？"

"那你不会不买他的呀？"

"不买哪儿能行。必须要买。实不相瞒，前些年我和一帮志同道合的朋友发起成立了一个研究墨子的民间协会，除了国内，还发展了不少台湾、香港的会员。研究墨子的协会总得要有一些关于墨子的文物来撑撑门面吧，哪怕只有几件呢。这对鼎就是那时候买来的，我和两三个协会里的朋友出了一半钱，另外一半由协会里的会员们资助。后来陆陆续续又买了几件跟墨子有瓜葛的青铜器，全部都是由会员捐款资助的。若是只凭我和当初那几位创建协会的朋友，根本买不起。”

“既然已经买了，为何还要卖出去？”

“我们协会现已不再研究墨子学说，研究墨子没前途，现在正琢磨着研究纵横家。”

梁瑞秋正坐着没意思，听他这样一说，顿时来了兴趣，便问武茂元：“研究墨子怎么就没前途了？我白活这么大，天生愚钝之质，啥也不懂，能否说给我听听？”

刘教授埋头细看鼎内铭文，似乎没有听到梁瑞秋的话。

武茂元神情忽然别扭起来，干笑两声，支支吾吾说道：“也不是没前途……主要是墨子学说博大精深，非我等资质平庸之人所能参悟发扬……惭愧，惭愧。”

武茂元话说完，梁瑞秋顿觉索然无趣，靠着沙发坐了回去。一旁的刘教授却把手里的鼎放下，插口说道：“还以为你能挑出墨子学说的短处，没想到却用一番空话来敷衍人。那好吧，既然你不说，我替你说好了。前些年国内和港台地区忽然冒出来多家研究墨子的民间协会，其宗旨皆为抑儒扬墨，以打压贬弃儒家思想为荣，以弘扬推广墨家学说为荣，大有复兴战国时期儒墨分庭抗礼之势。儒家和墨家就是一对互不相让的冤家，战国中后期，墨家曾一度压倒儒家，战国结束后到了秦汉时期，墨家学说一蹶不振，后继无人。你们这些人鼓捣出研究墨子学说的协会来，无非是想投人所好而已。由古至今，不管是国内还是国外，但凡是一个完整的哲学体系，或多或少都有缺点，而这正中了喜欢标新立异、哗众取宠之人的下怀，把儒家思想批驳得一文不值，甚至把国力不如欧美归罪于儒家，说是儒家学说束缚了国人的思想。你要知道，你可以把老虎关进笼子里，把鱼养在鱼缸里，世上所有的东西都能被束缚，唯独思想不能。你们一边咬牙切齿地贬低儒家思想，一边怀念汉唐盛世，我就纳闷了，汉唐时期盛行的哲学体系难道不是儒家吗？贬低儒家就代表你的思想高出孔子一截？贬低了儒家就能把孔庙里的孔子像搬出来换成你的蜡像？……”

刘教授越说声音越大，对面的武茂元脸色也越来越不自然，难堪之极，杜行便忍不住伸手摇了摇刘教授的手臂，示意给别人留点儿颜面。

没想到刘教授拨开杜行的手，抬起双臂按在茶几上继续说道："至于墨子学说，那是特种兵才去研究的东西，常人还是敬而远之为好，否则，一不留神走火入魔把自己变成了荆轲，那可不妙。当然，儒家学说和其他任何一种哲学思想一样，都不是十全十美，去其糟粕留其精华就行了呗，别搞得仇深似海的跟自己过不去。"

武茂元望着刘教授，欲言又止，讪讪干笑了两声，说道："刘老，是我不对，我说错话了……您看，这对鼎能不能让给贵校的博物馆，一切都按着古玩圈里的规矩来。"

刘教授沉着脸，没答话。杜行却说道："不知道你计划多少钱出手，什么价位是底线，什么价位觉得理想？"

武茂元拿起一个鼎盖，翻过来掉过去地看了几眼，咬咬牙说道："买的时候花了将近三百万元，我知道那价格高了，刘教授您看着办吧，七八十万让出去也行，关键是快点儿，实不相瞒，我那协会等着用钱呢。"

杜行又接口说道："你肯定没打听过青铜器现在的行情，你三百万元买的时候是好些年前了，现在的行情一路看涨，依我看，你这一对鼎现在还能以将近三百万元出手，虽然你买的时候贵了，但现在却没有缩水。只是时间别追那么紧，甭管你卖什么，都不能赶时间，否则只有掉价的分儿。"

武茂元呆了一下，低下头去，再抬起头来，已是面泛惊喜，又把茶几的鼎盖子拿到手里翻看一遍后说："老弟，你若有意思，或者你认识的朋友有喜欢青铜器的，你说说，多少钱能出手，你说了算，你觉得多少合适那就是多少了。至于时间方面，能快些最好，不能快那也由不得咱不是嘛。"

"时间快慢真的由不了咱们。不过你能给我个大概的期限吗？若是你不介意，能说说为何这样赶着时间卖这对鼎吗？"

武茂元稍作思索后说道："最好是能在一个月内转让出去。"说着，武茂元顺手撩起扔在地上的背包，从中取出几张照片朝杜行递过去，伸手刚递出去，猛然发觉有些不妥，忙把手中的照片分成两沓，一沓递给杜行，一沓放在刘教授面前："前段时间，有朋友问我要不要青铜器，就是照片上的这些青铜器……"

又闲聊几句后，武茂元给杜行留了一张名片，起身告辞，刘教授将他送出门外返回来，杜行说道："你这儿来寄卖的人很多吗？"

刘教授摇了摇头说，不多，以前根本没有，自从学校的博物馆开始征集文物后，来的人就多了。刘教授又笑道："我看你挺大方的，人家想七八十万元就出手，你非要给卖到三百万。那我也找你卖个物件，我这儿有个无油烟炒锅，前几年路过义乌买的，买亏了，几十元的炒锅愣是要了我七百多元，不如你也帮着我卖一下？"

杜行呵呵笑，开口正欲说话，刘教授摆了摆手，接着说道："这对鼎我觉得有点儿问题。"

刘教授此言一出，梁瑞秋、杜行相互看了对方一眼，然后二人静静地看着刘教授。

刘教授点头说道："这鼎内所刻的铭文长方俗体，笔画简练粗壮，典型的战国时期风格，这没问题，可令人不解的是，墨子学说用兼爱、非攻、尚贤、尚同、天志、明鬼、非命、非乐、节用和节葬二十个字便可粗略概括，尤其是节葬，跟儒家提倡的厚葬形成强烈的对立，墨子的弟子会给墨子铸造一个风格极其华丽考究的嵌金错银鼎？再说战国时期的礼器制度虽然发生了一些变化，跟周朝和春秋时期有所不同，但是给墨子铸鼎祭祀，墨子的地位等级够不够用鼎来祭祀这点还需再细做考究推敲。不过这倒还是其次，关键是一个提倡节葬的学派会铸造这样的鼎吗？”

杜行点了点头，望着梁瑞秋，见梁瑞秋笑而不语，心里便有些疑惑了。

那武茂元从锦盒内拿出鼎来往茶几上这么一摆，杜行就知道是假的，太假了，青铜器中，尤以错金错银的青铜器易于分辨真伪，只要看铜锈在金银跟青铜之间的分布就能辨出真假来。一开始，杜行本以为这个武茂元和刘教授串通一气，故意当着别人的面说是要低价处理青铜器，这种骗局在古玩圈里是最低劣的手法，现在几乎没人上这种当。可现在刘教授却坦言刚才那对鼎是假的，看来是自己以小人之心度君子之腹了。

电话响了，刘教授进了书房，挂电话后，打开计算机，打印了几页纸放在茶几上，戴上老花镜，看着打印出来的数据跟梁瑞秋说道：“你送来的样品做过铅同位素测定了，年代是商代早期，青铜器样品含高放射成因铅，这点跟商代青铜器的特征完全相符。但是，青铜器中所用的铅原料的产地……你知道在哪里吗？”

梁瑞秋缓缓摇头。

刘教授摘下老花镜，把手里的纸张放在梁瑞秋面前，说：“你送来的青铜器样品，里面的金属铅的产地在韩国。”

梁瑞秋身子微微一颤，右手握住左手腕上的佛珠，捻了几下。

杜行怀疑自己听错了，大声问道：“哪个韩国？您的意思是战国时期河南一带的韩国吗？”

“不，是朝鲜半岛的韩国。取样的青铜器是韩国的吗？”刘教授神情凝重。

“这，弄错了吧，怎么可能呢？”杜行道。

“商代的青铜器有很多也是含这样的高放射成因铅，这种铅矿咱们中国也有，在四川、云南和贵州三省交界处有分布，仅仅在这里有分布，国内其他地方没有了。除了国内，距离咱们最近的这种高放射成因铅矿的产地就是韩国。”

“商代的铜锡铅矿很多都产自云南，这早已有定论，你怎么说产自韩国呢？”

“我是看事实和数据来说话的，是分别跟韩国的铅原料和云南的铅原料比对过后才得出的结果。你给我的只是一丁点从青铜器上刮下来的青铜屑，我并没见到是哪里的青铜器，你不能说只有中国才有青铜器，韩国也有啊，我刚才所说的商代，指的只是一个时间范围，就像说宋代，周围也有金辽蒙共存一样。难道你拿来的青铜器样品不是韩国的吗？”

杜行看着梁瑞秋，不知道该说什么好了。

梁瑞秋也不说话，只是不停地拨弄着手腕上的佛珠。

沉默了一会儿，梁瑞秋站起身来，看着茶几上的几页测定数据，跟刘教授说：“菩萨保佑你。”说完，转身就走。

杜行跟在梁瑞秋身后往门外走，走了两步，实在是忍不住，转头跟刘教授说道：“菩萨保佑你别被文保会找上门。”

刘教授一听文保会三个字，急忙追了过来，一把扯住杜行的袖子，问道：“文保会？”

杜行皱眉，不言语。

刘教授又拽住梁瑞秋的袖子，说：“文保会找我做什么？请我给他们做文物鉴定吗？”

杜行撩开他的手，挡在他和梁瑞秋中间，说：“揣着明白装糊涂是不？等他们找到你门上来，你自己问他们。你自己玩吧，我们走了。”

刘教授快步绕过二人，走到门前，背靠在门上，朝二人大声说道：“什么意思你们？我好心给你们做同位素测定，一分钱不要，免费替你们做数据，你们反倒威胁起我来了？文保会找我做什么，你们把话说清楚，否则今天就别想出这个门。"

杜行上前想要把刘教授拖离门边，可见他满头银发，颤巍巍，怎么也不忍心伸手去拉扯他。

梁瑞秋本来冷眼看着刘教授气急败坏的样子，可又看到杜行气势汹汹扑将过去，双手伸过去，又缩回来，满脸沮丧并且自责的模样，立刻被逗笑了。杜行转过头来，见梁瑞秋笑呵呵地看着自己，心中一阵懊恼，自己好好的多什么嘴呀，逞了口舌之快，麻烦也会随之而来。

刘教授又叱问指责了几句，见二人不再出言顶撞自己，便又质问杜行文保会是怎么回事，见杜行憋得面红耳赤，支支吾吾地也说不出个所以然来，这才放二人下了楼。

二人下了楼，穿过楼前花池，就见几个保安围在车前，见二人走了过来，就问是不是车主，杜行说是，保安就拿出收据开罚款，说这里不让停车，摸摸衣兜，没带钱，梁瑞秋也摇头，杜行就问能不能一会儿把钱送过来，保安说不行，说现在的人没诚信，走了就不回来了。杜行转过来问梁瑞秋，能不能先把车放在这里，等一会儿让人拿钱来开车走。

梁瑞秋明白杜行的意思，拿出手机翻出条短信给杜行看，说大家现在都没事，吃过早饭都在补觉。

杜行没辙了，只好坐回车里去，看着梁瑞秋握着电话，却不让人送钱过来。

杜行问："这件青铜片跟祖坟被盗有什么联系吗？"

梁瑞秋点头。

杜行又问："有什么联系？"

梁瑞秋反问道："刚才刘教授说，青铜片的样品测定结果显示，铸造青铜片的金属来自韩国，你怎么看？"

"纯属胡扯，没见过这么老还哈韩的人。"杜行愤愤答道。

梁瑞秋笑道："但是，你有什么证据能证明他是在胡扯呢？"

“四川、云南、贵州三省交界处有这种高放射成因铅矿，这是大家都知道的事情。”

“但是，韩国也有。你明白他的用意吗？”

杜行想了想，摇头。

“一个月前，他写了一篇论文，寄到了国外，再过一个月，国外的机构会邀请他出国向研究亚洲历史的学者们阐述他的观点。在论文里，他详细论证了商代王朝是韩国后裔的观点，商代青铜器中频繁出现高放射性成因铅，便是他的论点之一。”

“这是臆想。商代都城虽然几次迁徙，但绝不会舍近求远，放着西南部的铜矿不去用，反倒绕大圈子去韩国弄原料。”

“所以他的论文里又把红山文化拖下了水。商文化承袭了红山文化，不管是在古玩收藏界，还是考古学术界，都是被很多人认同的观点。但是红山文化的活动范围离云南近还是韩国近呢？”

杜行本想反驳说，商代应该是承袭了仰韶文化，但转念一想，商文化中，不管是青铜器还是玉器，其风格既有仰韶文化的渊源，也有红山文化的影子，那么多的出土文物摆在那里，想一口否定商文化和红山文化之间的关系是不可能的事情。杜行脑子里不停地想，这个观点虽然不容易反驳，但隐约觉得其中有大破绽，是什么破绽，一时半会儿也想不起来。

“你刚才跟他提到了文保会。你不知道，他可以怕任何人，但唯独不怕文保会。文保会现在不仅不敢动他半个手指头，甚至还得暗中保护他。他若是出了事，记在了文保会的名下先不说，重要的是他会赢得国外的学术界的同情，一个搞学术研究的老学究被人打晕了，绑架了，甚至杀了，这都会在国外的学术界造成影响，而他的观点很快就会传播开来。文保会所能做的，只能是准备反驳的证据。”

梁瑞秋朝车窗外的几个保安扬了扬头，说道：“小区里停车还被罚款，你遇到过吗？说不准这几个保安就是文保会的人。我跟你说过，文保会不会抓咱俩，但是不抓并不意味着不危险，反而意味着更危险。咱俩就在他们的监控之下。领你来这里，除了让你知道你身处别人的监视中，还能让你知道一件事情，想想为什么咱们要在文保会的眼皮子底下来刘教授家？”

杜行说道：“为了告诉文保会，咱们知道刘教授对他们的重要性？”

“对，这就是牵制，也是谈判，”梁瑞秋望着车外，跟杜行笑道，“现在，你知道该怎么办吗？”

杜行点点头，点火发动车，朝小区外开。几个保安见状，急忙跑过来拦在车前，挥手让杜行停车，缴罚款。杜行放下车窗，冲他们喊道：“不缴罚款，你们能怎样？”

几个保安拦着车说，不缴罚款就走不了。外围的一个保安却在打电话，挂掉电话，那保安跟其余的几人摆了摆手，几个人立刻不说话了，耷拉着脑袋，也不要罚款了，转头离开。

梁瑞秋呵呵笑。车驶出了小区，杜行问去哪里？

梁瑞秋说：“送我去湖门村。”

边朝湖门村方向行驶，杜行边问：“祖坟被挖，究竟是不是郝老四干的？”

梁瑞秋答道：“你在问我吗？看来刚才的话你还没听进去。你应该去问文保会，甚至让文保会帮助你找到你想找的人。”

二人到了湖门村时，已快要中午。

进了院子，梁瑞秋领着杜行各个屋子里转了一圈看了一遍，点了沉香投入熏炉，泡了茶端到院子的石桌上，又端来几碟小点心。两壶茶，几枚点心，早饭午饭一并打发了。

正要收拾桌上的碟子，就听院外传来停车声，随即又听到拍门声，接着，梁瑞秋兜里的电话响了起来，他拿出来看了一眼，跟杜行笑道：“是小儿克己，比你大几岁，你俩见过面了。”说着，梁瑞秋走至院门前，抽出门闩打开门，领着梁克己走了进来。

走到院子中间，梁克己就瞅见从石桌边朝自己走来的人很面熟，这不是前几天去自己的古玩店里卖青铜器的那个农民工嘛，怎么跑到这里来了？嗯，一定是觉得东西卖亏了，讨后账来了。

人就怕心里虚。这梁克己虽然几百元钱捡了个大漏，可心里也觉得这样不妥，现在冷不丁地在自家院子里见到杜行，梁克己也不去看杜行身上的着装，也不去想杜行如何能找到这里来，心里只想着这人是来讨后账的。若在琉璃厂里还好说，在这里，当着自己父亲的面，说自己前两天几百元买来的青铜觥，这不是要自己的小命嘛。

梁克己正准备把这农民工拽出去说话，却见这人走了过来，抱着自己的肩膀，喊了自己两声“哥”。

梁克己一把推开杜行，瞪着眼歪着嘴说道：“甭叫哥，叫叔叔叫爷爷都不管用，古玩行就这规矩，卖出去的东西从来不兴反悔……”

说着话，梁克己就觉得自己脑袋上挨了一巴掌，侧头一看，父亲瞪着自己说道：“这是你弟弟，什么叫叔叔叫爷爷的，乱说什么呢你。”

对面的杜行又叫了两声哥哥。

梁克己打量了杜行两眼，揉着头转过来跟梁瑞秋说道：“好吧，我替你保守秘密，我保证不告诉我妈。”

梁瑞秋愣了一下，等想明白梁克己的话是什么意思后，梁克己已经走到了石桌边，把手里提着的东西放在了石桌上。

梁瑞秋哭笑不得，走上前去，说：“你小子丢人现眼地整天寻思什么呢，这是你叔叔的儿子，叫杜行，是你弟弟。你俩先聊着，我去屋里一下。”

看着自己的父亲走回屋里，梁克己转过头来，讪讪笑着说：“你是我弟弟？”

杜行急忙点头。

“你要是我弟弟，就别跟我爸提买你青铜器的事儿，你要真是我弟弟，现在别跟我要钱，我砸在手里的东西还没盘出去呢，过几天，亏不了你。”

杜行本来也有点不好意思，觉得自己前两天拿着青铜器去了琉璃厂，也没说明身份，想着法儿地让梁克己把青铜觥交给他父亲，这有点利用人家的意思。正想道歉呢，却听梁克己说出这番话来，也不知道该怎么解释，心想，干脆日后熟了再说吧。

俩人聊了几句，梁瑞秋从屋里走了过来坐下，看到梁克己放在石桌上的盒子，问是什么，梁克己说是酱牛肉，梁瑞秋就说，刚才胡乱吃了点东西垫了垫肚子，正好，你拿去厨房，切开和醋一起端来。

梁克己答应着，提起盒子，又不放心，看了杜行一眼，见他冲自己微笑着点了点头，这才放心去了厨房。

梁瑞秋从兜里掏出一块玉来，递给了杜行，说道：“这是你爷爷留给我的，现在给你，祖坟里面有什么，为什么会被盗，兴许应该在这块玉上找找答案。”

杜行双手捧过玉来拿在手里细看，是一个很小的半月形玉璜，约有手掌般大小，通体有暗红沁色，深浅不一，很新，很亮，像刚从油锅里炸出来一样，一面是凸起的兽面纹，确切地说，跟商代周代的兽面纹不一样，但又很难描述清楚这种兽面纹，就像一个漂在血池表面，露出来一半的兽头，兽头的眼睛溜圆地瞪着你，几乎快要瞪出了眼眶，兽脸浸泡在血池里，嘴却张开，探出一对獠牙朝你够过来。玉璜背面刻着一些图案。

匆匆看了一眼，感觉是新石器时候的东西，跟良渚文化的风格很相似。

玉器跟青铜器不一样，青铜器看几眼，拿在手里掂量几下，基本就能判断出真伪，而玉器则需要反复看，看玉的玉质、神态、沁色、钙化程度，刻痕、磨痕，等等，所有的鉴定点一样都不能落下。并且，古玉很容易骗过人的眼睛。你在市场上看到一件玉器，比杜行现在手里拿的这件玉璜看上去还要光亮新鲜，感觉就像是刚从车床上拿过来的东西。很多刚出土的，距今几千年的古玉，也是这种感觉。绝对不能把第一眼看过去的印象留到后续的鉴定中，玉器表面看上去是老还是旧，光泽是亮还是暗，是不能作为鉴定古玉的鉴定点的。

若有人擅长从玉器的包浆磨损来辨别玉器的真伪，那这人基本是个棒槌。

若有人不断跟你强调砣工对于玉器真伪辨别有多重要，那这人就是个大棒槌。

若有人既擅长看玉器的玻璃光，又对玉器被土蚀的痕迹有研究，还对玉器表面的皮壳有心得，那么，这人就是你的摇钱树，你可以去地下古玩市场里批发一麻袋玉器，一件件高价卖给他。

玉器跟青铜器一样，也有关键的鉴定点。

而杜行现在急切想要知道这枚玉璜上究竟有什么答案，看了一眼，搓了一把，便抬头望着梁瑞秋，等着他说话。

“我不会告诉你这件玉璜后面有什么秘密，因为你爷爷把这件玉璜交给我的时候，他也没说。现在，你自己去找吧，找出玉璜，祖坟的秘密……找到了赶紧告诉我。说实话，我比你还着急呢。”

“难道祖坟里埋着一大堆宝贝？不会啊，我下去过，下面空荡荡的，什么都没有……可是，如果没有什么特别珍贵的宝贝，那些用北京犁的盗墓者，压根不屑挖开。有什么呢究竟？”

“当然是有宝贝了，这还用说嘛，你爷爷他年轻的时候，走南闯北四处漂泊，不是为了卖古玩，而是为了保护文物。家里人都说他这是不务正业……”

说着话，梁克己端着一大盘酱牛肉过来了，杜行急忙起身帮忙，伸手去接盘子时，却忘了玉璜还摆在桌子上，接过梁克己手里盛着醋的三个小碟子放在桌上。梁克己把牛肉摆好，瞅见桌上的玉璜，伸手就去拿，梁瑞秋喝止，拿起玉璜交给杜行，说：“给你了，好好收着。来，再吃点，吃完了好好睡一觉……”

杜行吃了几筷子牛肉，回屋里睡了一会儿，醒来时，已是傍晚。推门出了屋，见梁克己坐在院子里，过去问好，又问梁瑞秋醒了没，梁克己说：“早就醒了，出去了，别问我去哪儿了，他没说去哪儿，他出门从来不跟我说要去哪儿。”

坐了一会儿，梁克己问杜行：“咱们今晚吃啥饭？你想吃什么？”

杜行笑了笑，说想出去一趟。

梁克己问去哪里。杜行犹豫了一下，觉得梁克己不是外人，刚才又抱怨梁瑞秋出门不告诉他去哪里，自己若是也不说，那他心里会不会难受？杜行只好答道，去庙会。梁克己道：“大晚上的，哪里有庙会？”

“哦……去高尔夫球场。”

“一起去，我顺便出去吃个饭。”

还没等杜行答应，梁克己就站了起来，走到屋前，锁了房门，打开红外报警器，过来拖着杜行的手，边往外走边说：“走，我请你吃饭。你请我打球。”

杜行跟着梁克己出了院子，上了车，往庙会方向行驶。

梁克己坐在车里，心里盘算着，我什么时候有叔叔了？什么时候有了个堂弟？这些不打紧，关键是自己的父亲把一块玉佩给了他，自己好像有点印象，小时候，见父亲把这件玉器贴身挂在胸前，现在想一想，他从来没这么在乎过一件东西，这玉佩肯定很值钱，值钱的东西不能给外人，不行，我说什么也得想法子把这玉璜给弄回来。

杜行驾着车，心里却在想着祖坟，想着玉璜，想着究竟有什么东西值得用北京犁的人不惜得罪庙会去挖自家的祖坟呢？